저니맨 김태식 4

설경구 장편소설

초판 1쇄 찍은 날 § 2018년 3월 14일
초판 1쇄 펴낸 날 § 2018년 3월 21일

지은이 § 설경구
펴낸이 § 서경석

총괄팀장 § 최하나
편집책임 § 이선근
편집 § 김슬기

펴낸곳 § 도서출판 청어람
등록번호 § 제387-1999-000006호
등록일자 § 1999. 5. 31
어람번호 § 제1-2865호

주소 § 경기도 부천시 부일로 483번길 40 서경B/D 3F (우) 14640
전화 § 032-656-4452 팩스 § 032-656-4453
http://www.chungeoram.com
E-mail § chungeorambook@daum.net

ⓒ 설경구, 2017

ISBN 979-11-316-91680-9 04810
ISBN 979-11-316-91421-8 (세트)

설경구 **장편소설**

FUSION
FANTASTIC
STORY

9

저니맨
김태식

청어람
도서출판

저니맨
김태식

Contents

1. 제안 · 7

2. 1%의 차이　30

3. 역발상　45

4. 불협화음　58

5. 비슷한 유형　79

6. 공격보다 수비　90

7. 야구 천재　102

8. 베테랑　126

9. 평정심을 가장한 오만함　150

10. 유망주 대 노망주　162

11. 배신　174

12. 새로운 면모　196

13. 최고의 쇼케이스　209

14. 통증과 변수　220

15. 노망주, 그리고 김순신　243

16. 선택지가 늘어났다　256

17. 투수 김태식, 타자 김태식　270

18. 퇴로　282

19. 정리　294

1. 제안

유대훈이 모자를 벗고 이마에 맺힌 땀을 닦았다.

지금까지 용케 무실점으로 잘 버텨왔지만, 4회 말 수비에서 결국 사단이 터진 셈이었다.

'선수 파악이 덜 됐어!'

조정훈의 어깨가 약하다는 것을 간파하지 못한 것은 자신의 실책이었다.

'실책도 계속 쏟아져!'

더 큰 문제는 개막전에 이어서 오늘 경기에서도 수비 실책이 나오기 시작했다는 점이었다.

송구에 대한 판단이 늦은 탓에 김낙성이 공을 뒤로 빠뜨린 것.

반쯤 넋을 놓고 있던 탓에 서광현의 백업이 늦은 것.

모두 수비 실책이었다. 그리고 수비 실책으로 인해 1사 2, 3루의 추가 실점 위기가 닥쳐 있었다.

'어떡해야 하나?'

서광현도 본인의 실책에 대해 잘 알고 있었다.

어둡게 변한 표정으로 자책하고 있는 서광현에게 불안한 시선을 던지며 유대훈이 고심에 잠겼다.

볼넷에 이어 연속 안타를 얻어맞으면서 선취점을 허용한 서광현의 컨디션은 정상이 아니었다.

게다가 경기에 오롯이 집중하지 못하고 있었다.

과연 서광현이 추가 실점을 허용하지 않고 이번 위기를 넘길 수 있을까 여부에 대한 확신이 서지 않았다.

그렇지만 서광현을 이른 시기에 교체하는 결정을 내리기도 어려웠다.

비록 컨디션이 좋지 않다고 해도 서광현은 대한민국 대표팀의 에이스.

교체한 투수가 서광현보다 더 나은 투구를 할 것이라는 확신이 없었다.

또, 서광현을 믿었던 터라 아직 불펜에서 몸을 풀기 시작한 투수도 없었다.

'믿어보자!'

유대훈이 내린 선택은 서광현을 믿는 것이었다.

자신의 스타일대로 믿음의 야구를 펼치기로 한 유대훈이 그라운드를 주시했다.

1사 2, 3루의 찬스에서 타석에 들어선 것은 네덜란드 대표팀의 1번 타자인 커트 스미스였다.

1루가 비어 있는 상황.

볼넷으로 내보내도 좋다는 생각으로 서광현은 신중하게 승부했다.

쓰리 볼 원 스트라이크.

슈아악!

서광현이 5구째로 선택한 공은 몸 쪽 직구였다

커트 스미스의 배트를 끌어내기 위해서 몸 쪽 높은 코스로 던지라고 포수는 사인을 냈지만, 서광현이 던진 공은 높은 쪽 스트라이크존을 통과할 정도로 낮았다.

또 완벽히 제구가 되지 않고 가운데로 몰렸다.

실투!

커트 스미스는 실투를 놓치지 않았다.

따악!

딱 치기 좋은 코스로 들어온 몸 쪽 직구를 힘들이지 않고 가볍게 받아쳐서 중전 안타를 만들어냈다.

3루 주자에 이어 2루 주자까지 홈으로 들어온 순간, 유대훈이 두 눈을 질끈 감았다.

0 : 3.

6회가 끝났을 때의 스코어였다.

대한민국 대표팀은 득점을 올리지 못한 건 물론이고, 단 하나의 안타도 뽑아내지 못했을 정도로 톰 베르겐의 구위에 압도당하고 있었다.

퍼펙트게임 행진을 이어나가고 있는 톰 베르겐은 경기 후반부인 7회에 접어들었음에도 전혀 지친 기색을 드러내지 않았다.

슈아악!

7회 초의 선두 타자인 배상우를 상대로 강속구를 던지며 힘으로 밀어붙였다.

159㎞.

전광판에 찍힌 직구의 구속을 확인한 태식이 한숨을 내쉬었다.

이미 경기가 후반으로 접어들었음에도 불구하고, 톰 베르겐의 직구 구속은 경기 초반에 비해 오히려 더 빨라져 있었다.

딱!

배상우의 배트 스피드는 톰 베르겐의 직구 구속을 전혀 따라가지 못했다.

한가운데로 들어온 직구를 받아쳤음에도 배상우가 때린 타구는 내야를 벗어나지 못했다.

2번 타자 여호령도 마찬가지였다.

딱!

포수 파울플라이로 여호령이 맥없이 물러난 순간이었다.

이대로라면 개막전에 이어 또 완패를 당할 거라는 생각을 태식이 하고 있을 때, 유대훈 감독이 곁으로 다가와 있었다.

"칠 수 있겠나?"

"네?"

"톰 베르겐의 직구에 타이밍을 맞출 수 있겠느냐고?"

160㎞에 육박하는 구속의 직구.

절대 공략이 쉽지 않았다.

대한민국 대표팀 타자들이 단 하나의 안타도 뽑아내지 못한 것이, 메이저리그에서 활약하고 있는 난다 긴다 하는 타자들도 톰 베르겐의 공을 제대로 공략하지 못하는 것이 그 증거였다.

그렇지만.

태식은 망설이지 않고 대답했다.

"때려낼 수 있습니다."

"그럼 준비하게."

"대타자로 나가는 겁니까?"

"맞네."

유대훈 감독이 고개를 끄덕이며 덧붙였다.

"지금이 승부처네."

'승부처?'

태식이 의아한 시선을 던졌다.

지금이 승부처라는 유대훈 감독의 말이 잘 이해가 가지 않았기 때문이었다.

석 점차로 뒤지고 있는 데다가, 2사 후 주자 없는 상황이었다.

그런데 대체 왜 유대훈 감독은 지금을 승부처라고 말하는 걸까?

그렇지만 유대훈 감독은 그 이유에 대해 설명해 주지 않고 돌아섰다. 그리고 태식은 고개를 흔들어 상념을 털어버렸다.

'기회가… 왔다!'

솔직한 태식의 속내는 내심 대타자로 나설 기회가 빨리 찾아오길 기다리고 있었다.

메이저리그의 정상급 투수인 톰 베르겐이 마운드에서 내려가기 전에 상대해 보고 싶다는 욕심이 생겼기 때문이었다.

'붙어보자!'

태식이 머뭇거리지 않고 자리에서 일어났다.

개막전 상대였던 이스라엘과의 대결.

예선 2차전 상대인 네덜란드와의 대결.

상대팀은 달랐지만, 경기 양상은 비슷했다.

이른 시점에 선취점을 허용하면서 줄곧 끌려가는 것도, 또 타선이 상대팀의 선발투수에게 철저히 막히고 있는 것도 마찬가지였다.

'머잖아 터지겠지!'

유대훈은 이런 생각을 가진 채 묵묵히 기다렸다. 그렇지만 대표팀 타자들은 유대훈의 믿음에 부응하지 못했다.

추격하는 점수를 뽑아내긴커녕, 네덜란드 대표팀의 선발투수로 나선 톰 베르겐에게서 단 하나의 안타조차 빼앗아내지 못했다.

역전은커녕 퍼펙트게임을 당하는 치욕을 겪지 않을까 우려해야 하는 상황으로 바뀌어 있었다.

딱!

세 번째 타석에 들어선 배상우가 친 타구는 내야를 벗어나지 못했다.

2루수가 포구 위치를 잡고 느긋하게 타구를 잡아낸 순간, 유대훈이 모자를 벗고 백발을 쓸어 올렸다.

'이게… 맞나?'

문득 머릿속을 스치고 지나간 생각이었다.

믿음의 야구를 표방하면서 네덜란드와의 2차전에도 개막전에 출전했던 선수들을 그대로 경기에 내보냈다.

그러나 지금까지 결과는 좋지 않았다.

아니, 최악이라고 해도 과언이 아니었다.

'이대로 진행되면… 무조건 패한다!'

패배라는 단어를 떠올리던 유대훈이 기억을 더듬었다. 그리고 얼마 전에 읽었던 기사를 떠올리는 데 성공했다.

〈대한민국 야구 대표팀에 드리는 제언〉

'유인수… 였나?'

기사를 작성했던 기자의 이름은 가물가물했다. 그렇지만 기사의 제목과 내용은 생생하게 머릿속에 남아 있었다.

그 가운데 특히 인상 깊었던 것은 자신에 관한 부분이었다.

─현재 월드 베이스볼 클래식의 유력한 사령탑 후보로 여러 감독들의 이름이 오르내리고 있는 상황이다. 대부분의 감독들이 대표팀 사령탑에 오르기에 마땅할 정도로 능력을 갖추고 있지만, 필자는 그들이 이번 대표팀 사령탑을 맡는 것에 부정적인 편이다. 그 이유에 대해 지금부터 논해보고자 한다. 우선 가장 유력한 대표팀 사령탑 후보로 손꼽히는 유대훈 감독은 국민 감독이라는 애칭을 얻었을 정도로 오랫동안 야구팬들의 사랑을 받았다. 또 국민 감독이란 애칭을 얻기에 충분할 정도의 성과들을 만들어냈다. 그렇지만 필자는 아까도 밝혔듯이 유대훈 감독

이 이번 대표팀 사령탑을 맡는 것에 반대한다. 반대의 이유는 크게 두 가지다. 일단 유대훈 감독이 현장을 떠난 지 너무 오랜 시간이 흘렀다. 그로 인해 감각이 떨어져 있는 만큼 하루가 다를 정도로 무척 빠르게 변하고 있는 현대 야구의 트렌드를 따라가지 못할 가능성이 높다. 다음으로 유대훈 감독은 특유의 믿음의 야구를 바탕으로 정규 시즌에서는 좋은 성과를 거두었지만, 단기전에 접어든 후에는 무척 약한 모습을 보여왔다. 따라서 이번 월드 베이스볼 클래식의 수장으로 유대훈 감독은 어울리지 않는다는 것이 필자의 주장이다.

당시의 기사를 유대훈은 꼼꼼히 읽었다.

특히 기사에 적힌 내용 가운데 자신에 관한 부분은 생생하게 기억하고 있었다.

그 기사의 내용.

팩트를 바탕으로 정곡을 찔렀기에 무척 아팠다.

그렇지만 화가 나거나, 크게 기분이 상하지는 않았다.

그때까지만 해도 유대훈이 대표팀 감독직을 수락하기 전이었던 만큼, 이런 의견도 있겠거니 하는 생각을 하며 무심코 넘겼었다.

그런데 월드 베이스볼 클래식에 나서는 대한민국 대표팀 감독직을 맡고 난 후, 이 기사 내용이 자꾸 다시 머릿속에 되살아났다.

지금도 마찬가지였다.

'내가 여기 있는 것이… 옳은가?'

이런 생각이 든 순간, 마치 당연하다는 듯이 당시의 기사 내용이 떠올랐다.

믿음의 야구!

오늘의 자신을 있게 한 신념이었다. 그리고 대표팀의 감독을 맡은 이번에도 유대훈은 본인의 신념을 버리지 않았다.

그 신념을 꾸준히 밀고 나갔는데.

신념을 밀어붙인 결과는 좋지 않았다.

딱!

배상우에 이어 7회 초의 두 번째 타자로 나선 여호령은 포수 파울플라이 아웃으로 물러났다.

그것을 확인한 유대훈의 눈빛이 깊어졌다.

'언젠가는 터지겠지!'

이런 막연한 믿음과 기대를 갖고 계속 밀어붙이기에는 지금 처해 있는 상황이 너무 좋지 않았다.

'과연… 내 기대에 부응할까?'

톰 베르겐의 압도적인 구위에 밀린 대표팀 타자들은 그를 상대로 단 하나의 안타도 뺏어내지 못하며 고전하고 있었다.

또, 경기가 후반부로 접어들었음에도 톰 베르겐은 전혀 지친 기색을 드러내지 않았다.

159km.

전광판에 찍혀 있는, 경기 초반보다 더 빨라진 직구 구속이 그 증거였다.

'내가… 현대 야구의 트렌드를 따라가지 못하는 게 아닐까?'

믿음의 야구를 앞세워 성공 가도를 달렸던 예전과 지금은 야구의 트렌드가 많이 바뀌어 있었다.

그리고 월드 베이스볼 클래식은 엄밀히 따지면 KBO 리그의 정규 시즌이 아니라 가을 야구에 더 가까웠다.

'굳이 비교를 한다면··· 준플레이오프 정도 되려나?'

A조에 속해 있는 네 팀이 풀 리그로 펼치는 예선전은 총 세 경기.

3전 2선승제로 치러지는 준플레이오프와 가장 유사했다.

즉, 월드 베이스볼 클래식 예선은 먼저 2승을 거둬야 상위 라운드로 진출할 수 있는 단기전이라고 할 수 있었다.

그리고.

현재 대한민국 대표팀은 1패를 안고 있었다. 또. 네덜란드와의 예선 2차전 역시 패색이 짙은 상황이었다.

'내가 기사의 내용 중에 등장했던 지적처럼 단기전에 약한 이유가 뭘까?'

유대훈이 양손을 들어 마른세수를 했다.

아픈 기억을 떠올리는 데는 시간이 오래 걸리지 않았다.

정규 시즌에서는 좋은 성적을 거뒀지만, 단기전인 가을 야구에서 유대훈이 이끌었던 팀은 좋은 성적을 거두지 못했다.

당시의 아픈 기억들이 떠오른 순간, 유대훈이 한숨을 내쉬었다.

'인정하자!'

단기전에서 좋은 성적을 거두지 못했던 이유.

믿음의 야구가 통하지 않았기 때문이다.

그 사실을 인정한 순간, 유대훈이 더 버티지 못하고 감독석에서 일어났다.

이미 패색이 짙어진 상황.

또 한 번 실패를 반복하고 싶지 않았다.

'믿음의 야구를 버리자!'

유대훈이 결심을 굳히고 더그아웃을 둘러보았다.

3번 타자 조정훈의 타석.

그러나 이번 대회에서 조정훈은 여섯 번 타석에 들어섰지만 모두 범타로 물러났다.

그뿐만 아니라 병살타를 두 개나 기록하며 추격의 찬스를 무산시키면서 팬들의 비난에 시달리고 있었다.

'만약 시간과 기회를 더 준다면?'

타격 능력을 갖추고 있는 만큼, 분명히 안타를 때려내며 제 몫을 해낼 터였다.

그렇지만 계속 기회를 주기에는 시간이 너무 부족했다.

'타격감이 떨어졌어!'

지난 여섯 번의 타격 기회에서 조정훈은 범타로 물러났을 뿐만 아니라, 타구의 질도 모두 좋지 않았다.

타석에서 전혀 타이밍을 맞추지 못한다는 증거.

그리고 당장 달라질 것으로 보이지 않았다.

'대타 카드를 꺼낸다!'

결심을 굳히고 더그아웃을 살피던 유대훈의 시선이 닿은 것은 김태식이었다.

이스라엘과의 개막전.

선발투수로 나선 애런 데커의 호투에 막혀서 대한민국 대표팀은 영봉패를 당할 위기에 처했었다.

그때, 대타자로 내세웠던 김태식이 극적인 솔로 홈런을 터뜨린 덕분에 대한민국 대표팀은 영봉패를 면할 수 있었다.

당시 김태식이 때려냈던 홈런.

유대훈에게도 강렬한 인상을 심어주었다.

해서 지금 김태식에게서 시선이 멈춘 것이었다.

'빠른 공을 공략할 수 있을까?'

톰 베르겐은 무려 160㎞에 육박하는 빠른 직구를 앞세워 대표팀 타자들을 침묵시키고 있었다.

아직 힘이 남아 있는 상황인 만큼, 계속 직구 위주의 승부를 펼칠 가능성이 높았다.

'나쁘지 않았어.'

TV로 지켜보았던 야구 중계에서 김태식은 빠른 공에 강한 편이었다.

그 사실을 떠올린 유대훈이 김태식에게 대타자로 출전하라고 통보했다.

"지금이 승부처네."

유대훈이 대타자로 나설 채비를 시작한 김태식에게 한마디를 덧붙였다.

그 말을 들은 김태식은 의아한 표정을 지었다.

지금이 승부처라는 말뜻을 제대로 알아듣지 못했기 때문이리라.

그렇지만 그냥 꺼낸 빈말이 아니었다.

유대훈은 지금이 승부처라고 확신하고 있었다.

'어떻게… 될까?'

대타자로 나선 김태식이 톰 베르겐과 어떤 승부를 펼치는가에 따라 경기의 양상이 바뀔 수도 있는 상황.

유대훈이 기대에 찬 시선을 던졌다.

'왜… 지금이 승부처라고 하신 걸까?'

천천히 타석을 향해 걸어 나가던 태식의 머릿속에서 의문이 떠나지 않았다.

유대훈 감독이 괜히 승부처란 단어를 입에 올리지는 않았을 터.

분명히 어떤 이유가 있을 것이었다.

그로 인해 계속 고민하던 태식은 더그아웃으로 고개를 돌리고 난 후에야 마침내 유대훈 감독이 승부처란 말을 꺼냈던 이유를 깨달을 수 있었다.

네덜란드 대표팀의 선발투수인 톰 베르겐은 지금까지 완벽에 가까운 투구를 펼치면서 퍼펙트게임을 이어나가고 있었다.

이미 7회 초 2사까지 경기가 진행된 상황.

'만약 이대로 좀 더 경기가 흐른다면?'

석 점차로 뒤지고 있는 오늘 경기를 역전해서 꼭 필요한 승리를 거둘 수 있는 가능성은 점점 더 희박해질 터였다.

아니, 고작 그 정도가 다가 아니었다.

메이저리그에서도 정상급 선발투수로 평가를 받고 있는 톰 베르겐을 선발투수로 내세운 네덜란드 대표팀에게 대한민국 대표팀은 치욕적인 퍼펙트게임을 당할 가능성까지도 존재했다.

분위기 반전!

현재 대한민국 대표팀에 가장 필요한 부분은 이스라엘과의 개막전에서 완패한 후부터 쭉 이어지고 있는 침체된 분위기를 반전시키는 것이었다.

그리고.

분위기 반전을 위해서 필요한 것은 대단한 것이 아니었다.

딱 안타 하나면 충분했다.

톰 베르겐을 상대로 안타 하나만 빼앗아낸다면?

이후부터는 아주 많은 것들이 달라질 확률이 높았다.

지금까지 완벽한 투구를 펼치고 있는 톰 베르겐 역시 퍼펙트 게임을 의식하기 시작한 상태일 터.

우선 안타를 하나 빼앗아내서 퍼펙트게임을 무산시킨다면?

톰 베르겐의 평정심도 흔들리게 될 것이다.

그때부터 오늘 경기의 2막이 펼쳐질 것이다.

그리고.

유대훈 감독이 지금이 승부처라고 표현한 데는 또 하나의 이 유가 있었다.

'변했어!'

이스라엘과의 개막전, 그리고 네덜란드와의 예선 2차전.

유대훈 감독은 벤치에서 별다른 작전을 내지 않았다.

경기에 출전했던 선수들을 믿고 묵묵히 기다렸다.

그런데 유대훈 감독이 달라졌다.

감독석에 앉아서 묵묵히 경기를 지켜보는 대신, 본격적으로 움직이기 시작하면서 더그아웃이 바빠지기 시작했다.

태식의 뒤를 이어 또 다른 대타 카드를 준비하고, 불펜 투수 들이 몸을 풀기 시작한 것이 변화의 증거였다.

믿음의 야구라는 본인의 신념을 끝까지 밀어붙이는 대신 변 화를 택한 시점이었기에, 유대훈 감독은 지금이 승부처라는 표

혀을 썼던 것이었다

'지난 경기와는 달라!'

태식이 두 눈을 빛냈다.

이스라엘과의 개막전에서도 태식은 대타자로 등장했었다.

당시 대타자로 출전하라는 지시를 받았을 때, 태식이 가장 먼저 떠올렸던 생각은 너무 늦었다는 것이다.

이미 승기가 완전히 넘어가 버린 상황.

9회 2사 후에 여섯 점차로 뒤지고 있는 상황에서 대타자 임무를 부여받았기에 늦었다는 생각을 했던 것이다.

그러나 지금은 그때와 상황이 달랐다.

7회 2사 상황에서 대타자 임무를 부여받았다.

또, 점수 차도 석 점에 불과했다.

아직 추격할 수 있는 여지는 충분히 남아 있었다.

'내 역할이 중요해!'

마침내 타석에 들어선 태식이 집중하기 위해 애썼다.

슈아악!

파앙!

톰 베르겐이 던진 초구는 바깥쪽 직구였다.

태식은 배트를 내밀지 않고 그대로 흘려보냈다.

'역시… 빨라!'

159km.

전광판에 찍혀 있는 구속을 확인한 태식이 작게 고개를 끄덕였다.

톰 베르겐의 직구 구속이 빠르다는 것은 이미 알고 있었다.

그러나 더그아웃에서 경기를 지켜보며 전광판에 찍히는 구속을 통해서 막연히 짐작하는 것과 직접 타석에 서서 경험해 보는 것은 달랐다.

태식이 초구를 흘려보낸 이유.

타석에서 톰 베르겐이 던진 직구를 직접 지켜보며 타이밍을 가늠하기 위함이었다.

'그렇지만… 공략할 수 있다!'

초구를 그대로 흘려보낸 후, 태식이 속으로 생각했다.

160㎞에 육박하는 구속이 나올 정도로 톰 베르겐의 공은 무척 빨랐다.

그렇지만 직접 타석에 서서 톰 베르겐의 빠른 공을 경험하고 나자, 태식의 호승심이 더욱 치밀었다.

그리고 공략할 수 있다는 자신감을 가진 것.

호승심이 치밀어서 괜한 허세를 부리고 있는 것이 아니었다.

태식이 이런 자신감을 품은 데는 이유가 있었다.

바로 지금까지 피칭머신을 상대로 꾸준히 해왔던 타격 훈련의 성과를 믿었기 때문이다.

피칭머신을 상대로 훈련한 결과, 지난 시즌 중반에는 150㎞대 초반의 직구에 배트 타이밍이 밀리지 않게 되었다.

그리고 태식은 거기서 만족하지 않았다.

그 후에도 꾸준히 피칭머신을 상대로 훈련을 해왔다.

그 결과 이제는 160㎞에 육박하는 구속에도 배트 타이밍이 밀리지 않는다는 자신감을 얻은 상태였다.

슈악!

톰 베르겐의 2구는 슬라이더.

스트라이크존을 통과할 듯 보이다가 마지막 순간에 바깥쪽으로 휘어지는 슬라이더의 각도는 무척 예리했다.

그러나 태식의 방망이는 끌려 나가지 않았다.

스트라이크존을 크게 벗어났기 때문이다.

톰 베르겐의 손에서 떠난 순간 볼이라는 것을 알아챌 수 있을 정도로 스트라이크존을 크게 벗어나는 공을 지켜본 태식이 두 눈을 빛냈다.

'조금… 지쳤나?'

지금까지 퍼펙트게임을 이어나가고 있는 톰 베르겐의 투구는 완벽에 가까웠다.

더그아웃에서 지켜보았을 때, 스트라이크존을 크게 벗어나는 공이 하나도 없었을 정도로 제구가 뜻대로 됐고, 불필요한 공도 전혀 던지지 않았다.

그런데 처음으로 톰 베르겐의 제구가 뜻대로 되지 않으면서 스트라이크존을 크게 벗어나는 공이 들어왔다.

포수에게서 공을 돌려받은 톰 베르겐이 고개를 갸웃하는 것이 슬라이더의 제구가 뜻대로 이뤄지지 않았다는 증거.

원 볼 원 스트라이크.

톰 베르겐이 크게 심호흡을 하는 것이 보였다.

'직구다!'

그 모습을 지켜보던 태식이 확신을 품었다.

메이저리그에서도 다섯 손가락 안에 들 정도로 직구의 구속과 구위가 훌륭하다는 평가를 받는 톰 베르겐이었다.

또, 지금까지 진행된 경기를 통해서 대한민국 대표팀 타자들이 자신의 직구에 전혀 타이밍을 맞추지 못한다는 사실을 이미 경험한 후였다.

톰 베르겐이 직구를 던지는 데 망설일 이유가 없었다.

그리고 하나 더.

톰 베르겐은 경험이 풍부한 투수였다.

자신의 몸 상태와 컨디션에 대해서는 누구보다 본인이 잘 알고 있었다.

아까 슬라이더의 제구가 뜻대로 이뤄지지 않은 것을 통해서 체력적으로 지치기 시작했다는 것을 알아챘을 터였다.

퍼펙트게임을 이어나가고 있는 상황.

그는 투구 수를 하나라도 더 줄이고 싶을 터였다. 그런 이유로 가장 자신 있는 직구를 던질 확률은 더욱 높아져 있었다.

'확률로 치자면… 99퍼센트 직구가 들어온다!'

수 싸움은 무척 중요했다.

비록 피칭머신을 상대로 꾸준히 훈련을 하면서 160km의 구속에도 배트 타이밍이 밀리지 않는다는 자신감이 생겨 있었지만, 피칭머신을 상대할 때와 실전에서 투수를 상대로 할 때는 결정적인 차이가 있었다.

바로 구종이었다.

피칭머신은 정직했다.

미리 입력한 대로 공을 뿜어냈다.

즉, 피칭머신을 상대할 때는 어떤 구종이 들어올 것임을 알고 미리 대비한 상태로 스윙을 했었다.

그렇지만 실전에서 투수를 상대할 때는 어떤 구종이 들어올지 알지 못하는 상태로 스윙을 해야 했다.

만약 수 싸움을 통해서 직구가 들어올 것을 확신하고 타격에 임한다면?

피칭머신을 상대로 할 때와 크게 다를 바가 없는 만큼, 톰 베르겐의 직구도 충분히 공략해 낼 자신이 있었다.

태식이 잔뜩 웅크린 채 타격 준비를 마쳤을 때였다.

슈아악!

와인드업을 마친 톰 베르겐이 힘껏 공을 뿌렸다.

'수 싸움이 통했다!'

태식의 예상대로 직구!

그것도 한가운데 높은 코스로 들어오는 직구였다.

'하나, 둘!'

피칭머신을 상대로 훈련할 때와 마찬가지로, 마음속으로 타이밍을 계산하면서 태식이 힘껏 배트를 휘둘렀다.

따악!

배트를 움켜쥔 양 손바닥에 전해지는 감각.

묵직했다.

완벽한 타이밍으로 배트 중심에 걸렸다고 판단했기에 중견수의 키를 넘기고 한가운데로 향하는 타구가 되리라 예상했는데.

그 예상은 빗나갔다.

태식이 때린 타구는 한가운데가 아닌 좌중간으로 날아갔다.

'왜?'

타구의 궤적을 눈으로 좇던 태식이 의아한 표정을 지었다.

방금 자신이 때린 타구가 대체 왜 한가운데가 아닌 좌중간 코스로 향하는지 이해가 잘 가지 않았기 때문이다.

그러나 태식은 이내 그 의문을 털어냈다.

지금은 타구가 날아가는 방향이 왜 자신의 예상과 다른가에 대해서 의아함을 품고 있을 때가 아니었다.

'넘어갈까?'

아까 배트를 움켜쥐고 있었던 양손에 전해졌던 감각은 묵직했지만, 타구가 홈런이 될 것이라고 확신하기는 어려웠다.

그런 만큼 타구가 펜스를 직격하고 튕겨 나오는 경우를 대비해서 주루 플레이에 집중해야 할 때였다.

타다다닷!

1루 베이스를 통과해서 2루로 내달리던 태식의 귓가로 관중들이 내지르는 환호성이 들려왔다.

와아!

와아아!

그 환호성을 듣고서야 태식이 달리던 속도를 줄이며 고개를 돌렸다.

좌중간 펜스를 살짝 넘기고 떨어지는 타구를 확인한 순간, 태식이 주먹을 불끈 움켜쥔 채 허공에 들어 올렸다.

이스라엘과의 개막전에 이어 네덜란드와의 예선 2차전까지.

두 경기에서 모두 대타자로 경기 중후반에 타석에 들어섰던 태식은 두 타석 연속 홈런을 터뜨렸다.

더구나 이번에 태식이 홈런을 터뜨린 상대 투수인 톰 베르겐은 메이저리그에서도 정상급 선발투수로 확고한 위치를 구축한 선수.

그로 인해 더욱 짜릿한 기분이 들었다.

"대박이다!"

"160㎞짜리 직구를 넘겨 버렸다!"

"죽인다!"

"두 점차다. 따라붙을 수 있다!"

"김태식, 최고다!"

러시아워에 걸려 거대한 주차장으로 변해 버린 도로 위에 서 있는 것처럼 답답한 경기 흐름이었는데.

추격의 서막을 알리는 태식의 솔로 홈런은 관중들의 답답하던 속을 뻥 뚫리게 만들어 주었다.

관중들의 환호를 받으며 그라운드를 달리던 태식이 슬쩍 고개를 돌려 톰 베르겐의 표정을 살폈다.

퍼펙트게임 행진이 깨져 버린 탓일까.

톰 베르겐은 잔뜩 표정을 일그러뜨리고 있었다.

기분이 무척 상했다는 증거.

그가 기분이 상한 이유는 퍼펙트게임이 깨졌기 때문만이 아니었다.

160㎞.

전광판에 찍혔던 구속이었다.

오늘 경기에서 톰 베르겐이 구사했던 직구 가운데 최고 구속이 나온 셈이었다.

그런데 태식이 그 공을 제대로 받아쳐서 펜스를 넘겨 버렸다.

메이저리그에서도 정상급 선발투수인 본인이 이름조차 들어본 적 없는 무명 선수에게 홈런을 허용했다는 것으로 인해 톰 베르겐은 자존심이 상한 것이다.

"선배, 끝내줬습니다."

"최고였습니다."

"저 빠른 공을 대체 어떻게 넘기신 겁니까?"

"비법이 대체 뭡니까?

태식이 더그아웃으로 돌아온 순간, 가장 먼저 심원 패롯스 소속 팀 메이트인 김대희와 이명기가 반갑게 맞아주었다.

또, 나머지 대표팀 선수들도 더그아웃 앞에 몰려들어서 태식이 홈런을 때려낸 것을 축하해 주었다.

"운이……."

무심코 운이 좋았다고 대답하려던 태식이 도중에 입을 다물었다.

대신 다른 대답을 꺼냈다.

"내 나이가 몇인지는 다들 알지?"

"……?"

"……?"

"내일 모레면 마흔인 나도 톰 베르겐을 상대로 홈런을 때려내는데 아직 한창 나이인 너희들은 지금까지 왜 이렇게 헤매고 있는 거야? 내가 직접 타석에서 상대해 보니까 메이저리그에서 뛴다고 해도 별것 없던데. 그러니까 계속 이렇게 주눅 들어 있지 말고 자신 있게 휘두르라고."

태식의 나이가 몇인지 모르는 선수들은 없었다.

그런 태식의 훈계 아닌 훈계는 태식이 의도했던 대로 대표팀 선수들에게 자극제가 된 듯 보였다.

삼십 대 후반인 김태식 선배도 톰 베르겐의 공을 받아쳐서 홈런을 때려냈다.

그런데 난 지금 뭘 하고 있단 말인가?

이렇게 자책하면서 단단히 각오를 다졌기 때문일까?

대표팀 선수들의 표정은 한층 비장하게 바뀌어 있었다.

"해보자."

"우리도 할 수 있다."

"지금부터 진짜 시작입니다."

"파이팅합시다. 파이팅!"

서로 격려하며 파이팅을 불어넣는 선수들을 흐뭇한 표정을 지은 채 살피던 태식이 더그아웃에 앉았다.

'진짜… 운이 좋았어!'

태식이 쓰게 웃었다.

아까 무심코 꺼내려고 했던 운이 좋았다는 대답.

겸손하기 위해서 꺼내려 했던 대답이 아니었다.

진짜 운이 좋았기 때문에 좀 전의 타구가 홈런으로 연결됐던 것이다.

2. 1%의 차이

"1퍼센트의 차이였어!"

태식이 작게 혼잣말을 꺼냈다.

톰 베르겐의 직구를 받아쳤던 타구.

한가운데로 향할 것이라는 태식의 예상과 달리 타구는 좌중간 방향으로 향했다.

그 타구의 궤적을 확인한 순간, 태식은 왜 타구의 방향이 예상과 다른 것인가에 대해 의문을 품었다.

당시에는 그 의문에 대한 답을 찾아내지 못했었다.

주루 플레이가 우선이라는 생각을 했기에 그 이유에 대해서 더 깊이 고민할 여유가 없었기 때문이다.

그렇지만 좌중간 펜스를 살짝 넘기는 홈런이 됐다는 것을 확인한 후, 관중들의 환호 속에 그라운드를 돌던 와중에 그 의문이 풀렸다.

완벽한 타이밍에 걸렸다고 판단했음에도 한가운데가 아닌 좌중간 코스로 타구가 향했던 이유는… 1퍼센트의 확신이 부족했기 때문이었다.

'직구가 들어올 거야!'

이런 확신을 갖고 타격에 임했다.

다행히 수 싸움이 적중했기에, 정확한 타이밍으로 배트 중심에 걸린 큰 타구를 만들어낼 수 있었다.

그렇지만 직구가 들어올 것이라고 확신하면서도 확률은 99퍼센트라고 생각했다.

확신이 딱 1퍼센트 부족했던 것이 찰나의 머뭇거림을 만들어냈고, 그로 인해 타이밍이 조금 밀렸다.

이것이 한가운데가 아닌 좌중간으로 타구가 향했던 이유.

태식이 운이 좋았다고 생각한 이유는 바로 여기에 있었다.

홈 플레이트에서 가장 거리가 먼 한가운데 방향으로 타구가 날아갔다면, 홈런이 되지 못했을 것이다.

아마 펜스 상단을 직격했으리라.

그러나 한가운데에 비해 홈 플레이트에서 거리가 조금 가까운 좌중간 쪽으로 타구가 날아갔기 때문에 펜스를 살짝 넘기는 홈런이 될 수 있었던 것이었다.

"얼마나 달라질까?"

아까 대한민국 대표팀의 침체된 분위기를 바꾸는데 필요한 것은 딱 안타 하나라고 판단했다.

그런데 태식은 안타가 아닌 홈런을 터뜨렸다.

톰 베르겐에게서 빼앗아낸 홈런이 과연 얼마나 큰 변화를 가져올지에 대한 기대를 품은 채, 태식이 다시 그라운드로 시선을 던졌다.

1 : 3.

태식의 홈런이 터지면서 점수 차는 두 점으로 줄어들어 있었다.

퍼펙트게임이 깨진 데다가 존재조차 알지 못했던 태식에게 불의의 홈런을 허용하며 자존심을 구긴 톰 베르겐은 평정심이 무너진 상황이었다.

또, 태식의 홈런으로 인해 침체되어 있던 대한민국 대표팀의 분위기도 다시 상승세를 타기 시작했다.

슈아악!

태식이 기대했던 대로였다.

변화는 바로 시작됐다.

태식의 뒤를 이어 타석에 들어선 조우종에게 톰 베르겐은 몸 쪽 직구를 던졌다.

평정심이 무너진 탓일까.

제구가 흔들린 톰 베르겐의 몸 쪽 직구는 깊었다.

허벅지 쪽으로 150㎞대 후반의 직구가 날아들었음에도 조우종은 피하기 위해 뒤로 물러나지 않았다.

대신 이를 악물고 버텼다.

퍽!

톰 베르겐이 던진 직구가 조우종의 허벅지를 강타했다.

"악!"

그 순간, 조우종이 비명을 내지르면서 쓰러졌다.

고통이 적지 않을 터.

그렇지만 조우종은 악착같이 다시 일어섰다.

절뚝거리면서 1루로 걸어 나가는 조우종의 모습.

경기장을 찾아온 팬들에게는 물론이고, 더그아웃에게 걱정스레 바라보던 대표팀 선수들에게도 강한 인상을 남겼다.

조우종이 몸에 맞는 공으로 출루하면서 2사 1루로 바뀐 상황에서 타석에 들어선 것은 5번 타자 이명기였다.

그리고 이명기도 타석에서 쉽게 물러나지 않았다.

딱! 딱!

비록 톰 베르겐의 직구에 타이밍을 맞추지는 못했지만, 필사적으로 커트를 해내며 승부를 길게 이어나갔다.

어느덧 9구까지 이어진 승부.

풀카운트에서 톰 베르겐이 던진 10구째 공은 포크볼이었다.

오늘 경기에서 여러 차례 대한민국 타자들의 헛스윙을 유도해냈던 포크볼이었지만, 이번에는 이명기가 속지 않았다.

배트를 도중에 멈추며 가까스로 참아냈다.

볼넷!

이명기가 긴 승부 끝에 볼넷을 얻어내면서, 2사 1, 2루로 상황이 바뀌었다.

추격점을 올릴 수 있는 절호의 찬스에서 타석에 들어선 것은 6번 타자 민경상이었다.

상승세를 탄 분위기를 이어나가기 위해서는 적시타가 꼭 필요하다는 것을 알고 있기 때문일까.

타석에 서 있는 민경상의 표정은 무척 비장했다.

'기대해 볼 만해!'

민경상이 타석에 들어선 순간, 태식이 기대치를 끌어 올렸다.

막연히 기대치를 끌어 올린 것이 아니었다.

지금 타석에 들어서 있는 민경상은 이전 두 타석에 들어섰을 때와 분명히 다른 점이 있었다.

일단 표정이 더 비장했을 뿐만 아니라, 이전 두 타석에 비해 배트를 짧게 잡고 타석에 들어서 있었다.

톰 베르겐의 빠른 직구에 타이밍을 맞추기 위해서 나름대로 고심을 거듭한 끝에 찾아낸 해법.

그리고.

민경상이 찾아낸 해법은 통했다.

따악.

직구에 노림수를 갖고 타석에 들어선 민경상은 톰 베르겐이 3구째로 던진 직구를 힘들이지 않고 밀어 쳐서, 좌전 안타를 만들어냈다.

그 순간, 태식이 벌떡 일어섰다.

'됐다!'

워낙 잘 맞은 터라 타구의 속도는 빨랐다.

그렇지만 2사 후였기에 주자들의 스타트가 빨랐다.

당연히 2루 주자인 조우종이 홈으로 들어오면서 추격점을 올릴 수 있을 것이라고 판단했는데.

3루 베이스를 통과하고 난 후, 조우종이 순간 멈칫했다. 그리고 홈으로 쇄도하는 대신, 3루 베이스로 귀루했다.

'왜?'

그 모습을 확인한 태식이 답답한 표정을 지었다. 그리고 머잖아 조우종이 홈으로 쇄도하지 않고 3루에서 멈춘 이유를 알아냈다.

아까 톰 베르겐이 던졌던 직구에 허벅지를 맞은 탓에, 런닝을 하는 데 불편함을 느꼈기 때문이다.

'아쉽네!'

만약 조우종이 홈으로 쇄도해서 추격점을 올렸다면?

양 팀의 격차는 한 점으로 줄어들었을 터였다.

그럼 더 강하게 네덜란드 대표팀을 압박할 수 있었을 텐데.

태식이 못내 아쉬운 기색을 감추지 못하고 있을 때, 유대훈 감독이 다시 대타 카드를 꺼내들었다.

7번 타자 장민섭을 대신해서 장윤철을 대타자로 기용했다.

7회 초 2사 만루 상황.

아직 찬스는 끝난 것이 아니었다.

대타자로 나선 장윤철이 단타 하나만 때려내도 최소 동점을 만들 수 있는 절호의 찬스가 이어지고 있었다.

모두의 기대 속에 타석에 들어선 장윤철은 초구부터 과감하게 배트를 휘둘렀다.

딱!

톰 베르겐의 직구를 노리고 타석에 들어선 장윤철의 노림수는 적중했다.

그렇지만, 장윤철의 배트 스피드는 톰 베르겐의 직구 구속을 따라가지 못했다.

높이 솟구친 타구는 멀리 뻗지 못했다.

네덜란드 대표팀의 중견수가 원래 수비 위치에서 약 다섯 걸음 가량 전진하며 여유 있게 타구를 잡아냈다.

장윤철이 외야플라이로 아웃되면서, 찬스는 아쉽게 무산됐다.

7회 말, 대한민국 대표팀의 마운드는 여전히 서동현이 지키고 있었다.

대타자로 출전했던 태식은 우익수 수비 위치에 들어갔고, 원래 우익수였던 배상우가 좌익수 포지션으로 수비 위치를 옮겼다.

또, 장민섭을 대신해서 2루수로 이민성이 투입됐다.

'아쉽네!'

우익수 수비 위치로 걸어가던 태식이 아쉬움을 곱씹었다.

7회 초 대한민국 대표팀의 공격.

태식의 솔로 홈런이 터지면서 추격점을 올리는 데 성공했다.

또, 난공불락처럼 여겨졌던 톰 베르겐을 상대로 2사 만루의 찬스를 만들어내면서 위기감을 심어주기도 했었다.

그렇지만 딱 거기까지였다.

더 이상 추격점을 올리지 못하고 아쉽게 찬스가 무산되고 말았던 것이 태식은 너무 아쉬웠다.

특히 아쉬웠던 부분은 두 가지.

우선 2사 1, 2루 상황에서 민경상의 적시타가 터졌을 때, 2루주자였던 조우종이 3루에서 멈췄던 것이 아쉬웠다.

물론 조우종은 톰 베르겐의 직구에 허벅지를 맞았던 터라 전력 질주를 펼치는 것이 불가능한 상황이었다.

3루에서 멈추지 않고 과감하게 홈으로 파고들었다고 하더라도, 홈 승부 과정에서 아웃이 됐을 가능성이 높았다.

그럼에도 불구하고 태식이 아쉬워하는 부분은 유대훈 감독이 조우종을 미리 대주자로 교체하지 않았다는 점이었다.

'발 빠른 대주자로 미리 교체했었다면?'

민경상이 때려낸 안타의 타구 속도가 빨랐다고 해도 2사 후였던 만큼 대주자가 홈으로 여유 있게 들어와서 추가점을 올릴 수 있었으리라.

그랬다면 경기의 양상이 또 달라졌을 터였는데.

물론 조우종을 대주자로 교체하지 않은 유대훈 감독의 선택도 전혀 이해가 가지 않는 것은 아니었다.

조우종은 대한민국 대표팀의 4번 타자.

가장 믿을 수 있는 타자였다.

또, 이번 대표팀에 승선한 타자들 가운데서 훈련 과정에서 가장 좋은 컨디션을 보여주고 있는 선수 가운데 일인이었다.

조우종에게 한 번 더 타석에 들어설 기회가 있다고 판단했기 때문에 기대를 버리지 못한 채 대주자로 교체하지 않은 것이다.

그러나.

'좀 더 과감했어야 하지 않을까?'

태식이 유대훈 감독을 바라보며 생각했다.

또 하나 아쉬웠던 점은 장민섭 대신 장윤철을 대타자로 기용했던 것이다.

2사 만루의 찬스에서 장윤철을 대타자로 선택한 것.

유대훈 감독이 띄웠던 나름의 승부수였다.

또, 믿음의 야구라는 신념을 내려놓았다는 증거이기도 했다.

그렇지만 태식이 아쉽게 느낀 부분은 하필이면 대타자로 장윤철을 내보냈다는 것이었다.

물론 장윤철도 프로 데뷔 후에 오랫동안 좋은 활약을 선보였던 중앙 드래곤즈의 프랜차이즈 스타였다.

그러나 장윤철의 나이도 어느덧 서른여섯.

태식을 제외한다면 이번 대표팀에 승선한 선수들 가운데 가장 나이가 많았다. 그리고 서른 중반에 접어들면서 장윤철은 배트 스피드가 느려졌다.

그래서일까?

지난 시즌 150㎞에 육박하는 빠른 공을 던지는 각 팀의 원투펀치들을 상대로 약점을 노출했다.

지난 시즌을 마쳤을 때, 3할대 초반의 타율을 기록하긴 했다.

그렇지만 구속이 140㎞대 전후인 각 팀의 불펜 투수들을 상대로 많은 안타를 때려냈기 때문에 나올 수 있었던 3할대 초반의 타율이었다.

그런데 유대훈 감독은 160㎞에 육박하는 빠른 공을 던지는 톰 베르겐을 상대로 장윤철을 대타자로 내보낸 것이다.

'몰랐을까?'

아마 유대훈 감독은 이런 사실을 몰랐을 가능성이 높았다.

오랫동안 현장을 떠나 있었던 탓에 대표팀에 뽑힌 선수들에 대한 파악이 완벽하지 끝나지 않았을 터였다.

'커뮤니케이션의 문제!'

태식이 한숨을 내쉬었다.

이건 유대훈 감독만 탓할 수 없는 부분이었다.

설령 유대훈 감독이 이런 부분을 놓쳤다고 하더라도, 다른 코칭스태프들이 캐치해서 반대 의견을 내놓았어야 했다.

그런데 커뮤니케이션상의 문제로 인해 그것이 이뤄지지 않은 셈이다.

그리고 그 이유도 대충은 짐작할 수 있었다.

이번 대한민국 대표팀은 선수단 구성만 늦어진 것이 아니었다.

감독 선임도 늦어지면서, 코칭스태프 구성도 자연히 늦어졌다.

손발을 맞출 시간이 절대적으로 부족했고, 코칭스태프들은 유대훈 감독을 어려워하는 기색이 역력했다.

그러다 보니 소통이 제대로 이뤄지지 않는 것이다.

어쨌든.

태식과 팬들이 아무리 아쉬워한다 한들, 이미 지나간 일이었다.

아직 경기가 끝나지 않은 상황.

8회와 9회.

대한민국 대표팀에게는 두 차례의 공격 기회가 남아 있었다.

그 두 이닝에서 뒤지고 있는 경기를 역전시키기 위해서는 일단 추가 실점을 하지 않는 것이 우선이었다.

7회 말.

네덜란드 대표팀의 선두 타자로 나선 것은 7번 타자 릭 스투이프베르겐이었다.

지난 두 타석에서 릭 스투이프베르겐은 모두 범타로 물러났다. 그렇지만 세 번째 타석에서는 달랐다.

따악!

서광현이 던진 바깥쪽 직구를 가볍게 밀어 때려서 라인선상 안쪽에 떨어지는 2루타를 만들어냈다.

위기 뒤의 찬스.

야구계에 내려오는 속설처럼 7회 초에 찾아왔던 절호의 찬스를 살리지 못했던 대한민국 대표팀은 7회 말에 바로 실점 위기를 허용했다.

무사 2루의 찬스가 찾아오자, 네덜란드 대표팀 감독인 란돌프 오두버는 추가점을 올리기 위해서 희생번트 작전을 지시했다.

다행인 것은 서광현이 경험이 풍부한 투수답게 쉽게 희생번트를 허용하지 않았다는 점이었다.

8번 타자 욜란도 옌트마의 첫 번째 번트 시도는 파울이 됐다.

틱. 데구르르.

두 번째 번트를 시도한 타구는 3루 쪽으로 향했다.

번트 타구의 강약 조절은 훌륭했다.

그렇지만 라인선상을 살짝 벗어났다.

노 볼 투 스트라이크.

'쓰리번트는 없다!'

쓰리번트를 감행할 가능성은 낮다고 태식이 판단했다. 그리고 욜란도 옌트마도 번트 자세를 거두어들이고 타격 자세로 전환했다.

슈악!

서광현은 3구째로 포크볼을 던져서 욜란도 옌트마의 헛스윙을 끌어내며 7회 말 첫 아웃 카운트를 잡아냈다.

1사 2루로 바뀐 상황에서 타석에는 9번 타자 안드렐톤 시몬스가 등장했다.

첫 타석에서 서광현에게 선취점을 뽑아내는 적시타를 때려냈던 안드렐톤 시몬스는 이번 타석에서도 쉽게 물러나지 않았다.

노 볼 투 스트라이크.

일찌감치 불리한 볼카운트에 몰렸음에도 서광현의 유인구를 커트해 내면서 풀카운트까지 승부를 끌어갔다.

그리고 6구째.

서광현이 승부구로 던진 포크볼은 제대로 떨어지지 않으며 높은 코스로 형성됐다.

따악!

안드렐톤 시몬스의 배트가 매섭게 돌아가면서 묵직한 타격음이 흘러나온 순간, 태식이 움찔했다.

재빨리 몸을 돌려서 타구를 쫓아가던 태식이 이내 멈추었다.

펜스를 훌쩍 넘기고 떨어지는 큰 타구임을 직감했기 때문이다.

'넘어갔다?'

안드렐톤 시몬스의 타구가 홈런이 된다면 넉 점차로 벌어지는 상황.

태식의 눈앞이 깜깜해졌을 때, 안드렐톤 시몬스가 때린 타구는 폴대를 살짝 비껴가며 파울 홈런이 됐다.

후우.

관중들이 안도의 한숨을 토해낸 순간, 태식도 가슴을 쓸어내렸다.

만약 파울 홈런이 아니라 홈런이 됐다면?

대한민국 대표팀의 역전 가능성은 현저히 떨어졌을 터였다.

또, 간신히 되살아난 팀 분위기가 다시 침체되면서 추격의 동력을 잃게 되었으리라.

슈악!

역시 가슴을 쓸어내린 서광현이 던진 7구째 공은 바깥쪽 슬라이더.

그러나 스트라이크존을 크게 벗어나 원 바운드를 일으키면서 안드렐톤 시몬스의 배트를 끌어내는 데 실패했다.

그나마 다행이라면 포수마스크를 쓴 김낙성의 블로킹이 훌륭해서 폭투로 연결되지는 않았다는 점이었다.

'여기까지!'

안드렐톤 시몬스와의 긴 승부 끝에 볼넷을 허용한 서광현의 들썩이는 등을 확인한 태식은 여기까지가 한계라고 판단했다.

6과 1/3이닝 3실점.

오늘 경기 선발투수로 등판한 서광현은 최상의 컨디션이 아니었다.

또, 이미 예선 전적 1패를 안고 있는 대한민국 대표팀의 상황에 대해서 잘 알고 있었기 때문에 서광현의 부담감은 무척 컸을 것이었다.

이런 점들을 감안한다면 서광현은 비교적 호투한 셈이었다.

서광현의 투구 수는 어느덧 110개가 넘어 있는 상황.

경기 초반부터 실점을 최소화하기 위해 전력투구를 한 터라, 서광현은 지친 기색이 역력했다.

가빠진 호흡과 크게 들썩이는 등, 제구가 되지 않고 가운데로 몰린 탓에 하마터면 홈런이 될 뻔했던 포크볼, 그리고 스트라이크존을 크게 벗어나면서 힘이 떨어졌다는 것을 드러낸 마지막 슬라이더까지.

서광현이 한계에 다다랐다는 증거들이었다.

그렇지만 유대훈 감독은 투수 교체를 단행하기 위해 움직이지 않았다.

'7회까지… 맡기시려는 건가?'

태식이 슬쩍 미간을 찌푸렸다.

1사 1, 2루의 위기 상황.

만약 여기서 한 점 더 실점한다면, 석 점차로 벌어진 격차를 좁히지 못하고 패할 가능성이 높았다.

지친 서광현으로 계속 끌고 가는 것은 너무 위험하지 않을까 우려했는데.

괜한 우려가 아니었다.

따악!

네덜란드의 1번 타자 커트 스미스는 초구부터 과감하게 배트를 휘둘렀다.

초구 스트라이크를 잡기 위해 서광현이 던진 슬라이더는 각이 밋밋했고 가운데로 몰린 실투였다.

그리고 커트 스미스는 실투를 놓치지 않고 우전 안타를 만들어냈다.

타구를 처리하기 위해 앞으로 전진하던 태식이 3루 쪽을 힐끗 살폈다.

빙글.

네덜란드의 3루 주루 코치가 팔을 빙글 돌리며 2루 주자에게 홈까지 파고들라는 지시를 내리는 것이 보였다.

'무조건 잡아낸다!'

타구를 잡아낸 태식이 홈으로 송구했다

쐐애애액!

태식의 손을 떠난 공이 노 바운드로 기다리고 있던 포수 김낙성의 미트 속으로 정확히 빨려 들어갔다.

"아웃!"

정확하고 강한 송구에 놀란 2루 주자가 슬라이딩을 시도했지만, 김낙성은 여유 있게 태그아웃을 시켰다.

"송구 죽인다!"

관중석에서 환호성이 터져 나온 순간, 김낙성이 지체하지 않고 미트에서 공을 빼내 2루수에게 송구했다.

2루 주자가 홈으로 파고드는 사이, 1루에서 멈추지 않고 2루를 노리던 타자 주자의 움직임을 간파했기 때문이다.

김낙성의 판단과 송구.

모두 정확했다.

2루수인 이민성이 타자 주자인 커트 스미스의 태그에 성공하면서 대한민국 대표팀은 가까스로 실점 위기를 벗어났다.

3. 역발상

8회 초와 8회 말.

양 팀의 공격은 모두 삼자범퇴로 끝이 났다.

8회 초 공격에서 대한민국 대표팀은 톰 베르겐에게 완벽하게 막혔다.

7회 초에 찾아왔던 2사 만루의 위기를 무실점으로 넘겼던 것이 톰 베르겐에게는 오히려 전화위복이 된 듯했다.

메이저리그 정상급 투수답게 톰 베르겐은 흔들리던 평정심을 빠르게 다잡고, 공 여덟 개만 던지며 8회를 마무리했다.

8회 말 수비는 서광현의 뒤를 이어 마운드에 오른 김연경이 책임졌다.

현 KBO 리그 최고의 마무리 투수답게 김연경은 세 타자를 모두 범타로 처리하며 가볍게 이닝을 마무리했다.

그리고 9회 초.

오늘 경기 마지막이 될 수도 있는 대한민국 대표팀의 공격이 시작됐다.

9회 초.

네덜란드 대표팀의 마운드는 여전히 톰 베르겐이 지켰다.

8회까지 톰 베르겐이 기록한 투구 수는 98개.

충분히 완투를 노릴 수 있을 정도로 투구 수 관리가 잘된 편이었다.

대한민국 대표팀의 선두 타자는 여호령이었다.

3타수 무안타, 2삼진.

테이블 세터의 임무를 부여받고 오늘 경기에 나섰지만, 여호령은 본인의 임무를 충실히 이행하지 못했다.

오늘 경기에서 마지막 타석이 될 가능성이 높은 네 번째 타석에 들어서는 여호령의 표정은 비장했다.

출루에 계속 실패했음에도 끝까지 믿고 경기에 내보내는 유대훈 감독의 믿음에 보답을 하겠다는 마음, 그리고 어떻게든 출루해서 동점 내지 역전을 만드는 기폭제 역할을 하겠다는 절실한 각오가 비장한 표정에 담겨 있었다.

슈아악!

단단히 각오를 다지고 타석에 들어선 여호령이 선택한 것은 기습 번트였다.

'정상적인 타격으로는 톰 베르겐의 공을 공략하기 어렵다.'

이런 판단을 내렸기 때문에 기습 번트를 시도한 것이었다.

그러나 네덜란드 대표팀의 감독인 랜들프 오두버는 이미 여호령이 기습 번트를 시도할 것을 예상해서 대비하고 있었다.

3루수와 1루수를 평소보다 전진 배치한 것이 그 증거였다.

타다닷.

타다다닷.

여호령이 번트 자세로 전환한 순간, 네덜란드 대표팀의 1루수와 3루수가 마치 기다렸다는 듯이 홈 플레이트 쪽으로 쇄도했다.

1루수와 3루수가 빠르게 홈 플레이트 쪽을 쇄도하는 것을 확인한 여호령이 당황한 기색을 드러냈다.

틱. 데구르르.

여호령의 번트 타구는 3루측 선상을 벗어나는 파울이 됐다.

'몸이 굳었어!'

대기 타석에서 그 일련의 과정을 지켜보던 태식이 내린 판단이었다.

여호령이 시도한 것은 기습 번트.

그러나 랜돌프 오두버는 기습 번트에 대비하라는 지시를 수비진에게 내렸기 때문에 기습의 의미는 퇴색했다.

'오히려 잘됐어!'

선상을 크게 벗어난 파울 타구를 지켜보던 태식이 떠올린 생각이었다.

만약 3루 쪽으로 기습 번트를 대는 데 성공했다고 하더라도, 미리 수비진이 대비를 하고 있었던 상황.

1루에서 아웃이 될 확률이 높았다.

차라리 번트 시도가 파울 타구가 된 것이 다행이었다.

다시 타석으로 돌아온 여호령에게 태식이 우려 섞인 시선을 던졌다.

기습 번트를 시도했다는 것이 여호령이 타석에서 자신감이 없다는 증거였다. 그리고 네덜란드 수비진이 이미 기습 번트에 대한 대비를 하고 있다는 것이 드러난 상황.

지금 여호령의 머릿속은 무척 복잡할 터였다.

'어떤 것을… 보여줄까?'

그렇지만 태식은 여호령에 대한 기대를 접지 않았다.

타석에 다시 들어서 있는 그의 눈빛이 어떻게든 출루할 방법을 찾기 위해서 여전히 빛나고 있다는 것을 확인했기 때문이었다.

슈아악!

톰 베르겐이 던진 2구 역시 직구!

150㎞대 후반의 구속을 기록한 직구가 몸 쪽으로 날아든 순간, 여호령은 다시 번트 자세를 취했다.

'또… 기습 번트?'

여호령의 선택을 확인한 태식이 당혹스러운 기색을 드러냈다.

타다닷.

타다다닷.

아까와 상황은 흡사했다.

여호령이 번트 자세를 취한 순간, 전진 수비를 펼치던 1루수와 3루수가 홈 플레이트 쪽으로 맹렬하게 대시해 들어왔다.

이런 상황에서 기습 번트를 시도해서 성공시킬 수 있을까?

가능성이 무척 낮다는 생각이 들었다.

'무리수!'

해서 태식이 막 그렇게 판단한 순간이었다.

틱!

여호령은 다시 번트를 시도했다.

그런데 아까와는 달랐다.

눈에 띄는 차이점은 두 가지.

우선 여호령의 스타트가 늦었다.

첫 기습 번트 시도를 했을 때는 1루 쪽으로 스타트를 끊으면서 배트를 내밀어서 번트를 시도했다.

그러나 지금은 먼저 스타트를 끊지 않았다.

대신 타석에서 신중하게 배트를 컨트롤해서 공을 정확하게 맞추는 데 집중했다.

또 하나 다른 점은 여호령이 이번에 댄 번트 타구가 아까와 달리 허공으로 떠올랐다는 것이었다.

'플라이 아웃?'

살짝 떠오른 번트 타구를 확인한 순간, 태식의 표정이 어두워졌다.

플라이 아웃이 될 것이라고 판단했기 때문이다.

그러나 그도 잠시, 태식의 표정이 다시 밝아졌다.

'생각보다 타구가 멀리 날아간다!'

여호령이 허공에 띄운 번트 타구는 예상보다 멀리 날아갔다.

기습 번트를 예상하고 홈 플레이트 쪽으로 맹렬히 대시하던 1루수가 도중에 멈추기 위해 애쓰는 것이 보였다.

예상보다 멀리 날아가는 타구가 본인의 키를 넘길 수도 있다는 위기감을 느꼈기 때문이다.

쿵

너무 급히 멈추려고 한 탓일까.

1루수가 중심을 잃고 엉덩방아를 찧었다.

바닥에 엉덩방아를 찧은 상황에서도 1루수는 글러브를 위로 뻗어서 어떻게든 번트 타구를 잡아내려 애썼다.

그러나 역부족이었다.

여호령의 번트 타구는 1루수가 들어 올리고 있던 글러브를 살짝 넘기고 그라운드에 떨어졌다.

타다다닷.

그사이, 여호령이 빠른 발을 자랑하며 1루를 향해 내달렸다.

2루수가 일찌감치 1루 베이스 커버에 들어가 있었지만, 투수인 톰 베르겐이 타구를 잡아냈을 때는 너무 늦어 있었다.

이미 여호령이 1루 베이스 근처에 도달해 있었던 상황이었기에, 톰 베르겐은 송구 시도조차 하지 못했다.

짝짝!

"나이스 플레이!"

"호령아. 끝내줬다."

"기가 막혔다!"

여호령이 1루 베이스를 통과한 순간, 더그아웃 내에서 숨죽인 채 지켜보던 선수들이 박수와 환호를 보냈다.

'노렸어!'

전력 질주 후에 가쁜 숨을 몰아쉬는 여호령을 대기 타석에서 바라보던 태식도 감탄한 표정으로 고개를 끄덕였다.

첫 기습 번트 시도가 실패로 돌아갔을 때, 여호령은 네덜란드 수비진이 이미 기습 번트에 대비하고 있다는 사실을 간파했다.

다른 선수였다면 수비진이 기습 번트에 대한 대비를 하고 있다는 사실을 알게 된 후, 다른 공격 방식을 택했으리라.

그러나 여호령은 달랐다.

톰 베르겐을 상대로 자신감이 없어서였을까?

아니면, 기습 번트를 시도해서 성공시킬 수 있다는 확신이 있어서였을까?

둘 중 어느 쪽인가는 아무도 몰랐다.

오직 여호령만이 알고 있을 것이었다.

어쨌든.

첫 기습 번트 시도가 실패로 돌아간 후, 여호령은 공격 방식을 바꾸는 것을 선택하지 않았다.

대신 어떻게든 기습 번트를 성공시킬 방법을 찾아내는 데 집중했다.

그리고 그 결과물이 바로 이것이었다.

"기습 번트를 대비하고 있다면, 나는 그것을 역으로 이용하겠다."

여호령의 역발상이 만들어낸 기막힌 내야안타.

덕분에 일단 찬스는 만들어진 셈이었다.

무사 1루로 바뀐 상황.

태식이 타석으로 들어섰다.

오늘 경기 두 번째 타석.

태식은 톰 베르겐이 완투승을 거두기 위해서 9회에도 마운드에 오를 것이라고 예상했기에 진즉부터 수 싸움을 시작했다.

그리고.

태식이 수 싸움 끝에 내린 결론은 직구였다.

'직구 승부를 할 거야!'

태식이 이런 판단을 내린 근거는 분명히 존재했다.

첫 타석에서 태식은 톰 베르겐을 상대로 솔로 홈런을 터뜨렸다.

그 홈런으로 인해 퍼펙트게임 행진이 깨진 데다가, 실점까지 허용했던 톰 베르겐은 자존심이 잔뜩 상했을 터였다.

"아까 홈런이 나온 것은 우연일 뿐이었다. 이번 승부에서 그 홈런이 우연이었다는 것을 증명할 것이다."

태식과의 두 번째 승부.

톰 베르겐은 머릿속으로 이런 생각을 하고 있을 터였다. 그리고 상처 입은 자존심을 다시 세우기 위한 가장 좋은 방법은 지난 승부에서 홈런을 허용했던 공과 똑같은 구종을 사용해서 복수를 하는 것이었다.

이것이 톰 베르겐이 직구 승부를 고집할 것이라고 태식이 판단한 근거였다.

'난 준비가 끝났다!'

태식이 자신감이 가득 찬 시선으로 마운드 위에 서 있는 톰 베르겐을 노려보았다.

톰 베르겐도 태식의 시선을 피하지 않았다.

승부욕이 활활 타오르고 있는 강렬하기 짝이 없는 시선을 쏘아내던 톰 베르겐이 투구 준비를 시작했다.

슈악!

톰 베르겐의 손에서 공이 떠났다.

그 순간, 태식도 망설이지 않고 배트를 휘둘렀다.

부우웅!

태식의 배트가 텅 빈 허공을 갈랐다.

'직구가… 아니었다?'

크게 헛스윙을 한 태식이 당혹스러운 기색을 감추지 못했다.

첫 타석과 두 번째 타석.

또 달랐다.

첫 타석에서 톰 베르겐에게 홈런을 빼앗았을 당시, 태식은 수싸움 끝에 직구가 들어올 것이라고 확신했다.

당시 태식은 99퍼센트 직구가 들어올 거라 판단했다.

그리고 두 번째 타석 역시 직구가 들어올 것이라고 확신했다.

첫 타석과 다른 점은 99퍼센트가 아닌 100퍼센트 직구가 들어올 것이라고 판단했다는 점이었다.

해서 조금의 망설임도 없이 배트를 휘둘렀는데.

톰 베르겐이 태식을 상대로 던진 초구.

직구가 아니었다.

바깥쪽 슬라이더였다.

144㎞.

전광판에 찍힌 구속이었다.

직구 타이밍에 맞춰서 스윙을 했는데 직구와 약 15㎞ 가량 구속 차이가 나는 슬라이더가 들어왔으니 헛스윙을 할 수밖에 없었다.

노 볼 원 스트라이크.

'이게 메이저리그에서 활약하는 정상급 투수로구나!'

수 싸움에서 패한 순간, 태식이 톰 베르겐에게 새삼스러운 시선을 던졌다.

지난 타석에게 태식에게 홈런을 허용했던 톰 베르겐은 분명히 자존심이 상했을 터였다.

또, 그 수모를 고스란히 되갚아 주고 싶었을 것이었다.

그러나 톰 베르겐은 초구로 직구가 아닌 슬라이더를 선택했다.

그것도 바깥쪽 슬라이더였다.

두 점차로 앞서고 있는 상황.

무사 1루에서 만약 홈런을 허용한다면?

순식간에 동점을 허용하면서 네덜란드 대표팀은 거의 다 잡은 오늘 경기 승리를 놓칠 수도 있었다.

장타를 허용하지 않기 위해 톰 베르겐은 승부욕을 애써 누른 것이었다.

'확실히 다르네!'

후우.

태식이 하숨을 내쉬었다.

팀의 승리를 위해 승부욕을 감춘 톰 베르겐의 마인드.

태식을 감탄하게 만들기에 충분했다.

그렇지만 계속 감탄이나 하고 있을 때가 아니었다.

수 싸움이 빗나가면서 태식이 더그아웃과 대기타석에서 세웠던 이번 승부에 대한 구상도 함께 어긋나 버렸다.

'어렵게 변했어!'

톰 베르겐과의 대결이 더욱 어렵게 변했다는 사실은 부인할 수 없었다. 그리고 톰 베르겐은 태식이 다시 수 싸움을 펼칠 시간을 허용하지 않았다.

슈아악!

팡!

톰 베르겐이 던진 2구는 직구였다.

의표를 찌르며 몸 쪽으로 직구가 파고든 순간, 태식이 움찔했다.

미리 직구가 들어올 것을 예상하고 있었을 때와는 달랐다.

160㎞.

톰 베르겐이 전력을 다해 던진 직구는 더욱 빠르게 느껴졌다.

"스트라이크!"

노 볼 투 스트라이크.

주심이 스트라이크를 선언하면서 볼카운트는 타자인 태식에게 압도적으로 불리하게 바뀌었다.

'어떤 구종을 선택할까?'

태식의 머릿속이 복잡하게 헝클어졌다.

이런 태식의 상황을 간파했기 때문일까.

톰 베르겐은 투구 간격을 더욱 좁혔다.

슈악!

톰 베르겐이 선택한 3구째 공은 커브였다.

138㎞의 구속을 기록한 커브.

직구를 계속 의식하고 있던 태식으로서는 완벽하게 허를 찔린 셈이었다.

움찔한 태식이 톰 베르겐의 커브가 몸 쪽 스트라이크존을 살짝 걸치며 홈 플레이트를 통과한 순간, 급히 뒤로 물러났다.

너무 깊었다는 것을 주심에게 어필하기 위한 행동.

'제발… 선언하지 마라!'

태식이 주심 쪽으로 시선을 주지 못한 채 속으로 간절히 바랐다.

그 간절한 바람이 통한 걸까.

팔을 들어 올리던 주심이 도중에 다시 내렸다.

휴우.

스트라이크 선언이 되지 않았다는 것을 알아챈 태식이 그제야 안도의 한숨을 내쉬며 타석에서 벗어났다.

이대로라면 끌려다닐 수밖에 없었다.

생각을 정리할 시간이 필요했다.

헬멧을 고쳐 쓰면서 시간을 벌던 태식이 필사적으로 수 싸움에 매달렸다.

그러나 시간이 부족해서 어떤 답을 찾아내기 어려웠다.

주심은 어서 타석에 복귀하라고 손짓했다.

그 손짓을 확인하고서 답답한 표정을 짓던 태식이 순간 두 눈을 빛냈다.

'138㎞?'

조금 전에 톰 베르겐이 던졌던 커브의 구속을 떠올렸기 때문이었다. 그 순간, 태식이 생각을 고쳐먹었다.

'차라리… 수 싸움을 하지 말자!'

4. 불협화음

이미 수 싸움에서 밀린 상황.

만회하기는 늦었다는 생각이 들었다.

해서 수 싸움을 포기하기로 결심했던 태식이 퍼뜩 떠올린 것은 눈 야구였다.

'138㎞의 구속이라면 눈으로 확인하고 타격을 하는 것이 가능하다!'

이것이 태식이 수 싸움을 포기하기로 결심한 이유.

물론 문제는 있었다.

'과연 톰 베르겐이 138㎞의 구속을 기록했던 슬로 커브를 또 던질까?'

이 부분에 대한 확신을 할 수 없다는 점이었다.

'기다린다!'

그렇지만 달리 선택의 여지가 없다는 사실을 깨달은 태식이 최대한 승부에 집중하기 위해서 애썼다.

슈아악!

톰 베르겐이 4구째로 던진 공은 직구.

157㎞의 구속을 기록한 직구는 완벽하게 제구가 되면서 바깥쪽 낮은 스트라이크존을 통과했다.

딱!

태식이 이를 악물고 배트를 휘둘렀다.

직구가 들어올 것을 예상치 못했던 상황이었기에 완벽한 타이밍에 공을 맞추는 것은 불가능했다.

간신히 커트를 해내는 데 성공한 태식이 안도의 한숨을 내쉬었다.

반면 톰 베르겐은 아쉬운 기색을 드러냈다.

'효과가 있어!'

피칭머신을 상대로 했던 훈련.

그 훈련 과정에서의 성과로 태식의 배트 스피드는 눈에 띄게 빨라져 있었다.

덕분에 톰 베르겐의 직구를 완벽히 타이밍에 공략할 수는 없었지만, 최소한 커트는 가능했다.

5구째.

슈악!

이번에도 태식이 기다리던 커브는 아니었다.

톰 베르겐은 유인구로 슬라이더를 던졌지만, 태식이 잘 참아냈다.

투 볼 투 스트라이크.

이제 승부를 해야 할 때가 됐음을 직감한 톰 베르겐이 신중하게 투구를 준비했다. 그리고 그가 6구째로 선택한 공은 포크볼이었다.

'높다!'

톰 베르겐의 손에서 공이 떠난 순간, 태식이 두 눈을 빛냈다.

제구가 뜻대로 되지 않은 걸까.

톰 베르겐이 구사한 포크볼은 한가운데 높은 코스로 들어왔다.

또, 예리하게 각도가 꺾이지 않고 밋밋하게 들어왔다.

그것을 확인한 태식의 머릿속을 퍼뜩 스치고 지나간 생각은 둘이었다.

'실투! 그렇지만 커브가 아니다!'

태식이 타석에서 기다렸던 구종은 커브.

그러나 6구째에도 톰 베르겐은 커브를 던지지 않았다.

태식의 헛스윙을 유도해 내기 위해서 포크볼을 구사했다.

그렇지만 제구가 뜻대로 되지 않으면서 한가운데 높은 코스로 들어오는 실투가 나온 것이었다.

부웅!

커브를 노리고 있었던 탓일까.

머리는 배트를 휘두르지 말고 참으라고 소리쳤다.

그렇지만 실투가 들어오는 것을 눈으로 확인한 순간 태식의 몸이 먼저 본능적으로 반응했다.

'늦었다!'

이미 배트를 휘두르기 시작한 상황.

도중에 멈추기에는 너무 늦었다고 순간적으로 판단한 태식이 멈추지 않고 스윙에 힘을 실으려 끝까지 돌렸다.

딱!

불협화음이랄까.

머리와 마음이 따로 놀았던 탓에 타이밍이 밀렸다.

포크볼을 공략해서 태식이 때려낸 타구는 살짝 떠오른 채 3루수와 좌익수 사이의 빈 공간으로 날아갔다.

'코스는… 좋다!'

1루로 전력 질주 하면서 타구의 궤적을 힐끗 살핀 태식이 제발 3루수의 키를 넘기라고 속으로 소리쳤다.

타구를 확인한 순간, 네덜란드의 3루수가 낙하지점을 예측한 후 빙글 몸을 돌려 빠르게 달려 나갔다.

또, 좌익수도 맹렬한 속도로 타구를 향해 달려들었다.

미리 예측했던 낙하지점 근처에 도착한 3루수가 고개를 들어서 다시 타구를 확인했다. 그리고 예상보다 조금 더 멀리 뻗어나가는 타구를 잡기 위해 뒷걸음질을 치면서 글러브를 들어 올렸다.

'잡혔나?'

1루에서 멈추지 않고 2루를 향해 빠르게 내달리던 태식의 두 눈이 아쉬움으로 물들었을 때였다.

쿵!

침착하게 타구를 쫓아가서 글러브를 들어 올린 3루수와 타구만 보면서 빠르게 달려온 좌익수가 한데 엉켜 쓰러졌다.

쿵!

두 선수가 엉켜 쓰러진 순간, 태식이 두 눈을 크게 떴다.

'공은?'

잠시 뒤, 3루수의 글러브 속에 들어가 있지 않고 바닥에 떨어져 있는 공을 확인한 태식이 가슴을 쓸어내렸다.

그리고.

1루 주자였던 여호령의 주루 플레이는 무척 과감했다.

태식이 타석에서 때린 타구의 궤적을 확인한 순간, 여호령은 일말의 망설임도 없이 빠르게 스타트를 끊었다.

3루수와 좌익수의 중간 지점에 떨어지는 타구가 텍사스 안타가 될 것이란 확신을 가졌기 때문에 펼칠 수 있는 과감한 주루 플레이였다.

'경험에서 나온 판단!'

리그 최고의 2번 타자답게 여호령은 발도 빠르고 타구에 대한 판단력도 뛰어났다.

3루수와 좌익수가 부딪힌 후 한데 엉켜 쓰러진 순간, 여호령은 이미 3루 베이스 근처에 도달해 있었다.

툭. 데구르르.

그리고 여호령의 질주는 멈추지 않았다.

바닥을 구르고 있는 하얀색 공을 확인한 순간, 잠시의 머뭇거림도 없이 3루를 통과해서 홈으로 파고들었다.

강하게 부딪히면서 한데 엉켜 쓰러졌던 두 선수 가운데 좌익수가 먼저 일어나 홈으로 송구를 했다.

그러나 불의의 충돌로 인한 충격이 다 가시지 않은 데다가, 너무 송구를 서둘렀다.

제대로 힘이 실리지 않은 송구는 방향도 오른쪽으로 크게 치우쳤다.

'3루까지!'

여호령의 정확한 타구 판단과 과감한 주루플레이를 보며 넋을 놓고 감탄하고 있을 때가 아니었다.

좌익수의 송구가 홈으로 향하는 것을 확인한 태식이 기회를 놓치지 않고 3루를 향해 내달렸다.

쐐애애액.

홈에서의 승부 결과를 확인할 여유는 없었다.

헤드 퍼스트 슬라이딩을 하며 팔을 뻗어 3루 베이스를 터치한 후에야 태식이 고개를 돌려 홈에서의 승부를 확인했다.

"세이프!"

오른쪽으로 많이 치우친 좌익수의 송구를 포구하지 못한 네덜란드의 포수는 홈에서 승부를 펼치지 못했다.

그뿐만 아니라, 공을 한 번 더듬으며 3루로 송구를 할 기회조차 놓쳐 버렸다.

망연자실한 표정을 짓고 있는 네덜란드의 포수를 바라보던 태식이 시선의 방향을 바꾸었다.

과감한 주루 플레이를 바탕으로 기어이 홈까지 파고드는 데 성공한 여호령이 손을 뻗어 태식을 가리키며 환호했다.

태식도 마주 손을 뻗어 여호령을 가리키며 속으로 생각했다.

'최소 동점은 가능하다!'

2 : 3.

태식이 텍사스 안타를 때려낸 사이, 1루 주자였던 여호령이 홈으로 파고들며 점수 차는 한 점으로 줄어들었다.

또, 무사 3루의 절호의 득점 찬스가 이어지고 있었다.

여호령의 과감한 주루 플레이는 물론이고, 태식이 2루에서 멈추지 않고 기회를 놓치지 않고 3루까지 내달렸던 주루 플레이도 빛을 발한 상황.

유대훈 감독의 선택은 아까와 달랐다.

이번에는 대주자를 내세웠다.

발이 빠른 대주자 황병도와 교체되어 더그아웃으로 걸어 돌아온 태식이 그라운드를 주시했다.

9회 초 마지막 공격 찬스에서 대한민국 대표팀이 연속 안타를 터뜨리며 한 점을 더 추격하는 데 성공하자, 경기장의 분위기는 뜨겁게 달아올라 있었다.

"동점 가자!"

"이참에 역전해 버리자!"

"오늘은 이기자!"

"대한민국 파이팅!"

관중석을 꽉 메운 팬들은 동점을 만드는 것은 물론이고, 내친김에 역전까지 만들어내기를 바라고 있었다.

반면 네덜란드 대표팀의 선수들은 당황한 기색이 역력했다.

턱밑까지 추격을 당한 데다가, 무사 3루의 실점 위기가 이어지고 있기 때문이리라.

'동점을 만드는 게 우선이야!'

마운드를 방문한 네덜란드의 감독 란돌프 오두버가 톰 베르겐과 대화를 나누는 것을 바라보던 태식의 눈빛이 깊어졌다.

연속 안타가 터져서 역전을 만들어낸다면 더할 나위 없겠지만, 일단 동점을 만드는 게 급선무였다.

'승부치기도 대비해야 해!'

월드 베이스볼 클래식은 정규 이닝에 경기의 승부가 가려지지 않으면 10회까지 정상적으로 경기를 진행하고 11회부터는 승부치기라는 제도를 도입했다.

경기 시간을 단축시키기 위한 선택.

비록 승부치기라는 제도가 도입이 되긴 했지만, 결국 연장 승부를 펼친다는 것은 다를 바가 없었다. 그리고 만약 연장과 승부치기에 돌입한다면 유리한 쪽은 대한민국이라고 태식은 판단하고 있었다.

패색이 짙었던 경기를 끝까지 추격해서 동점을 만들고 승부치기까지 끌고 간 만큼, 대한민국 대표팀의 분위기는 상승세.

반면 다 잡았던 경기를 마무리하지 못하고 승부치기까지 펼치게 될 네덜란드 대표팀의 분위기는 착 가라앉은 상태일 것이기 때문이었다.

'교체하지… 않는다?'

마운드를 방문했던 네덜란드의 감독인 란돌프 오두버는 투수 교체를 단행하지 않고 그냥 내려갔다.

톰 베르겐을 믿고 끝까지 밀어붙였다.

"구위는 괜찮다고 판단했기 때문이야!"

톰 베르겐은 9회 초에 여호령과 태식에게 연속 안타를 허용하며 오늘 경기 두 번째 실점을 허용했다.

그렇지만 두 개의 안타 모두 정타는 아니었다.

여호령의 경우는 타고난 타격 센스와 기지를 발휘해서 만들어낸 내야안타.

태식의 경우는 빗맞았음에도 코스가 좋았던 행운의 텍사스 안타.

이것이 마운드를 방문한 란돌프 오두버가 톰 베르겐의 구위가 아직 떨어지지 않았다고 판단한 이유였다.

그러나 태식의 생각은 조금 달랐다.

'한계에 다다랐어!'

직접 타석에 서서 톰 베르겐의 공을 상대해 보았기에 태식은 그가 체력적으로 한계에 다다랐다는 것을 확실히 알 수 있었다.

조금 전, 자신과 승부를 하던 중에 한가운데로 몰리는 실투가 나왔다는 것이 그가 지쳤다는 증거였다.

무사 3루의 찬스에서 타석에 들어선 것은 4번 타자 조우종이었다.

'결과적으로는… 감독님의 선택이 옳았네!'

책임감 때문일까.

비장한 표정으로 타석을 향해 걸어 나가는 조우종의 너른 등을 바라보며 태식이 생각했다.

7회에 허벅지에 사구를 맞았던 조우종을 대주자로 교체하지 않고 그대로 경기를 진행시켰던 유대훈 감독의 선택.

그 선택으로 인해 추가 득점을 올릴 수 있었던 절호의 기회를 허공에 날려 버렸기 때문에 태식은 무척 아쉬워했었다.

그러나 9회 초에 조우종의 앞에 찬스가 만들어진 상황이 되자, 유대훈 감독의 선택도 나쁘지 않았다는 생각이 들었다.

그리고.

조우종은 유대훈 감독의 기대에 부응했다.

슈아악!

따악!

톰 베르겐이 던진 초구부터 조우종은 과감하게 배트를 휘둘렀다.

처음부터 직구를 노리고 타석에 들어온 조우종이었지만, 배트 스피드가 직구의 구속을 따라가지 못했다.

그래서 타구가 밀렸지만, 크게 벗어나지는 않았다.

'가운데로 몰렸어!'

그 이유는 톰 베르겐이 던진 직구의 제구가 뜻대로 되지 않으면서 가운데로 몰렸기 때문이다.

조우종은 강한 손목 힘을 바탕으로 타구를 최대한 멀리 보냈다.

외야 선상 쪽으로 이동한 우익수가 포구지점 근처에 미리 도착해서 기다리기 시작했다.

그런 그는 타구의 위치와 선상의 위치를 번갈아 살폈다.

'일부러 잡지 않을 수도 있어!'

만약 외야 선상 밖에 떨어지는 파울 타구라고 확신한다면?

3루 주자인 황병도가 태그 업을 시도해서 홈으로 파고드는 것을 의식해서 일부러 타구를 잡지 않을 수도 있다는 생각이 퍼뜩 머리를 스치고 지나갔다.

팟!

잠시 뒤, 우익수가 선택을 내렸다.

그리고 네덜란드 우익수가 내린 선택은 타구를 잡아내는 것이었다.

'됐다!'

그 모습을 확인한 태식이 주먹을 불끈 움켜쥐었다.

외야플라이는 꽤 깊은 편이었다.

3루 주자인 황병도가 태그 업을 시도해 홈으로 파고들기에 충분할 정도로.

'일단 동점은 만들었다!'

조우종의 외야플라이가 나오면서 승부가 원점으로 돌아왔다는 확신을 태식이 막 품은 순간이었다.

타다다닷.

대주자 황병도가 태그업을 시도해서 홈으로 쇄도하기 시작한 순간, 네덜란드 대표팀 우익수가 홈으로 송구했다.

슈아아악!

낮은 포물선을 그리며 홈 플레이트 근처에서 기다리고 있는 포수에게로 향하는 송구는 빠르고 정확했다.

"어어……!"

홈 플레이트 근처에서 원 바운드를 일으킨 우익수의 송구가 포수의 미트에 정확히 도착한 순간, 대주자 황병일이 헤드 퍼스트 슬라이딩을 감행했다.

접전!

태그업을 시도했던 황병일이 여유 있게 홈으로 들어오며 득점을 올릴 거란 태식의 예상은 빗나갔다.

승부의 결과를 감히 예견할 수 없는 접전이 벌어진 순간, 태식이 크게 당황했다.

'결과는?'

"아웃!"

주심이 아웃을 선언한 순간, 태식은 온몸의 힘이 한꺼번에 빠져나가는 느낌을 받았다. 그리고 승부를 원점으로 돌렸다고 판단했기에 한껏 달아올랐던 경기장은 순식간에 침묵에 휩싸였다.

대한민국 대표팀의 더그아웃 역시 침묵이 흘렀다.

태식을 포함해 모든 선수들이 석상처럼 굳어졌다.

가장 먼저 정신을 차린 것은 경험이 풍부한 유대훈 감독이었다.

유대훈 감독은 주심에게 비디오 판독을 요청했다.

'판정이… 번복될까?'

태식이 비디오 판독을 통해서 판정이 번복되길 기대했지만, 판독을 마치고 돌아온 주심은 원심을 유지했다.

"아웃!"

'이제… 어쩌지?'

비디오 판독까지 거쳤음에도 아웃으로 판정된 순간, 태식의 머릿속이 하얗게 변했다.

무사 3루의 득점 찬스가 무산되면서 2사 주자 없는 상황으로 바뀌어 있었다. 그리고 어떻게 손을 써볼 겨를도 없었다.

5번 타자 이명기가 톰 베르겐의 포크볼에 헛스윙을 하며 삼구삼진을 당한 순간, 경기는 그대로 종료됐다.

최종 스코어 2 : 3.

대한민국과 네덜란드의 예선 2차전은 접전 끝에 네덜란드의 승리로 끝이 났다.

'졌다!'

네덜란드 선수들은 마운드 근처로 모여서 완투승을 달성한 톰 베르겐과 하이파이브를 나누며 승리를 기뻐하고 있었다.

태식이 더그아웃에서 움직이지 못하고, 그 모습을 물끄러미 바라보았다.

분명히 경기에 패했다.

그런데 여전히 실감이 나질 않았다.

'왜… 졌지?'

동점을 만든 후 9회 말을 무실점으로 막아낸 후, 연장으로 돌입한다면 충분히 승산이 있다고 판단했는데.

그 계획은 완전히 어그러져 버렸다.

동점을 만들지 못해서 연장으로 돌입하지도 못했기 때문이었다.

패인을 찾아내기 위해서 애쓰던 태식이 9회 초의 상황을 되짚었다.

대주자로 발이 빠른 황병일을 기용한 유대훈 감독의 선택은 무척 적절했다.

또, 무사 3루의 찬스에서 타석에 들어선 조우종도 유대훈 감독의 믿음을 배신하지 않고 외야플라이를 때려내는 데 성공했다.

득점 공식이나 다름없는 깔끔한 전개.

아무리 당시의 상황을 되짚어보아도 문제점을 찾기 힘들었다.

'우익수의 송구가 좋았어!'

네덜란드 대표팀의 우익수가 강한 어깨로 기가 막힌 송구를 했던 것이 동점을 만들지 못한 원인이었다.

그리고 그 과정에서 굳이 문제점을 찾자면… 상대팀 선수에 대한 분석과 파악이 부족했다는 것이었다.

그렇지만.

'설령 네덜란드 팀 우익수의 어깨가 강하다는 사실을 알았다고 해도… 과연 태그 업을 포기할 수 있었을까?'

태식이 한숨을 내쉬었다.

당시의 상황.

무조건 태그 업을 해서 홈으로 파고들어야 했던 상황이었다.

'어쩌면… 교통사고 같은 것이 아닐까?'

태식이 퍼뜩 떠올린 생각이었다.

아무리 방어 운전이 몸에 밴 운전자라고 하더라도, 다른 차량 운전자의 과실로 인한 사고까지 피할 수는 없었다.

지금도 엇비슷한 상황이었다.

대한민국 대표팀은 지극히 정상적인 플레이를 펼쳤다. 그런데 예기치 못한 상대팀 우익수의 강하고 정확한 송구로 인해서 불의의 사고를 당한 셈이었다.

'그래도… 패했다는 결과는 바뀌지 않지!'

태식이 길게 한숨을 내쉬었다.

경기가 끝난 지 한참 시간이 흘렀음에도, 태식은 쉽사리 패배의 충격에서 빠져나오지 못했다.

너무 아쉬운 패배였기 때문이다.

"선배."

김대회가 부르고 난 후에야 태식은 그라운드 쪽으로 향하고 있던 시선을 뗐다.

"응?"

"인사하러 가야죠."

"인사?"

"비록 경기에 패했지만, 저희들을 응원하기 위해 찾아온 팬들에게 인사는 해야죠."

"그래야지"

태식이 선수들과 함께 그라운드로 걸어 나갔다. 그리고 경기장을 찾아준 팬들에게 인사를 한 순간이었다.

우우!

우우우!

팬들의 거센 야유가 쏟아졌다.

예선 전적 2패.

각 팀별로 두 경기씩을 치른 A조 최하위는 대한민국이었다.

개최국인데다가 우승 후보 중 하나라고 도박사들이 점쳤던 대한민국이 예선 전적 2패를 기록하며 최하위로 처진 것은 분명히 이변이었다.

그리고 이변은 끝이 아니었다.

A조 최약체로 꼽혔던 이스라엘은 대한민국과의 개막전에서

승리한 데 이어 일본과의 예선 2차전에서도 승리를 거두었다.

이번의 연속.

예선 전적 2승을 거둔 이스라엘은 당당히 A조 1위로 올라섰다.

"어렵다!"

태식이 한숨을 내쉬었다.

이미 예선 전적 2패를 기록한 상황.

대한민국 대표팀의 본선 진출 가능성은 무척 낮아진 상황이었다.

이미 자력 진출은 불가능해진 상황.

경우의 수를 따져야만 했다.

"이스라엘이 네덜란드를 잡아줘야 해!"

일단 이스라엘이 네덜란드와의 예선 최종전에서 무조건 승리를 거두는 것이 최소한의 필요 조건이었다.

이스라엘이 네덜란드와의 대결에서 승리를 거두고, 대한민국이 예선 최종전에서 일본에게 승리를 거둔다면?

이스라엘은 예선 전적 3승을 기록해 A조 1위로 본선에 진출한다.

반면 나머지 세 나라의 전적은 모두 1승 2패로 같아진다.

1승 2패로 승률이 끝아지면, 그때부터는 계산이 쫴 복잡해졌다.

승패가 동률일 시 규정.

1. 수비 이닝당 실점이 낮은 순.

2. 1이 동률일 경우 수비 이닝당 자책점이 낮은 순.

3. 2가 동률일 경우, 타율이 높은 순.

4. 세 가지 모두 동률일 경우 추첨으로 결정한다.

이것이 이번 월드 베이스볼 클래식에서 바뀐 규정이었다.

이 규정에 의거해 승패가 같은 세 팀 가운데 상위 두 팀을 추린 후 조 2위로 진출할 한 팀을 가리는 마지막 경기인 타이브레이크를 치르게 되어 있었다.

'우리는 현재까지 9실점을 했어!'

이스라엘과의 예선 1차전 결과는 1 : 6 패.

네덜란드와의 예선 2차전 결과는 2 : 3 패.

대한민국은 총 18이닝 동안 9실점을 했다.

네덜란드의 경우는 18이닝 동안 5실점을 했다.

일본의 경우는 18이닝 동안 6실점을 했다.

'어려워!'

현재 상태라면 세 팀의 승패가 같아지더라도 대한민국 대표팀은 타이브레이크 게임을 치를 기회조차도 얻지 못할 가능성이 높았다.

그런 사실을 알기 때문일까.

개최국임에도 불구하고 예선 탈락할 위기에 처해 있는 대한민국 대표팀에 대한 비난은 무척 거셌다.

<예선 탈락 위기에 처한 야구 대표팀의 운명과 후폭풍은?>

<부진한 경기력. 과연 해법은 있는가?>

<총체적인 난국에 빠진 야구 대표팀. 3전 전패의 치욕으로 대회를 마감할까?>

기사의 내용들은 대한민국 대표팀에 대한 비난 일색이었다. 그리고 기사 아래 달린 댓글들도 마찬가지였다.

─헐, 너무한 거 아님?
─KBO 수준 봐라. 쪽팔린다.
─중계도 하지 마라. 시간 아깝다.
─내 댓글이 성지가 될 거라 예언했던 것 기억남?

댓글들은 살피던 태식의 표정이 어두워졌다.

이번 월드 베이스볼 클래식이 대한민국에서 개최됐기 때문에 야구팬들의 기대는 더욱 컸다. 그렇지만 대한민국 대표팀이 예선 전적 2패를 기록하면서 일찌감치 예선에서 탈락할 위기에 처하자 야구팬들의 실망도 컸다.

"너무… 성급해."

기사와 댓글들을 확인한 태식이 서운한 감정을 느꼈다.

개막전에서 이스라엘에게 패하고, 예선 2차전에서 네덜란드에게까지 잇따라 패하면서 대한민국 대표팀이 예선 밀릭 위기에 처했다는 것은 부인할 수 없는 사실이었다.

그렇지만 아직 예선 탈락이 확정된 것은 아니었다.

비록 자력으로 본선 진출이 불가능해졌고, 경우의 수를 따진다고 해도 불리한 상황에 처해 있는 것은 맞았지만, 아직 본선 진출 가능성이 완전히 사라진 것은 아니었다.

비난보다는 응원이 필요한 시점이었다.

또 하나 아쉬운 점.

이스라엘과의 개막전에 비해서 네덜란드와의 예선 2차전에서 대한민국 대표팀의 경기력은 분명히 나아졌다.

이스라엘 전에서 완패를 당했던 것과 달리, 네덜란드 전에서는 마지막까지 추격의 고삐를 늦추지 않으며 아쉽게 패배를 기록했던 것이 증거였다.

그러나 기자들과 팬들은 이런 부분에 전혀 주목하지 않았다.

〈마지막 자존심을 세울 수 있는 기회. 숙명의 라이벌 일본만큼은 꺾어야 한다〉

또 하나의 기사 제목을 확인한 태식이 고개를 흔들었다.

일본이 숙명의 라이벌이란 것은 사실이었다. 그래서 일본과의 경기만큼은 절대 패하고 싶지 않았다.

그렇지만.

예선 마지막 경기인 일본전을 앞두고 있는 상황은 대한민국 대표팀에 절대 유리하게 흘러가지 않았다.

예선에서 돌풍을 일으키고 있는 이스라엘에게 불의의 일격을 당한 일본의 예선 전적은 1승 1패.

일본 역시 본선 진출을 장담할 수 없는 상황이었다.

일본의 입장에서도 본선에 진출하기 위해서 대한민국과의 예선 마지막 경기에 필사적인 각오로 임할 수밖에 없었다.

"최동현이… 과연 버틸 수 있을까?"

태식이 답답한 한숨을 내쉬었다.

"야구는… 참 어렵군."

유대훈이 소주잔을 들어 입으로 가져갔다.

현장을 떠난 이후 술을 딱 끊었었는데.

이번 월드 베이스볼 클래식의 대한민국 대표팀 감독직을 맡고 난 후부터 자연스레 다시 술을 입에 대기 시작했다.

대표팀 선수 구성부터 코칭스태프 구성, 그리고 전력 분석까지.

마치 나사가 풀려 버린 톱니바퀴처럼 대한민국 대표팀은 여러 차례 삐걱대며 불협화음을 냈다.

자신의 마음처럼 흘러가지 않는 상황으로 인해 답답한 마음에 마시기 시작한 술의 양은 시간이 지날수록 점점 더 늘어났다.

거의 매일 술을 마셨고, 특히 이스라엘에 이어 네덜란드와의 경기마저 패하고 난 후에는 폭음으로 이어졌다.

술을 마시지 않고는 도저히 잠을 이룰 수 없었기 때문이다.

"만약 프로 팀의 감독을 맡았다면… 큰 병이 나고도 남았겠군."

쓰게 웃으며 혼잣말을 꺼낸 유대훈이 술잔을 내려놓았다.

이스라엘 전에 이어 네덜란드 전까지.

대한민국 대표팀은 예선 두 경기를 잇따라 패했다.

그로 인해 예선 탈락 직전이라는 벼랑 끝에 몰려 있었다.

그래서일까.

기자들과 팬들은 이미 대한민국 대표팀의 예선 탈락이 확정된 것처럼 비난들을 쏟아내고 있었다.

또, 여러 가지 후폭풍이 발생하고 있었다.

너무 부풀려진 KBO 리그의 수준에 대한 진단에서부터, 대표팀 전담 감독과 코칭스태프 없이 대회를 코앞에 두고 주먹구구식으로 준비를 시작하는 협회에 대한 비난까지.

물론 틀린 지적은 아니었다.

특히 전담 감독이나 코칭스태프 없이 주먹구구식으로 대회를 준비하는 협회의 행정에 대해서는 유대훈도 불만과 우려를 갖고 있었다.

대한민국 야구 대표팀의 미래를 위해서 분명히 짚고 넘어가야 할 부분.

그렇지만 유대훈이 서운한 감정을 느끼고 있는 이유는 이런 과정들이 너무 일렀기 때문이다.

기자와 야구 전문가, 팬들, 심지어 도박사들까지.

모두 대한민국 야구 대표팀의 예선 탈락이 확정된 것처럼 이야기하고 있었다. 그러나 유대훈의 생각은 달랐다.

"아직… 안 끝났어!"

서운한 기색을 감추지 않은 채 술잔을 들어 입으로 가져가던 유대훈이 각오를 다지듯 작게 혼잣말을 꺼냈다.

5. 비슷한 유형

야구가 어려운 이유.

어느 누구도 승부의 결과를 정확히 예측하지 못하기 때문이다.

축구공만 둥근 것이 아니었다.

야구공도 둥글기는 마찬가지였다.

예상이 빗나가는 결과가 나오는 이변은 언제든지 벌어질 수 있었다.

실제로 이번 월드 베이스볼 클래식에서도 이변은 여러 차례 일어났다.

그 가운데서도 가장 큰 이변.

모두가 A조 최약체라고 손꼽았던 이스라엘이 예선 전적 2연승으로 현재 A조 1위에 올라 있는 것이다.

"3연승으로 예선을 마무리하고 A조 1위로 본선에 진출하겠습니다."

이스라엘의 감독인 제리 헤론이 했던 언론 인터뷰였다.

이스라엘의 예선 최종전 상대는 네덜란드.

대회 개막 전 복병으로 꼽혔던 네덜란드는 전문가들의 예상 이상으로 강팀이었다.

비록 일본과의 예선 1차전에서 한 점차로 석패를 하긴 했지만, 경기 막바지까지 승부 결과를 예측하기 힘들었던 접전이었다.

또, 예선 2차전 상대였던 대한민국을 상대로도 치열한 접전 끝에 승리를 거두었던 것이 네덜란드가 강팀이란 증거였다.

그렇지만 유대훈이 직접 상대해 보았던 이스라엘 역시 강팀이었다.

네덜란드에 비해 객관적인 전력에서는 뒤쳐졌지만, 아까도 말했듯이 야구란 결과를 예측하기 어려운 종목이었다.

"만약 이스라엘이 네덜란드마저 잡아낸다면?"

예선 통과가 거의 확실해져 있는 상황이었지만, 이스라엘의 제리 헤론 감독은 네덜란드와의 예선 3차전에 주축 선수들을 모두 투입해서 승리를 거두겠다고 밝혔다.

괜히 꺼낸 말이 아니었다.

제리 헤론 감독은 조 1위로 A조 예선을 통과하길 바랐다.

그래야만 본선에서 좀 더 쉬운 상대를 만날 수 있기 때문이다.

그리고.

만약 제리 헤론 감독이 바라는 대로 이스라엘이 3승을 거둔다면, 대한민국 대표팀에게도 기회가 생기는 셈이다.

"어려운 상황인 것은 사실이지만… 아직 포기하기에는 일러!"

유대훈은 아직 본선 진출을 포기하지 않았다.

비록 모두가 어렵다고 말하고 있었지만, 유대훈은 이스라엘이 네덜란드와의 예선 3차전에서 승리를 거둘 수 있을 것이라고 믿고 있었다.

아무런 근거도 없는 막연한 바람이 아니었다.

유대훈이 예선 3차전에서 이스라엘의 승리를 점치는 데는 분명한 근거가 있었다.

"분위기를 탔어!"

이스라엘 야구 대표팀의 가장 큰 특징을 꼽는다면 젊다는 것이다.

이스라엘 대표팀을 이끌고 있는 감독인 제리 헤론을 시작으로 대표팀 선수들도 젊은 선수들 위주로 구성되어 있었다.

그리고 젊은 선수들로 구성된 팀이 가장 무서워지는 경우는 분위기를 탔을 때였다.

한번 분위기를 타기 시작하면 젊은 선수들은 가진바 기량 이상의 경기력을 끌어내기 때문이었다.

대한민국 대표팀과 일본 대표팀이 객관적인 전력에서 두 수 이상 앞선다는 평가에도 불구하고, 이스라엘 대표팀의 돌풍 앞에 무너지며 이변의 희생양이 됐던 것도 이런 이유 때문이다.

"결국… 우리가 문제야!"

숙적 일본과의 예선 3차전.

일본과의 경기 결과에 따라서 대한민국이 타이브레이크 게임을 펼쳐서 기적적으로 예선을 통과할 가능성은 여전히 남아 있었다.

"무조건 이겨야 해!"

유대훈이 두 눈을 빛냈다.

예선 3차전 상대인 숙적 일본과의 대결.

실낱같은 본선 진출에 대한 희망의 끈을 이어나가기 위해서는 무조건 일본과의 대결에서 승리를 거두어야 했다.

그것도 그냥 이겨서는 힘들었다.

점수 차를 최대한 벌리며 일본을 완파해야 했다.

"끝까지 해봐야지!"

지금 이렇게 술을 마시고 있을 때가 아니란 생각이 퍼뜩 들었다.

꽤 술을 마셨지만 취기는 전혀 돌지 않았다.

"아무래도 잠을 자긴 틀린 것 같군!"

술병을 한곳으로 치워 버린 유대훈이 잠자리에 드는 것을 포기하고 일본전을 대비한 구상에 본격적으로 돌입했다.

"만원 관중이 들어차긴 했네요."

숙적 일본과의 예선 최종전.

아직 경기가 시작되기 한참 전이었지만, 경기장 안에는 일찌감치 많은 팬들로 들어차 있었다.

인터넷 예매 분은 물론이고 현장 판매분까지 매진이 됐다는 소식을 접한 송나영이 이이라는 표정을 지었을 때였다.

"내가 그랬잖아. 경기장이 꽉 찰 거라고."

유인수가 심드렁한 목소리로 대꾸했다.

"하지만 예선 탈락이 유력한 상황이라서 팬들이 많이 찾아오지 않을 줄 알았는데……."

송나영이 표가 매진되지 않을 거라고 예상했던 이유를 입 밖으로 꺼냈다. 그러나 유인수는 고개를 흔들었다.

"아직 예선 탈락이 확정된 건 아냐."

"물론 그렇긴 하지만 확률상……."

"확률은 확률일 뿐이지."

"……?"

"오늘 경기장을 찾아온 팬들은 확률을 따지고 찾아온 것이 아니라, 기적을 바라고 찾아온 거야."

유인수가 꺼낸 이야기.

일리가 있다는 생각에 송나영이 고개를 끄덕였을 때였다.

"그리고 설령 대한민국 야구 대표팀의 예선 탈락이 확정된 상황이었다고 해도 경기장은 만원 관중이 들어찼을 거야."

"네? 왜요?"

"예선 최종전 상대가 일본이니까."

"아!"

"너도 알다시피 일본과의 경기는 단순한 경기가 아니거든. 양국의 자존심이 걸려 있는, 전쟁이나 다름없는 일전이니까."

송나영이 재차 고개를 끄덕였다.

역사 때문일까?

대한민국과 일본.

두 나라의 스포츠 대결은 종목을 불문하고 특히 열기가 뜨겁게 달아올랐다.

양국 모두 절대 상대에게 져서는 안 된다는 사명감으로 똘똘 뭉친 채로 경기에 나섰기 때문에 항상 치열한 대결이 펼쳐졌다.

"대한민국이… 이길 수 있을까요?"

송나영이 불안한 기색을 감추지 않은 채 물었다. 그리고 송나영이 불안한 표정을 짓고 있는 이유는 여럿 있었다.

2패를 먼저 기록하며 예선 탈락 위기에 처한 대한민국 대표팀의 가라앉은 분위기.

서광현과 이연수, 대표팀의 원투펀치라 할 수 있는 두 투수들을 모두 소모한 터라 믿고 내보낼 수 있는 투수가 거의 없다는 부분.

반면 일본은 명실공히 에이스인 오타니 쇼에이를 아껴두었다가 대한민국과의 경기에 내세웠다는 점 등등.

이것들이 송나영이 불안감을 감추지 못하는 이유들이었다.

유인수도 불안하긴 마찬가지일까.

어두운 표정으로 입을 뗐다.

"나도 오늘 경기를 무척 걱정하고 있어. 만약 숙적 일본과의 대결까지 패한다면, 문제가 심각해지니까."

"문제가 심각해진다고요?"

"일본한테까지 패한다면 엄청난 비난이 쏟아질 거야."

"당연히 그렇겠죠."

"물론 팬들의 비난은 시간이 지나면 차차 가라앉게 마련이야.

그렇지만 이번 월드 베이스복 클래식을 통해서 대한민국 대표팀에 크게 실망한 야구팬들이 떠날 수도 있어. 그게 진짜 심각한 문제가 되는 거지."

대회 개최국임에도 불구하고 예선 탈락을 하는 것은 물론이고, 숙적 일본과의 대결에서마저 패배한다면?

후폭풍은 엄청날 것이었다.

유인수는 지금 그 후폭풍을 걱정하는 것이었다.

"분명히 열세야."

"그렇죠?"

"부인하기 어렵지. 아마 힘든 경기가 될 거야."

그 대답을 들은 송나영의 표정이 심각하게 바뀌었다.

야구를 보는 유인수의 눈.

무척 정확했다.

그가 전력에서 열세인 탓에 힘든 경기가 될 것이라고 예측한 만큼, 실제로 어려운 경기가 될 가능성이 높았다.

후우.

답답한 한숨을 내쉬었던 송나영의 시선이 한 곳에서 멈추었다.

"엄청 많이 몰려왔네요."

송나영이 경기장에 미리 도착해서 관전할 준비를 하고 있는 메이저리그 스카우터들을 발견하고 입을 뗐다.

대한민국 대표팀이 예선 1, 2차전 경기를 펼쳤을 때도 메이저리그 스카우터들이 찾아왔었다.

그렇지만 일본과의 예선 3차전을 앞두고 훨씬 많은 메이저리그 스카우터들이 몰려와 있었다.

"오타니 쇼에이를 보기 위해서지."

유인수의 대답을 들은 송나영이 다시 표정을 굳혔다.

오타니 쇼에이.

대한민국과의 예선 3차전에 선발투수로 등판하는 오타니 쇼에이는 일본 야구의 미래라고 추앙받는 선수였다.

고등학교를 졸업하고 일본 프로 팀에 진출한 오타니 쇼에이는 데뷔 년도에 16승을 거두며 혜성처럼 등장했다. 그리고 이듬해에는 무려 20승을 거두며 일본 프로 리그 최고의 투수로 발돋움했다.

그리고 프로 3년차인 지난 시즌.

오타니 쇼에이는 또 한 번 변신을 선보였다.

투수로서뿐만 아니라 타자로도 경기에 나서기 시작했던 것이었다. 그리고 오타니 쇼에이는 투수와 타자로서 모두 출중한 기량을 선보였다.

투수로서 17승의 승수를 거두었고, 타자로도 3할 중반대의 타율을 기록했다.

전천후 선수.

과거에 보지 못했던 전혀 새로운 유형의 선수인 오타니 쇼에이의 등장에 일본 열도는 열광하며 이도류란 별명을 붙였다.

거기에다 준수한 외모는 덤이었다.

그리고.

일본 프로 무대를 평정하다시피 한 오타니 쇼에이에게 메이저 리그의 관심이 쏟아지는 것은 당연한 일이었다.

―일본은 너무 좁다.

오타니 쇼에이에 대한 평가였다.

포스팅 시스템을 통해서 메이저리그에 진출할 것이 유력하다고 점쳐지는 오타니 쇼에이의 투구와 타격을 보기 위해서 수많은 메이저리그 스카우터들이 오늘 경기장에 몰려들어 있는 상황.

그들을 지켜보던 송나영이 퍼뜩 떠올린 것은… 김태식이었다.

'비슷한 유형이 아닐까?'

오타니 쇼에이는 분명히 과거에 한 번도 본 적이 없는 특이한 유형의 선수였다. 그렇지만 일본 프로 무대에만 특이한 유형의 선수가 있는 것은 아니었다.

KBO 리그에도 오타니 쇼에이와 무척 흡사한 특이한 유형의 선수가 존재했다.

바로 김태식이었다.

물론 지난 시즌 김태식의 활약은 별로 알려지지 않았다.

우선 김태식의 지명도가 오타니 쇼에이에 비해 현저히 낮았고, 또 김태식이 투수와 타자로서 동시에 활약했던 경기가 많지 않았다.

지난 시즌 막바지에 이르러서야 잠시 투수 겸 타자로 출전해 활약하는 모습을 선보였다.

그러나 송나영은 당시 김태식의 플레이와 활약상에 깊은 인상을 받았다.

'오타니 쇼에이와 비교한다 해도… 손색이 없었어!'

백년에 한 번 나올까 말까 한 야구 천재.

이렇게 알려진 오타니 쇼에이의 활약상과 비교한다고 해도 지난 시즌 막바지에 김태식이 보여준 활약상은 손색이 없었다고 송나영은 판단하고 있었다.

그리고.

'정면 대결을 한다면… 무척 흥미롭겠네!'

일본 대표팀의 선발투수이자 3번 타자로 출전이 예고된 오타니 쇼에이.

김태식이 선발투수이자 타자로도 출전해서 오타니 쇼에이와 정면 대결을 펼친다면?

무척 흥미로울 것이란 생각을 송나영이 막 품었을 때였다.

"떴다!"

스마트폰을 바라보던 유인수가 말했다.

"뭐가 떴어요?"

"대한민국 대표팀 선발 라인업!"

유인수의 대답을 들은 송나영이 재빨리 스마트폰을 켰다.

잠시 뒤, 유대훈 감독이 발표한 선발 라인업을 확인한 송나영이 두 눈을 크게 뜬 채 입을 뗐다.

"이걸… 어떻게 해석해야 하는 거죠?"

〈대한민국 대표팀 선발 라인업〉

1번. 여호령

2번. 김태식

3번. 정회성

4번. 이명기

5번. 장윤철

6번. 민경상

7번. 문백경

8번. 김대희

9번. 조연성

피처: 최동현

6. 공격보다 수비

유대훈 감독이 숙적 일본과의 대결을 앞두고 발표한 선발 라인업을 확인한 순간, 태식이 고개를 갸웃했다.

일본과의 예선 최종전에 선발 라인업에 포함된다는 사실은 이미 알고 있었다.

유대훈 감독에게서 미리 언질을 받았기 때문이다.

"일본과의 대결에 선발 출전하게 될 거야. 그리고 미리 말해 두는데 선발 라인업을 확인하고 너무 놀라지 말게."

유대훈 감독이 당시 태식에게 건넸던 이야기.

너무 놀라지 말라는 이야기를 미리 들었음에도 불구하고, 태식은 유대훈 감독이 발표한 선발 라인업을 확인한 순간 무척 놀랐다.

선발 라인업의 변화가 워낙 컸기 때문이다.

이미 예선 1, 2차전에서의 잇따라 패배를 기록한 상황.

유대훈 감독이 선발 라인업에 어느 정도 변화를 줄 것이라는 것은 예상했다.

그렇지만 이스라엘과의 예선 1차전에 비해서 네덜란드와의 예선 2차전에서 대한민국 대표팀의 경기력은 훨씬 나아진 모습을 보였다.

해서 변화의 폭이 그리 크지는 않을 것이라고 예상했는데.

태식의 예상은 보기 좋게 빗나갔다.

혹시 잘못 본 게 아닌가 하는 생각이 가장 먼저 들었을 정도로, 선발 라인업의 변화 폭은 아주 컸다.

"왜… 이렇게 큰 변화를 주신 걸까?"

혼란에 빠졌던 태식은 시간이 흘러 그 혼란이 어느 정도 가시고 난 후에야 천천히 고개를 끄덕였다.

얼핏 살피기에는 예선 1, 2차전에서의 잇따른 패배에 충격을 받은 유대훈 감독이 패닉에 빠져서 선발 라인업을 대폭 교체한 것처럼 보였다.

그러나 찬찬히 선발 라인업을 살펴보면서 유대훈 감독의 의중을 파악하기 위해 내쓰던 태식은 이내 그게 아니라는 사실을 깨닫고 감탄했다.

"고민을… 진짜 많이 하셨네. 한숨도 못 주무셨겠군."

유대훈 감독이 발표한 선발 라인업.

그가 얼마나 고심했는지 여부가 고스란히 느껴지는 명단이었다.

"아직… 포기하지 않으셨네!"

잠시 뒤, 태식의 입가로 희미한 웃음이 떠올랐다.

큰 폭의 변화가 있는 선발 라인업을 통해서 태식은 유대훈 감독이 아직 본선 진출에 대한 희망을 포기하지 않았다는 것을 알아챌 수 있었다.

이렇게 판단한 근거는 새로이 선발 라인업에 포함된 두 선수.

정회성과 문백경의 이름을 발견했기 때문이었다.

"공격보다 수비에 중점을 두셨다!"

예선 1, 2차전을 치르는 과정에서 대한민국 대표팀은 수비에서 약점을 노출했다.

잇따른 실책으로 인해 자멸하다시피 하면서 예선 1, 2차전을 패배한 후, 유대훈 감독은 수비 안정을 꾀하는 것이 우선이라는 판단을 내린 듯 보였다.

키스톤콤비.

내야 수비의 핵이라고 할 수 있는 유격수와 2루수를 모두 교체한 것이 유대훈 감독이 수비를 강화하려는 의도를 드러낸 부분이었다.

문백경과 정회성.

두 선수의 공통점은 대승 원더스 소속이라는 점이었다.

오랫동안 한 팀에서 키스톤콤비로 호흡을 맞춰왔던 두 선수를 일본과의 경기에 키스톤콤비로 구성한 것.

내야 수비를 단단하게 만들겠다는 의도가 깔려 있었다.

그리고 수비를 중시하겠다는 유대훈 감독의 의도는 다른 부분에서도 부여졌다.

예선 1, 2차전에서 포수마스크를 썼던 김낙성을 선발 라인업에서 제외하고 조연성에게 안방마님이라는 중책을 맡긴 것도 마찬가지였다.

비록 김낙성에 비해서 공격력은 떨어지는 편이었지만, 조연성은 수비가 뛰어나다는 평을 듣고 있는 포수였다.

조연성을 선발로 투입한 것은 내야 수비에 안정감을 더하겠다는 유대훈 감독의 의지를 표현한 것이었다.

그리고.

크게 보면 태식의 선발 투입도 수비 강화의 일환이라고 볼 수 있었다.

조정훈에 비해 송구가 좋은 태식을 외야에 포진시켜서 외야 수비를 강화하겠다는 의지의 표현.

"실점을 최소화하겠다는 뜻이기도 하지!"

월드 베이스볼 클래식의 규정상 세 팀이 동률이 된다면, 수비 이닝당 실점이 적은 팀이 유리했다.

타이브레이크 게임을 통해서 이스라엘에 이어서 예선 2위로 본선에 진출하겠다고 유대훈 감독은 이미 계산을 마친 후였다.

해서 실점을 최소화하기 위해서 공격력이 약화되는 것을 기꺼이 감수하고 수비를 최대한 강화한 것이었다.

'좋은 판단!'

비록 힘든 상황에 몰려 있었지만, 유대훈 감독으로서는 최선의 패를 꺼내든 것이라는 생각이 들었다.

그렇지만 태식의 표정은 밝아지지 않았다.

여전히 마음에 걸리는 것이 남아 있었기 때문이었다.

"최동현이 일본의 강타선을 상대로 버텨낼 수 있을까?"

일본과의 예선 최종전을 앞두고 있는 대한민국 대표팀의 가장 큰 불안 요소.

일찌감치 몸을 풀고 있는 최동현을 우려 섞인 시선으로 바라보던 태식이 작게 혼잣말을 꺼냈다.

"어쩌면… 내가 일찍 투입될 수도 있어!"

1회 초 대한민국의 수비.

선발투수로 마운드에 오른 최동현이 일본 대표팀의 리드오프인 사사키 고지를 상대로 초구를 던졌다.

슈아악!

사사키 고지는 바깥쪽 직구를 그대로 흘려보냈다.

133㎞.

전광판에 찍힌 구속이었다.

슈악!

2구째로 최동현이 던진 공 역시 바깥쪽 직구.

딱!

사사키 고지가 매섭게 배트를 돌렸지만, 타구는 3루 선상을 벗어나는 파울이 됐다.

노 볼 투 스트라이크.

투수에게 유리한 볼카운트에서 최동현이 3구째 공을 뿌렸다.

슈악!

최동현이 던진 슬로 커브는 몸 쪽으로 날아들었다.

유인구를 배제한 과감한 빠른 승부를 예측하지 못했기 때문일까.

아니면, 직구와 약 20㎞ 가까운 구속 차이에 당황했기 때문일까.

최동현이 던진 슬로 커브를 확인한 사사키 고지는 배트를 내밀어볼 엄두조차 내지 못했다.

"스트라이크아웃!"

최동현이 삼구 삼진으로 첫 타자를 가볍게 돌려세우자, 경기장을 가득 메운 팬들의 함성 소리가 커졌다.

2번 타자는 센가 코다이.

삼구 삼진으로 첫 타자를 돌려세우며 산뜻한 출발을 한 최동현은 기세를 이어나가듯 공격적인 투구를 이어나갔다.

슈악!

부우웅!

초구로 던진 바깥쪽 슬라이더에 센가 코다이는 헛스윙을 했다.

그리고 2구째.

슈아악!

최동현의 직구는 한가운데 코스로 날아들었다.

132㎞.

움찔!

한가운데 높은 코스로 형성된 직구가 날아들었음에도 센가 코다이는 배트를 내밀지 못하고 움찔한 것이 다였다.

수 싸움이 빗나갔기 때문일까.

타이밍이 맞지 않기 때문일까.

센가 코다이가 고개를 갸웃하며 다시 타석에 들어선 순간, 최동현은 투구 간격을 좁히며 바로 3구를 던졌다.

슈악!

최동현이 3구로 선택한 공은 슬로 커브.

바깥쪽 스트라이크존을 살짝 걸치며 들어오는 슬로 커브를 확인한 센가 코다이가 이를 악물고 스윙했다.

그러나 타이밍이 전혀 맞지 않은 스윙이었다.

"스트라이크아웃!"

삼구 삼진.

태식의 우려와 달리 최동현은 쾌조의 스타트를 끊었다.

일본 대표팀이 자랑하는 테이블 세터진인 사사키 고지와 센가 코다이를 연속 삼구 삼진으로 돌려세웠다.

와아!

와아아!

경기 시작과 함께 연속 삼구 삼진을 잡아낸 최동현의 활약에 고무된 팬들의 환호성이 더욱 커졌다.

그러나 수비 위치에서 최동현이 투구하는 모습을 지켜보고 있던 태식의 표정은 밝아지지 않았다.

오히려 경기 시작 전에 비해 더욱 어둡게 변했다.

'위험해!'

태식의 눈에 비친 최동현의 투구.

무척 위험하게 느껴졌기 때문이다.

우선 최동현의 투구는 너무 공격적이었다.

일본이 테이블 세터진을 공격적인 피칭을 통해 연속 삼구 삼진으로 잡아내면서 자신감이 붙은 탓일까.

낯빛이 살짝 상기된 최동현은 흥분한 기색이 역력했다.

"내 공이 통한다!"

두 타자를 상대하면서 이런 확신을 품었기 때문에 최동현은 계속 공격적인 피칭을 이어나갈 확률이 높았다.

그러나 과연 그 공격적인 피칭이 얼마나 통할지는 미지수였다.

일본 타자들은 투수 패턴을 파악해서 공략법을 찾아내는 데 능숙한 만큼, 머잖아 공략당할 것이란 우려가 깃들었다

또 하나 태식이 우려하는 부분은 제구였다.

'제구가 뜻대로 안 돼!'

사사키 고지와 센가 코다이를 연속 삼구 삼진으로 돌려세웠지만, 그 과정에서 포수 조연성의 표정은 밝지 않았다.

최동현의 공이 본인이 요구한 코스로 들어오지 않기 때문이었다.

실제로 일본 대표팀의 1번 타자인 사사키 고지를 상대로 삼구 삼진을 뽑아냈을 때, 3구째 공을 받기 위해서 조연성은 바깥쪽으로 빠져 앉아 있었다.

그러나 최동현이 던졌던 슬로 커브는 몸 쪽으로 날아들었다.

센가 코다이와 상대할 때도 마찬가지였다.

노 볼 투 스트라이크 상황에서 조연성은 너무 빠른 승부는

위험하다고 판단해서 스트라이크가 아닌 볼을 던지라고 사인을 냈다.

그렇지만 최동현이 던졌던 3구째 슬로 커브는 스트라이크존을 통과하며 들어왔다.

물론 결과는 나쁘지 않았다.

조연성이 낸 사인과 최동현이 던진 공은 일치하지 않았지만, 결과적으로 두 타자 모두 삼진으로 돌려세웠으니까.

그러나.

최동현은 파이어볼러가 아니었다.

다양한 구종과 정확한 제구를 바탕으로 타자와의 승부를 펼치는 기교파 투수였다.

그런 최동현에게 가장 중요한 무기는 제구력.

그런데 경기 초반부터 제구가 흔들리고 있었다.

'운은… 오래가지 않아!'

태식이 최동현에게 우려 섞인 시선을 던지고 있을 때, 타석으로 일본 대표팀의 3번 타자인 오타니 쇼에이가 들어섰다.

와아!

와아아!

오타이 쇼에이가 타석에 들어선 순간, 원정 응원을 온 일본 야구팬들의 함성이 갑자기 높아졌다.

일본에서 오타니 쇼에이의 인기를 가늠할 수 있는 장면.

태식도 타석에 들어서는 오타니 쇼에이를 유심히 바라보았다.

오타니 쇼에이의 이름.

태식도 들은 적은 있었다.

워낙 유명했기 때문에 기자들이 가끔씩 그의 근황과 활약상을 기사로 올렸고, 선수들 사이에서도 그의 플레이가 화제가 됐기 때문이다.

해서 태식도 동영상을 통해서 오타니 쇼에이가 펼치는 활약상을 본 적이 있었다.

"재밌네!"

그 동영상을 보고 난 태식이 내뱉었던 감상평이었다.

당시 태식이 흥미를 느꼈던 이유.

오타니 쇼에이와 태식이 비슷한 유형이었기 때문이었다.

이도류라는 별명을 가지고 있는 오타니 쇼에이는 투수뿐만 아니라, 타자로서도 경기에 출전했다.

그 이유는 타고난 타격 센스를 묵히기에는 너무 아깝다고 판단했기 때문이다. 그리고 동영상으로 확인해 보았던 오타니 쇼에이의 활약상은 태식의 감탄을 자아내기에 충분할 정도였다.

'혹시… 나와 비슷한 케이스가 아닐까?'

오죽했으면 이런 생각까지 했을까.

태식이 투수로서뿐만 아니라, 타자로서도 좋은 활약을 펼칠 수 있었던 이유는 기적 덕분이었다.

경험이 축적된 상태로 신체 나이가 가장 좋았던 시절인 스무 살 무렵으로 돌아온 기적이 벌어졌기에 투타에서 모두 맹활약을 펼칠 수 있는 것이었다.

해서 오타니 쇼에이도 자신과 비슷한 기적이 벌어진 것이 아닐까 의심했던 적도 있었지만, 그럴 가능성은 없었다.

오타니 쇼에이의 나이는 이제 겨우 이십 대 초반이었으니까.

야구 천재!

그런 오타니 쇼에이에게 가장 어울리는 수식어였다.

"내가… 오타니 쇼에이에 비해 모자라다는 생각은 하지 않는다!"

태식이 타석에 서 있는 오타니 쇼에이에게 강렬한 시선을 쏘아냈다.

오타니 쇼에이의 천재성에 반한 메이저리그 구단들의 관심이 무척 뜨겁다는 사실은 태식도 알고 있었다.

또, 오타니 쇼에이를 보기 위해서 수많은 메이저리그 스카우터들이 오늘 경기장을 찾아왔다는 사실도.

그렇지만 태식은 자신이 오타니 쇼에이에 비해 뒤질 것이 없다고 판단했다.

비록 태식은 오타니 쇼에이처럼 타고난 야구 천재는 아니었지만, 그가 갖지 못한 것이 있었다.

바로 축적된 경험이었다.

그때였다.

슈악!

최동현이 오타니 쇼에이를 상대로 초구로 슬로 커브를 던졌다.

그 순간, 오타니 쇼에이의 배트가 매섭게 돌아갔다.

따악!

묵직한 타격음이 울려 퍼진 순간, 태식이 움찔하며 타구의 궤적을 눈으로 좇았다.

좌중간으로 향하는 타구.

그렇지만 우익수와 좌익수 모두 움직이지 않았다.

맞는 순간 홈런임을 직감했기 때문이다.

쾅!

오타니 쇼에이가 때려낸 타구가 외야 관중석 중단에 떨어진 순간, 태식이 표정을 굳혔다.

"더… 어려워졌다!"

7. 야구 천재

"완벽하군!"

더그아웃에서 오타니 쇼에이와 최동현의 승부를 지켜보던 유대훈이 부지불식간에 감탄사를 내뱉었다.

오타니 쇼에이가 방금 터뜨린 홈런으로 인해 선취점을 허용하며 대한민국 대표팀은 더욱 어려운 상황에 처했다.

그럼에도 불구하고 유대훈은 오타니 쇼에이의 스윙을 보고서 감탄하지 않을 수 없었다.

오랫동안 감독 생활을 했던 유대훈인 만큼, 재능이 뛰어난 좋은 선수들의 훌륭한 스윙을 많이 보았다.

그렇지만 방금 오타니 쇼에이의 스윙은 경험이 풍부한 유대훈조차도 자주 접하지 못했던, 흠을 찾기 힘들 정도로 완벽한 스윙이었다.

"괜히 야구 천재라 불리는 게 아니었군!"

일본 열도를 뜨겁게 달구고 있는 야구 천재 오타니 쇼에이.

이런 대단한 야구 천재가 대한민국이 아닌 일본에서 태어났다는 것이 부러울 지경이었다.

해서 오타니 쇼에이에게서 한참 시선을 떼지 못하던 유대훈이 이내 고개를 흔들었다.

다시 경기에 집중하기 위해서였다.

오타니 쇼에이의 뒤를 이어 타석에 들어선 것은 4번 타자 고바야시 세이지.

유대훈이 그라운드에서 벌어질 승부에 다시 집중했다.

2연속 삼구 삼진을 잡아내면서 쾌조의 스타트를 끊었던 최동현은 오타니 쇼에이에게 불의의 홈런을 허용한 상황.

다음 타자인 고바야시 세이지와의 승부가 아주 중요했다.

투 볼 원 스트라이크.

홈런을 허용했기 때문일까.

고바야시 세이지를 상대하는 최동현의 투구는 한층 조심스럽게 바뀌어 있었다.

슈악!

최동현이 던진 4구째 공은 싱커.

고바야시 세이지의 배트를 끌어낼 목석으로 던진 유인구였지만, 그는 속지 않고 잘 참아냈다.

쓰리 볼 원 스트라이크.

슈아악!

불리한 볼카운트에 몰린 최동현이 스트라이크존을 통과하는 직구를 던진 순간, 고바야시 세이지의 배트가 힘차게 돌아갔다.

따악!

경쾌한 타격음이 울려 퍼졌다.

3루 간을 꿰뚫을 것처럼 보이는 안타성 타구.

그러나 오늘 경기 유격수로 선발 출전한 문백경은 포기하지 않고 끝까지 타구를 쫓아갔다.

KBO 리그에서 활약하는 유격수들 가운데 수비 범위가 가장 넓다는 평가를 받고 있는 문백경은 몸을 던져서 타구를 포구하는 데 성공했다.

바로 몸을 일으킨 문백경은 서두르지 않았다.

고바야시 세이지의 발이 느리다는 것을 알고 있기 때문일까.

서두르는 대신 침착하게 원 스텝으로 강하고 정확한 송구를 뿌렸다.

"아웃!"

간발의 차로 1루에서 아웃이 선언된 순간, 유대훈의 입가로 미소가 떠올랐다.

수비 강화!

큰 폭의 변화가 있었던 오늘 경기의 선발 라인업을 짜면서 유대훈이 가장 신경을 쓴 것이 수비 강화라는 측면이었다.

그리고.

뜬눈으로 밤을 지새운 보람이 있었다.

문백경의 이번 호수비는 무척 컸다.

일본 대표팀으로 흐름이 넘어갈 수도 있었던 것을 막아냈으니까.

그러나 유대훈의 입가에 떠올랐던 미소는 금세 흔적도 없이 사라졌다.

오타니 쇼에이에게 불의의 홈런을 허용한 것이 마음에 들지 않기 때문일까?

고개를 갸웃거리며 마운드에서 내려오고 있는 최동현에게 유대훈이 우려 섞인 시선을 던졌다.

"쉽지… 않겠어!"

유대훈이 우려하는 부분은 제구였다.

오타니 쇼에이에게 홈런을 허용한 것은 불의의 일격을 당한 것이라 치부하고 넘길 수 있었다.

그렇지만 최동현의 제구가 뜻대로 되지 않는다는 것은 분명히 큰 문제였다.

사사키 코지와 센가 코다이.

두 타자를 삼구 삼진으로 잡아냈지만, 그 과정에서 최동현의 공은 포수인 조연성이 원하는 곳으로 향하지 않았다.

4번 타자인 고바야시 세이지와의 대결도 마찬가지였다.

쓰리 볼 원 스트라이크.

투수에게 불리한 볼카운트에 몰린 상황에서 조연성은 바깥쪽 꽉 찬 직구를 요구했다. 그러나 최동현이 던진 직구는 가운데로 몰렸다.

문백경의 호수비가 나오면서 안타를 허용하지는 않았지만, 결코 안심할 수 있는 부분은 아니었다.

오히려 장타가 나오지 않은 것을 다행으로 여겨야 했다.

"내 탓이 더 커!"

유대훈이 한숨을 내쉬었다.

월드 베이스볼 클래식이 개막하기 전까지 유대훈이 했던 투수 운용의 구상은 지금과 달랐다.

최동현을 예선 2차전인 네덜란드 전에 투입하고, 일본과의 예선 최종전에는 서광현을 투입하는 것이 원래의 구상이었다.

그렇지만 유대훈의 구상은 개막전에서 이스라엘에게 완패하면서 어그러졌다.

'너무… 조급했어!'

유대훈이 자책했다.

이스라엘과의 개막전 패배 후 일단 1승을 거두는 것이 급선무라는 생각에 서광현을 네덜란드전에 투입했다. 그러나 현재 대한민국 대표팀의 에이스라고 할 수 있는 서광현을 투입했음에도 네덜란드와의 예선 2차전 역시 패하고 말았다.

남아 있는 선발투수는 최동현!

해서 일본과의 경기에 최동현을 선발투수로 내세우긴 했지만, 결코 좋은 선택이 아님을 유대훈도 알고 있었다.

최동현은 기교파 투수.

일본 타자들은 기교파 투수에 강한 면모를 드러냈다.

일본 프로 리그에서 기교파 투수들을 많이 상대했기 때문이다.

"애초 구상대로 투수 운용을 했어야 했는데."

최동현을 네덜란드와의 예선 2차전에 투입하고, 서광현을 일본과의 예선 3차전에 투입하겠다는 애초 구상에는 그만한 이유가 있었다.

서광현은 150㎞에 육박하는 빠른 공의 좌완 파이어볼러 투수.

국제 대회에 출전했을 때, 특히 일본과의 경기에서 무척 강한 모습을 선보였기 때문이다.

"지금 후회한들 무슨 소용이 있을까?"

이미 상황은 지나가 버린 후였다.

만약이란 것은 결국 가정일 뿐이다.

지금은 최동현이 일본 타선을 버티지 못하고 무너지는 경우를 대비해 불펜을 어떻게 운용할지에 대한 계획을 수립해야 할 때였다.

'얼마나 버텨줄 수 있을까? 투수 교체 타이밍을 언제로 잡아야 할까? 만약 교체한다면 누굴 올려야 할까?'

유대훈의 머릿속이 바쁘게 움직이기 시작했다.

1회 말.

대한민국의 리드오프 임무를 부여받은 여호령이 오타니 쇼에이와의 대결을 위해 타석에 들어섰다.

오늘 경기에서 대한민국 대표팀에 필요한 것은 두 가지.

하나는 승리.

또 하나는 대량 득점이 있다.

그 사실을 잘 알고 있는 여호령의 표정은 비장했다.

리드오프 임무를 부여받은 자신이 최대한 많이 출루를 해야 대량 득점의 물꼬를 틀 수 있기 때문이다.

슈아악!

와인드업을 마친 오타니 쇼에이가 던진 초구는 직구.

여호령은 몸 쪽 코스로 날아드는 직구를 그냥 지켜보았다.

155㎞.

전광판에 찍힌 구속을 확인한 여호령이 고개를 갸웃한 후 다시 타석에 들어섰다.

그리고 2구째.

오타니 쇼에이는 재차 몸 쪽 직구를 던졌다.

슈아악!

그 순간, 몸 쪽 직구가 들어올 것을 예상했다는 듯 여호령이 힘차게 배트를 휘둘렀다.

딱!

그러나 타이밍이 밀렸다.

배트가 부러지는 소리와 함께 여호령이 때린 타구는 3루측 관중석으로 향했다.

부러진 배트를 교환하기 위해 더그아웃으로 돌아가던 여호령이 대기 타석에 서 있던 태식에게 눈짓을 보냈다.

그 눈짓을 확인한 태식이 더그아웃 앞에 도착한 여호령의 곁으로 슬그머니 다가갔다.

"불렀어?"

"네, 선배. 드릴 말씀이 있어서요."

"뭔데?"

"공이 아주 빨라요."

여호령이 눈짓을 해서 대기 타석에 있던 태식을 부른 이유.

오타니 쇼에이의 공을 직접 상대하고 난 후 느낀 점을 알려주기 위해서였다.

그렇지만 여호령이 전한 말을 들은 태식은 의아함을 느꼈다.

155㎞, 그리고 154㎞.

오타니 쇼에이가 여호령을 상대로 던진 두 개의 직구가 기록한 구속이었다.

물론 150㎞대 중반의 구속은 빨랐다.

그러나 네덜란드와의 예선 2차전에서 상대했던 톰 베르겐이 던졌던 직구의 구속은 160㎞에 육박했었다.

구속만 놓고 보자면 톰 베르겐의 직구가 오타니 쇼에이의 직구보다 더 빨랐다.

그런데 이미 톰 베르겐의 직구를 경험했던 여호령이 이런 감상평을 꺼내 놓는 것이 의아하게 느껴졌다.

"톰 베르겐보다는 구속이 떨어지잖아."

"그래요?"

"몰랐어? 1구는 155㎞, 2구는 154㎞였는데."

"몰랐어요. 솔직히 말씀드리면 공을 보고 감탄하느라 구속을 확인하는 것을 깜빡했어요. 그런데 정말 155㎞였어요?"

"맞아."

"이상하네요."

여호령이 고개를 갸웃했다.

그 반응을 확인한 태식이 물었다.

"뭐가 이상해?"

"톰 베르겐을 상대할 때와 구속이 비슷하다고 느꼈거든요."

"그랬어?"

태식이 그 말을 되새기고 있을 때, 여호령이 다시 말했다.

"그리고 공이 무거운 느낌이에요."

"무겁다고?"

"네. 타이밍이 어느 정도 맞아서 손목 힘으로 타구를 멀리 보낼 수 있을 거라고 생각했는데 아니더라구요."

그 말을 끝으로 여호령이 다시 타석으로 돌아갔다.

태식도 대기 타석으로 돌아와서 다시 이어지는 승부를 지켜보았다.

노 볼 투 스트라이크.

슈악!

불리한 볼카운트에 몰린 여호령은 스트라이크존을 통과할 것처럼 보이는 공이 들어오자, 지체 없이 배트를 휘둘렀다.

그러나 그의 배트는 허공을 갈랐다.

"스트라이크아웃!"

삼구 삼진.

고개를 갸웃한 여호령이 침통한 표정으로 더그아웃으로 돌아갔다.

'포크볼에 당했어!'

여호령이 삼구 삼진을 당한 이유.

직구에 너무 신경을 쓰느라 유인구로 들어온 포크볼에 대한 대처를 제대로 하지 못했기 때문이다.

'빠르네!'

144km.

직구만 빠른 것이 아니었다.

포크볼의 구속도 무척 좋았다.

여호령의 뒤를 이어 태식이 타석에 들어선 순간, 경기장을 꽉 채운 관중들이 환호성을 내지르기 시작했다.

와아!

와아아!

예상치 못했던 환대.

그로 인해 의아한 시선을 던지던 태식의 표정이 이내 밝아졌다.

이스라엘과의 개막전, 그리고 네덜란드와의 예선 2차전.

태식은 두 경기에서 모두 선발 출전 하지 못했다. 그렇지만 경기 중후반에 대타로 출전해서 좋은 활약을 펼쳤다.

3타수 3안타, 2홈런, 3타점.

태식이 남겼던 기록이었다.

세 번 타석에 들어서서 모두 안타를 기록했다.

비록 경기를 뒤집는 적시타를 때려내지는 못했지만, 태식이 기록했던 두 개의 홈런은 답답하기 짝이 없던 경기에서 단비 같은 역할을 했다.

또, 매 타석마다 타점을 올리면서 해결사 노릇을 톡톡히 해냈다.

대한민국 대표팀이 투타 모두에서 총체적 난국에 빠져 있는 상황에서 태식만 유일하게 제 몫을 해내고 있었다.

아니, 제 몫 이상을 하고 있는 셈이다.

그 사실을 잘 알고 있기에 관중들이 타석에 들어선 태식을 환대해 주는 것이다.

그리고 이 환대에 담긴 의미는 기대였다.

관중들은 태식이 안타 내지 홈런을 터뜨리기를 바라고 있었다.

최대한 집중하기 위해 애쓰며 타석에 들어선 태식이 마운드에 서 있는 오타니 쇼에이를 바라보았다.

오타니 쇼에이의 눈빛은 차분했다.

아직 이십 대 초반이지만, 큰 경기에 대한 부담을 전혀 느끼지 않는 것처럼 침착함을 유지하고 있었다.

또, 자신감으로 가득 차 있었다.

'직구 승부!'

태식이 두 눈을 빛냈다.

최고 구속 160㎞에 육박하는 빠른 직구.

각이 크게 떨어지는 포크볼.

직구와 분간이 어려울 정도로 빠른 커터와 슬라이더.

야구 천재라 불리는 오타니 쇼에이가 구사하는 주 무기들이었다.

그렇지만 오타니 쇼에이의 가장 큰 장점은 역시 칠 테면 치라는 식으로 던지는 빠른 직구였다.

그리고 직구에 대한 자신감이 있기 때문일까.

오타니 쇼에이의 평균 직구 구사 비율은 무척 높은 편이었다.

슈아악!

와인드업을 마친 오타니 쇼에이의 손에서 공이 떠났다.

'직구!'

예상대로 직구가 들어온 순간, 태식이 초구부터 과감하게 배트를 휘둘렀다.

'직구다!'

노림수가 통한 상황.

하등 망설일 이유가 없었다.

'하나, 둘!'

마음속으로 150㎞대 중반의 구속에 타이밍을 맞추며 태식이 힘껏 스윙했다.

따악!

배트에 공이 맞는 순간, 태식의 눈동자가 흔들렸다.

'늦다?'

150㎞대 중반.

대한민국 대표팀의 리드오프인 여호령과 승부할 당시, 오타니 쇼에이가 던졌던 직구의 구속이었다.

해서 150㎞대 중반의 구속에 타이밍을 맞추며 스윙을 가져갔는데, 조금 밀린다는 느낌을 받았다.

'괜찮아!'

비록 타이밍이 조금 밀렸기는 하나, 배트 중심에 걸렸다.

태식이 팔로 스윙을 끝까지 가져갔다.

'넘어… 갈까?'

배트를 움켜쥔 양손에 전해지는 묵직한 감각.

홈런이 될 것이란 확신을 갖지는 못했다.

그렇지만 최소 펜스를 직격하는 2루타 이상의 장타가 나왔다고 확신한 태식이 1루로 달려 나가며 타구의 궤적을 눈으로 좇았다.

좌중간으로 향하는 타구.

좌익수가 뒷걸음질을 치다가 멈추는 것이 보였다.

'포기했나?'

홈런이 될 것을 직감하고 좌익수가 타구를 쫓는 것을 포기했다고 판단한 태식의 표정이 밝아졌다.

그러나 그도 잠시.

좌익수가 여유 있게 타구를 잡아내는 것을 확인한 태식의 표정이 굳어졌다.

'왜… 뻗지 않았지?'

최소 펜스를 직격하는 장타가 될 것이라고 예상했던 타구였는데.

실제 타구는 펜스에서 약 10미터 가량 앞에서 좌익수에게 잡혔다.

그 이유를 찾기 어려웠다.

해서 당혹스러운 기색을 감추지 못하고 있던 태식의 시선이 마운드에 서 있는 오타니 쇼에이에게 향했다. 그리고 오타니 쇼에이를 바라보던 태식이 흠칫했다.

고요한 눈빛.

마치 수도승처럼 차분하게 가라앉아 있는 오타니 쇼에이의 눈동자에서는 한 점의 흔들림도 찾아볼 수 없었다.

'알고… 있었어!'

좌익수가 여유 있게 타구를 잡아낸 것이 당연하다고 여기고 있기 때문에 저런 고요한 눈빛을 유지할 수 있으리라.

그렇지만 태식은 오타니 쇼에이의 고요한 눈빛 너머에 숨어 있는 강렬한 자신감을 알아챘다.

"내 공은 칠 수 없다!"

오타니 쇼에이는 고요한 눈빛으로 이렇게 말하고 있었다.

'다음에는… 당하지 않을 거야!'

태식이 이를 악물며 각오를 다졌다.

154km.

마지막으로 전광판에 찍혀 있는 구속을 확인한 태식이 더그아웃으로 돌아갔다.

2회 초.

일본의 공격은 5번 타자 아키야마 쇼고부터 시작이었다.

'첫 타자와의 대결이 중요해!'

로진백을 집어 드는 최동현의 등을 바라보며 태식이 생각했다.

1회 초 수비에서 최동현은 오타니 쇼에이에게 불의의 선제 홈런을 허용한 데다가, 고바야시 세이지와의 승부에서도 배트 중심에 잘 맞은 정타를 허용했다.

유격수 문백경의 호수비 덕분에 이닝을 마무리할 수 있었지만, 최동현은 가슴을 쓸어내렸을 터였다.

또, 본인의 공이 일본의 타자들에게 제대로 맞아 나간다는 생각에 최동현은 자신감이 떨어졌을 것이었다.

떨어진 자신감을 다시 회복하기 위해서는 5번 타자 아키야마 쇼고와의 승부가 중요했다.

투 볼 투 스트라이크.

아키야마 쇼고를 상대로 최동현이 5구째로 선택한 공은 슬라이더였다. 그렇지만 슬라이더의 제구가 좋지 않았다.

포수 조연성은 바깥쪽으로 빠져 앉아 있었다.

조연성은 스트라이크존을 빠져나가는 유인구를 원했지만, 최동현이 던진 슬라이더는 가운데로 몰리며 스트라이크존을 통과했다.

따악!

아키야마 쇼고는 가운데로 몰린 실투를 놓치지 않고 받아쳤다.

빨랫줄처럼 쫙 뻗어나가는 타구가 좌중간으로 향했다.

'2루타!'

타구의 궤적을 확인한 태식이 판단을 마친 순간이었다.

타다다닷!

중견수 여호령이 빠른 발을 뽐내며 타구를 끝까지 쫓아갔다.

쐐애액!

낙하지점을 예측한 여호령이 과감하게 몸을 날리며 글러브를 쭉 뻗었다.

'잡았다!'

좌중간 코스를 꿰뚫을 것처럼 보이던 아키야마 쇼고의 잘 맞은 타구는 노 바운드로 여호령의 글러브 속으로 빨려 들어갔다.

와아!

와아아!

절로 탄성이 터져 나올 정도의 호수비.

'적중했네!'

여호령의 호수비가 나온 순간, 태식도 환하게 웃었다.

수비 강화.

유대훈 감독이 오늘 경기에서 중점을 둔 부분이었다. 그리고 현재까지는 그 의도가 완벽하게 먹혀들고 있었다.

문백경에 이어 여호령까지.

실책이 쏟아졌던 지난 예선 두 경기와 달리 오늘 경기에서는 호수비가 쏟아져 나오고 있었다.

그렇지만 마운드 위에 서 있는 최동현을 확인한 순간, 태식의 표정이 어두워졌다.

여호령의 호수비 덕분에 아키야마 쇼고에게 장타를 허용하는 것을 막아냈지만, 최동현의 표정은 밝지 않았다.

오히려 딱딱하게 굳어져 있었다.

그 이유는 둘.

일단 제구가 마음먹은 대로 되지 않는다는 사실을 최동현 본인이 가장 잘 알고 있었기 때문이었다.

또, 3번 타자 오타니 쇼에이부터 5번 타자 아키야마 쇼고까지 세 타자 연속으로 정타가 나오고 있다는 것도 최동현의 표정이 굳어진 이유였다.

'아웃 카운트는 쉽 있지만, 사신삼은 너 떨어섰어!

태식이 우려 섞인 시선을 던졌다.

그리고 괜한 우려가 아니었다.

6번 타자 히라타 료스케와 최동현의 승부.

정타를 허용하지 않기 위해서일까.

최동현은 코너워크에 더욱 신경을 기울였다.

투 볼 원 스트라이크 상황에서 최동현이 던진 4구째 공은 직구!

슈아악!

바깥쪽 직구가 홈 플레이트를 통과했다.

주심이 스트라이크를 선언하지 않고 외면한 순간, 최동현이 불만을 드러내며 주심에게 항의했다.

'반 개 정도 빠졌어!'

최동현은 스트라이크존을 걸쳤다고 주장했지만, 태식이 보기에는 공 반 개 정도 차이로 스트라이크존을 벗어났다.

어쨌든.

스트라이크와 볼 판정은 주심의 고유 권한.

한번 내려진 원심이 번복될 리 없었다. 그리고 이번 볼 판정은 최동현에게 더욱 악영향을 미쳤다.

슈악.

최동현이 5구째로 던진 포크볼은 원 바운드를 일으키며 들어왔다.

볼넷!

히라타 료스케가 출루하며 1사 1루로 상황이 바뀌었다.

7번 타자 우치카와 세이지와 최동현의 승부.

우치카와 세이지는 장타력을 갖춘 타자였다.

그 점을 의식했기 때문일까.

최동현은 철저하게 바깥쪽 승부를 펼쳤다.

그렇지만 두 개의 바깥쪽 공 모두 스트라이크존을 벗어났다.

투 볼 노 스트라이크.

슈아악!

스트라이크를 잡기 위해서 최동현이 의표를 찌르듯 몸 쪽 직구를 던진 순간, 우치카와 세이지의 배트가 매섭게 돌아갔다.

따악!

높게 떠오른 타구가 멀리 뻗어나갔다.

'벗어나라! 벗어나라!'

홈런성 타구는 폴대를 벗어나며 파울이 됐다.

후우. 후우.

홈런이 될 뻔했던 파울 타구를 허용한 최동현이 가쁜 숨을 몰아쉬는 것이 보였다.

몸 쪽 승부는 위험하다고 판단해서일까.

슈악!

최동현이 바깥쪽 슬라이더를 던졌지만, 우치카와 세이지의 배트는 끌려 나오지 않았다.

쓰리 볼 원 스트라이크.

다시 불리한 볼카운트에 몰린 최동현이 모자를 벗고 이마에 맺혀 있는 땀을 닦아냈다.

볼넷을 재차 허용하는 것은 최동현에게 부담으로 다가올 것이었나.

또, 장타를 의식하지 않을 수도 없는 상황이었다.

슈아악!

최동현이 선택한 공은 바깥쪽 직구.

바깥쪽 스트라이크존을 살짝 걸치는 직구의 제구는 완벽했다. 그렇지만 우치카와 세이지는 바깥쪽 직구가 들어올 것을 예상하고 있었다.

따악!

우치카와 세이지가 기다렸다는 듯이 힘차게 배트를 돌렸다.

1루수의 키를 넘긴 타구는 라인선상 안쪽에 떨어졌고, 태식이 타구를 잡아내기 위해 빠르게 쇄도했다.

'회전이 걸렸어!'

회전이 걸린 타구는 바운드를 일으키며 1루 측 외야 펜스 쪽으로 굴렀다.

'실점은 막아야 해!'

침착하게 펜스 쪽으로 굴러간 타구를 잡아내는 데 성공한 태식이 지체하지 않고 홈으로 송구했다.

슈아악!

낮게 깔린 태식의 송구는 원 바운드를 일으키며 포수 조연성에게 정확하게 도착했다.

그렇지만 홈 승부는 이루어지지 않았다.

3루 주루 코치가 1루 주자였던 히라타 료스케가 홈으로 파고드는 것을 막아 세웠기 때문이다.

'발이 빠르지 않아!'

일본 대표팀의 3루 주루 코치가 히라타 료스케의 홈 쇄도를 막아 세운 이유는 히라타 료스케의 발이 그리 빠르지 않은 편이기 때문이다.

그러나 히라타 료스케의 스타트는 무척 빨랐던 편이었다.

승부를 장담할 수는 없지만 과감하게 홈 승부를 노려볼 수도 있었던 상황.

그럼에도 불구하고 3루 주루 코치가 말린 이유는 오늘 경기에 우익수로 나선 태식의 어깨가 무척 강하다는 사실을 알기 때문이었다.

네덜란드와의 예선 2차전에서 추가 실점을 막았던 태식의 정확하고 강한 홈 송구.

일본 대표팀은 비디오 분석을 통해서 그 사실을 간파한 것이었다.

'감독님의 의도가 또 적중한 셈이네!'

엄밀히 말하면 이것 역시 수비 강화에 초점을 맞춰서 선발 라인업을 짠 유대훈 감독의 의도가 적중한 셈이다.

1사 2, 3루.

태식의 정확한 송구로 추가 실점을 허용하는 것을 막아내긴 했지만, 아직 위기는 끝난 것이 아니었다.

여전히 실점 위기가 이어지고 있었다.

고개를 떨구고 있는 최동현을 힐끗 살핀 태식이 더그아웃으로 고개를 돌렸다.

'이제 결단을 내려야 하지 않겠습니까?'

태식이 유대훈 감독에게 강렬한 시선을 던졌다.

그 시선을 느낀 걸까.

유대훈 감독이 자리에서 일어나 마운드로 걸어 올라왔다.

'바꿀까? 더 끌고 갈까?'

마운드 위로 걸어 올라가는 사이에도 유대훈은 아직 투수 교체에 대한 결단을 내리지 못한 상태였다.

이제 겨우 2회 초.

'너무 이른 게 아닐까?'

유대훈이 투수 교체를 선뜻 결정하지 못하고 주저하는 이유였다.

그렇지만 최동현으로 계속 끌고 가기에는 불안했다.

0 : 1.

이미 오타니 쇼에이에게 홈런을 얻어맞아 실점을 허용한 상황이었다. 그리고 오늘 경기는 이기는 것이 목표의 전부가 아니었다.

이겨야 하는 것은 당연했고, 또 하나의 미션이 존재했다.

실점을 최소화한 상태로 득점을 많이 올려야 했다.

즉, 큰 점수 차로 일본에게 승리를 거두는 것이 필요했다.

'교체하자!'

결국 유대훈이 결단을 내렸다.

만약 일본과의 예선 최종전에서 승리를 하는 것만으로 충분했다면?

최동현을 교체하지 않고 더 기회를 주었으리라.

그렇지만 승리 이상이 필요한 상황인 만큼, 더 위험을 무릅쓸 수는 없었다.

"고생했다."

"죄송합니다."

"네 탓이 아냐. 내 탓이야!"

최동현의 어깨를 두드려 준 유대훈이 선택한 다음 투수는 임창모였다.

지난 시즌 교연 피콧스의 마무리 보직을 맡아 활약했던 투수.

"도망치지 마라!"

유대훈이 임창모에게 당부한 후 마운드에서 내려왔다.

'위기를 넘겨줄 수 있을까?'

더그아웃으로 돌아온 유대훈이 임창모를 응시했다.

고심 끝에 투수 교체를 단행했지만, 유대훈의 얼굴에 떠올라 있던 불안한 기색은 가시지 않았다.

현재 대한민국 대표팀에 포함된 투수들 가운데 마무리 투수는 두 명이었다.

임창모와 김연경.

프로 무대에서 몇 시즌 동안 마무리 투수로 준수한 성적을 거두었지만, 두 투수 모두 압도적이라는 느낌은 주지 못했다.

그 이유는 강속구 위주의 투수가 아니었기 때문이었다.

위력적인 직구로 정면 승부를 하는 유형의 투수가 아니라, 다양한 변화구로 타자들을 요리하는 기교파 투수들이었다.

임창모의 첫 상대는 8번 타자 오노 쇼타.

슈악!

초구로 선택한 공은 슬라이더.

그러나 스트라이크존을 그게 벗어나면서 오노 쇼타의 망방이를 끌어내는 데는 실패했다.

그리고 2구째.

슈아악!

임창모는 바깥쪽 직구를 던졌다.

따악!

스트라이크를 잡기 위해서 임창모가 바깥쪽 직구를 던진 순간, 오노 쇼타의 배트가 힘차게 돌아갔다.

오노 쇼타의 타구는 3루측 관중석으로 빠르게 날아갔다.

본인의 예상과 다르게 타이밍이 밀린 탓일까?

오노 쇼타가 고개를 갸웃하는 것이 보였다.

144km.

전광판에 찍힌 임창모의 직구 구속을 확인한 유대훈이 희미하게 고개를 끄덕였다.

오노 쇼타가 타이밍을 맞추지 못한 이유.

대기 타석에서 지켜보면서 오노 쇼타는 최동현과의 승부를 계속 시뮬레이션 하면서 타이밍을 가늠했을 것이다.

그런데 비교적 이른 시점에 투수 교체가 단행되면서 오노 쇼타의 상대는 최동현에서 임창모로 바뀌었다. 그리고 임창모의 직구 구속은 최동현의 직구 구속에 비해 약 10㎞가량 빨랐다.

최동현과의 승부를 염두에 두고 계속 시뮬레이션을 했던 오노 쇼타의 입장에서는 무척 빠르게 느껴졌으리라.

"금세… 적응할 거야!"

비록 구속 차이가 나긴 했지만, 최동현과 임창모는 모두 기교파 투수였다.

기교파 투수들과의 승부가 많아 강한 면모를 보이는 일본 타자들은 구속 차이에 적응하기만 하면 금세 임창모의 공을 공략하기 시작할 터였다.

슈아악!

임창모가 선택한 3구째 공 역시 직구.

과감하게 몸 쪽 승부를 펼친 것은 효과가 있었다.

딱!

여전히 타이밍이 밀린 오노 쇼타의 타구는 멀리 뻗지 못했다.

좌익수가 앞으로 전진하며 타구를 잡아냈고, 3루 주자는 태그 업을 시도하지 못했다.

후우.

2사 2, 3루로 상황이 바뀐 순간, 유대훈이 안도의 한숨을 내쉬었다.

여전히 실점 위기는 이어지고 있었지만, 일단 큰 고비는 넘겼다는 생각이 들었다. 그리고 임창모는 유대훈의 기대에 부응했다.

9번 타자 후지나미 신타로를 상대로 몸 쪽 높은 직구를 던져 헛스윙을 유도해 삼진으로 잡아내며 실점 없이 이닝을 마무리했다.

8. 베테랑

0 : 1.

한 점의 격차가 유지된 채 경기는 3회 말로 접어들었다.

오타니 쇼에이는 눈부신 호투를 펼쳤다.

"스트라이크아웃!"

7번 타자 문백경에 이어 8번 타자 김대희 역시 포크볼을 던져서 잇따라 삼진을 잡아냈다.

8명의 타자를 상대로 6개의 삼진을 뽑아낸 완벽한 투구.

'전혀 공략하지 못하고 있어!'

더그아웃에서 오타니 쇼에이의 투구를 유심히 살피던 태식이 답답한 한숨을 내쉬었다.

비록 유대훈 감독이 수비에 초점을 두고 선발 라인업을 짰다고 해도 현재 상황은 무척 심각했다.

오타니 쇼에이의 완벽한 투구에 막혀서 공격에서 전혀 활로를 찾아내지 못하고 있었다.

'왜… 공략하지 못할까?'

태식이 고개를 갸웃했다.

오타니 쇼에이의 직구 평균 구속은 150㎞대 중반.

구속이 무척 빠른 것은 사실이었지만, 공략하지 못할 정도는 아니었다. 그런데 대한민국 대표팀 타자들은 전혀 타이밍을 맞추지 못하고 있었다.

"공이 빨라요!"

9번 타자 조연성이 타석으로 들어서는 것을 지켜보고 있던 태식의 귓가로 여호령이 했던 말이 떠올랐다.

부러진 배트를 교환하기 위해 더그아웃으로 걸어왔던 여호령이 오타니 쇼에이의 직구를 타석에서 경험하고 나서 꺼낸 감상평이었다. 그리고 여호령이 했던 말은 사실이었다.

태식이 타석에서 직접 경험했던 오타니 쇼에이의 직구는 빨랐다.

155㎞의 구속이 전광판에 찍혀 있었지만, 당시 태식이 느꼈던 체감 구속은 160㎞에 육박하는 것처럼 느껴졌다.

'그 이유가 뭘까?'

전광판에 찍혔던 구속보다 오타니 쇼에이의 직구가 더 빠르게 느껴졌던 이유에 대해 고심하던 태식이 두 눈을 빛냈다.

슈아악!

조연성을 상대로도 오타니 쇼에이는 초구로 직구를 던졌다.

바깥쪽 낮은 코스로 완벽하게 제구된 직구가 스트라이크존을 통과했다.

"스트라이크!"

154km.

전광판에 찍힌 구속과 고개를 절레절레 흔드는 조연성을 번갈아 바라보던 태식이 작게 고개를 끄덕였다.

오타니 쇼에이의 직구가 체감상 더 빠르게 느껴졌던 이유.

마침내 알아낼 수 있었다.

"릴리스 포인트 때문이었어!"

오타니 쇼에이는 투구 시에 릴리스 포인트를 최대한 앞으로 끌고 와서 공을 던졌다.

다른 투수들에 비해서 릴리스 포인트가 앞쪽이라서 홈 플레이트와의 거리가 짧아지는 셈이었다.

비유를 하자면 피칭머신을 상대로 타격 훈련을 할 때 구속 변화를 주기 위해서 홈 플레이트와 피칭머신의 거리를 조정하는 것과 비슷한 원리였다.

즉, 똑같은 구속이라고 하더라도 오타니 쇼에이의 릴리스 포인트가 앞쪽이라 체감상 더욱 빠르게 느껴지는 것이었다.

'타격을 할 때 이걸 감안해야 해!'

오타니 쇼에이가 던지는 공의 체감 구속이 더 빠르게 느껴졌던 이유를 알아낸 태식의 표정이 조금 밝아졌을 때였다.

딱!

조연성이 오타니 쇼에이의 2구를 받아쳤다.

포크볼을 노려서 때린 타구는 멀리 뻗지 않았다.

그러나 코스가 좋았다.

좌익수와 중견수, 그리고 우익수까지.

일제히 타구의 낙하지점으로 모여 들었지만, 타구는 어느 누구도 잡을 수 없는 위치에 뚝 떨어졌다.

텍사스 안타!

오타니 쇼에이를 상대로 조연성이 첫 안타를 뽑아냈다.

그 순간, 태식이 마운드 위에 서 있는 오타니 쇼에이를 유심히 살폈다.

'동요하지 않을까?'

타자의 입장에서는 무척 기분이 좋았지만, 투수의 입장에서 텍사스 안타는 가장 기분 나쁜 안타였다.

더구나 2과 2/3이닝 동안 완벽에 가까운 투구를 펼치고 있던 와중에 터져 나온 텍사스 안타였다.

해서 오타니 쇼에이도 동요할 거라 예상했는데.

그 예상은 빗나갔다.

태식이 확인한 오타니 쇼에이의 눈빛은 여전히 고요했다.

텍사스 안타를 허용한 것도, 완벽하던 투구 내용에 흠집이 난 것도 전혀 개의치 않는 표정이었다.

'정말 이십 대 초반이 맞나?'

이런 의문이 퍼뜩 들었을 정도로 오타니 쇼에이의 평정심을 유지하는 능력은 대단했다.

그리고.

오타니 쇼에이는 끝내 평정심을 잃지 않았다.

슈아악!

딱!

1번 타자 여호령을 상대로 직구 승부를 고집해서 내야 땅볼을 유도해 내며 3회 말도 무실점으로 마무리했다.

따아악!

묵직한 타격음이 그라운드에 울려 퍼진 순간, 유대훈이 깜짝 놀라 감독석에서 벌떡 일어났다.

4회 초의 선두 타자로 등장한 아키야마 쇼고.

그가 임창모의 슬라이더를 노려 때린 타구는 멀리 뻗어나갔다.

감독석에서 일어나서 쭉쭉 뻗어가는 타구의 궤적을 확인한 유대훈은 가슴이 철렁 내려앉는 느낌이었다.

만약 홈런이 된다면 스코어는 두 점차로 벌어지게 되었다.

그리고 그때는 대한민국 대표팀의 본선 진출 희망은 더욱 멀어질 터였다.

일찌감치 펜스 앞에 도착한 중견수 여호령이 타구에서 시선을 떼지 않은 채 점프를 하는 것이 보였다.

높이 들어 올린 여호령의 글러브 속으로 타구가 빨려 들어가는 것을 확인한 후에야 유대훈은 안도했다.

기막힌 호수비.

2회 초에 이어 4회 초에도 여호령은 기막힌 호수비를 펼쳐냈다.

비록 타석에서는 안타를 뽑아내지 못하고 있었지만, 타석에서의 부진을 만회하고도 남을 훌륭한 호수비였다.

'더 버틸 수 있을까?'

최동현의 뒤를 이어 마운드에 올라온 임창모는 나름대로 호투를 펼쳤다.

2회 초 1사 2, 3루의 위기를 무실점으로 막아냈고, 3회 초에도 볼넷 하나를 허용하긴 했지만 비교적 깔끔하게 이닝을 마무리했다.

그러나 4회 초에도 마운드에 오른 임창모는 지친 기색을 드러냈다.

지난 시즌 임창모의 보직은 마무리 투수.

1이닝을 책임지는 것에 익숙해진 상태였다.

그런데 오늘 경기에서 2이닝을 던지는 사이에 임창모의 투구 수는 어느덧 30구가 넘어 있었다.

하아. 하아.

가쁜 숨을 몰아쉬고 있는 임창모를 확인했음에도 유대훈은 마운드를 향해 걸어 올라가지 않았다.

조금만 더 버텨주기를 바랐는데.

6번 타자 히라타 료스케와의 승부는 풀카운트까지 이어졌다.

그리고.

슈악!

임창모가 6구째로 던진 슬라이더는 스트라이크존을 크게 벗어났다.

볼넷!

1사 1루로 상황이 바뀐 순간, 유대훈이 더 버티지 못하고 투수를 교체했다.

마운드를 이어받은 것은 김연경.

지난 시즌 대승 원더스의 마무리 보직을 맡았던 투수였다.

1사 1루의 위기 상황을 깔끔하게 넘겨주길 바랐는데.

일본 대표팀의 7번 타자 우치카와 세이지는 바뀐 투수의 초구를 노리라는 야구 격언을 충실하게 이행했다.

슈아악!

따악!

김연경이 초구 스트라이크를 잡기 위해 던진 바깥쪽 직구를 제대로 잡아당겨서 3루 간을 꿰뚫는 좌전 안타를 만들어냈다.

1사 1, 2루.

"145km로는… 힘들어!"

유대훈의 표정이 어둡게 변했다.

이제 겨우 공 하나를 던졌을 뿐이다.

그렇지만 김연경이 던진 직구의 구속을 확인한 순간, 유대훈은 상황이 쉽지 않을 것을 직감했다.

'이제… 누구를 올려야 하지?'

김연경이 버티지 못할 경우를 대비하지 않을 수 없는 상황.

유대훈이 대표팀에 승선한 투수들의 면면을 떠올렸다.

그러나 이내 한숨을 내쉬었다.

대표팀 선수 구성을 논의할 때, 가장 우려했던 부분 가운데 하나가 바로 투수진이었다.

서광현을 제외한다면 대부분의 투수들이 기교파 유형이라는 점이 유대훈은 계속 마음에 걸렸었는데.

결국 그 부분이 발목을 잡고 있었다.

현재 가용할 수 있는 투수 가운데 누구를 올려도 일본 타자들을 압도할 수 있는 구위를 가진 선수가 없었다.

'서광현을… 올려야 할까?'

오죽했으면 네덜란드와의 예선 2차전에 선발투수로 등판해서 100구 이상 던졌던 서광현을 다시 올릴까 하는 생각까지 했을까.

그러나 서광현을 올릴 수는 없었다.

'원진이가 합류했다면 좋았을 것을!'

150㎞ 초반대의 강속구를 뿌리는 우완 파이어볼러로 메이저리그에서 5선발로 활약하는 조원진이 부상으로 인해 이번 대회에 불참한 것이 두고두고 아쉬움으로 남았다.

만약 조원진이 합류했다면?

네덜란드와의 예선 2차전에 조원진을 투입하고, 일본과의 예선 최종전에 '일본 킬러'라는 별명을 갖고 있는 서광현을 투입할 수 있었을 텐데.

그러나 유대훈은 아쉬움을 털어냈다.

계속 아쉬워한다고 한들 달라질 것이 없다는 것을 알기 때문이었다.

지금 대표팀 내에서 어떻게든 해법을 찾아야 했다.

해서 고심을 거듭하던 유대훈이 문득 떠올린 것은… 김태식이었다.

'김태식을 투수로 활용하면 어떨까?'

—투수로 쓰려고 발탁한 거임? 타자로 쓰려고 발탁한 거임?

김태식이 대표팀에 합류했다는 기사가 나갔을 당시, 기사 아래에 달렸던 댓글들 가운데 하나였다.

'서광현과… 가장 비슷한 유형이 아닐까?'

일본 타자들에게 강점을 가지고 있는 서광현과 가장 비슷한 유형의 투수를 굳이 찾자면 바로 김태식이었다.

'왜… 김태식을 지금껏 생각하지 못했지?'

유대훈이 자책했다.

고정관념이랄까.

오늘 경기에 김태식은 우익수 겸 2번 타자로 출전했다.

야수로 경기에 출전했기 때문에 당연히 투수로 기용할 수는 없다는 생각이 유대훈의 머릿속에 박혀 있었다.

이런 고정관념이 김태식을 투수로 활용해야겠다는 생각을 그동안 미처 하지 못했던 이유였다.

"이젠 정말… 늙었군!"

유대훈이 쓰게 웃었다.

이런 고정관념에 갇혀 있는 것이 자신이 늙었다는 증거였다.

당장 지금 상대하고 있는 일본 대표팀만 해도 선발투수로 등판한 오타니 쇼에이가 타석에도 들어서고 있었다.

그런데 안 될 것이 무엇이 있을까.

그때였다.

따악!

경쾌한 타격음이 들려왔다.

유대훈이 황급히 그라운드로 고개를 돌렸다.

8번 타자 오토 쇼타가 밀어 친 타구가 1, 2루 간을 꿰뚫는 우전 안타가 됐다.

오노 쇼타의 타격은 의식적인 팀 배팅.

그리고 결과도 좋았다.

다행인 것은 2루 주자가 홈으로 파고들지 못했다는 점이었다.

우익수 김태식의 강한 어깨를 의식했기 때문일까.

일본 대표팀의 3루 주루 코치는 이번에도 양팔을 높이 들어 올려 2루 주자의 홈 쇄도를 막아 세웠다.

"여기까지군!"

임창모의 뒤를 이어 마운드를 물려받은 김연경이 위기를 넘겨 주었다면 더할 나위 없이 좋았겠지만, 결과는 좋지 않았다.

1사 1루 상황에서 마운드를 물려받았던 김연경은 연속 안타를 허용하면서 1사 만루의 더 큰 위기에 봉착해 있었다.

'모 아니면 도!'

감독석에서 일어난 유대훈이 다시 마운드 위로 걸어 올라갔다.

'내 차례다!'

유대훈 감독의 호출을 받은 태식이 마운드로 향했다.

일본과의 예선 최종전.

만약 최동현이 일찍 무너진다면 마운드에 오를 수도 있을 거라고 예상했다. 하지만 지금은 4회 초였다.

태식이 예상했던 것보다 훨씬 더 이른 시점이었다.

그러나 유대훈 감독의 선택이 이해가 가지 않는 것은 아니었다.

일본과의 예선 최종전.

단지 승리를 거두는 것으로는 만족할 수 없었다.

실점 허용을 최소한으로 줄여야만 타이브레이크 게임에 진출할 수 있는 가능성이 생기기 때문이었다.

태식이 마운드 위에 도착했을 때, 유대훈 감독이 입을 뗐다.

"놀랐나?"

"조금 그렇습니다."

"나도 놀랐어."

"네?"

"내가 야수로 경기에 내보냈던 자네를 경기 중에 투수로 기용하는 선택을 내리게 될 줄은 몰랐거든."

유대훈 감독이 웃으며 덧붙였다.

"어때? 이제 현대 야구의 추세를 좀 따라간 것 같은가?"

태식이 쓰게 웃었다.

유대훈 감독이 농담을 던지고 있는 이유.

자신의 긴장을 조금이라도 풀어 주기 위함임을 알아챘기 때문이다.

"기회를 주셔서 감사합니다."

"만약 결과가 좋지 않을 때, 책임은 내가 지겠지만 비난까지는 막아줄 수 없다."

"알고 있습니다."

"모 아니면 도!"

"······?"

"기왕이면 내 결단이 모가 되도록 해줘."

"최선을 다하겠습니다."

태식이 대답한 순간, 유대훈 감독이 격려하듯 가볍게 어깨를 두드려 준 후 마운드를 내려가려 했다.

그것을 확인한 태식이 의아한 시선을 던졌다.

"감독님."

"왜?"

"이게 다입니까?"

"무슨 소리지?"

"제게 하실 말씀이 더 없으신 겁니까?"

"할 말? 음… 미안하다."

"네?"

"너무 어려운 상황에서 마운드를 넘긴 것 말이야. 내가 더 빨리 결단을 내렸으면 좀 더 쉬운 상황에서 널 마운드에 올릴 수 있었을 텐데."

1사 만루 상황.

한국 대표팀은 실점을 최소화한 채 오늘 경기에서 승리를 거두어야 했다.

태식이 마운드를 건네받은 지금이 너무 힘겨운 것은 부인할 수 없었다.

"그게 다야. 더는 없어."

"왜······?"

"베테랑이잖아."

"……?"

"네 경험을 믿는다!"

유대훈 감독이 흐릿한 웃음을 남긴 후, 뒤도 돌아보지 않고 마운드를 떠났다.

베테랑이라는 세 글자.

경험이 쌓여야만 얻을 수 있는 칭호였다. 그리고 이 난관을 타개하기 위해서는 그 경험을 활용해야 했다.

'아직 경기에 나서지 않은 투수들도 많다. 그런데 유대훈 감독님은 위기 상황에서 왜 나를 선택했을까?'

분명히 어떤 이유가 있을 터였다. 그리고 태식은 이내 스스로 던졌던 질문에 대한 답을 찾을 수 있었다.

'유형이 달라서야.'

이번 야구 대표팀에 승선한 투수들은 대부분 기교파였다.

좌완 파이어볼러 유형의 투수는 딱 두 명뿐이었다.

서광현과 김태식.

'이거였어!'

서광현이 '일본 킬러'라는 애칭을 얻을 정도로 일본 대표팀과의 대결에서 강한 면모를 보인 이유가 바로 여기에 있었다.

만약 서광현을 투입할 수 있는 상황이었다면?

유대훈 감독의 선택은 달랐으리라.

태식이 아닌 서광현을 마운드에 올렸으리라.

그렇지만 서광현은 이틀 전에 열렸던 네덜란드와의 예선 2차전에 선발투수로 등판해서 100구가 넘는 공을 던진 상태였다.

오늘 경기에 서광현이 등판하는 것은 무리였다.

'최동현, 임창모, 김연경까지. 오늘 경기에 출전했던 세 명 모두 변화구 위주의 피칭을 하는 기교파 투수들. 그리고 기교파 투수에게 강한 일본 타자들은 세 명의 투수들의 공을 어렵지 않게 공략했어. 다른 투수들이 남아 있음에도 불구하고 감독님이 날 마운드에 올리신 이유는… 서광현과 가장 비슷한 유형이기 때문이야!'

태식이 생각을 정리한 후, 연습 투구에 돌입했다.

가볍게 연습 투구를 하면서도 태식의 머릿속은 어떤 식으로 경기를 운영할지에 대한 고민이 이어졌다.

그리고.

연습 투구를 마쳤을 때, 태식은 고민에 대한 답을 찾아냈다.

"반대로!"

최동현과 임창모, 그리고 김진경까지.

모두 KBO 리그에서 수준급 투수들이었지만, 유대훈 감독을 그들을 차례로 마운드에서 내리고 결국 태식을 선택했다.

그 선택을 내린 유대훈 감독의 의중.

지난 세 명의 투수들과 다른 유형의 투수가 필요하다는 뜻이었다.

"플 개이블!"

주심이 경기 재개를 선언한 순간, 태식이 투구 준비에 돌입했다.

만루 상황.

주자의 움직임에 신경을 쓸 필요는 없었다.

와인드업을 마친 태식이 힘차게 공을 뿌렸다.

슈아악!

태식이 선택한 초구는 몸 쪽 직구.

부우웅.

타석에 들어선 9번 타자 후지나미 신타로가 바뀐 투수의 초구를 공략하기 위해 스윙했다.

파앙!

그러나 후지나미 신타로의 스윙은 한참 늦었다.

태식의 몸 쪽 직구가 포수의 미트에 들어가고 난 후에야 스윙을 한 것처럼 느껴질 정도로 타이밍이 전혀 맞지 않았다.

153㎞.

전광판에 찍힌 구속이었다.

선발투수가 아니라 중간 계투 요원으로 마운드에 오른 상황.

더구나 1사 만루의 위기였다.

힘을 아낄 필요가 전혀 없는 만큼 태식이 처음으로 전력투구를 했다.

그리고 2구째.

태식은 다시 몸 쪽 직구를 던졌다.

슈아악!

후지나미 신타로는 배트를 내밀지 않고 그냥 지켜보았다.

"스트라이크!"

노 볼 투 스트라이크.

투수에게 유리한 볼카운트를 만든 태식이 글러브 속에 감추고 있던 공을 빙글 돌렸다.

'삼진으로 돌려세워야 해!'

외야플라이만 나와도 실점할 가능성이 높은 상황.

아까도 말했듯이 지금 추가 실점을 허용해서는 안 됐다.

가장 확실한 방법은 후지나미 신타로를 삼진으로 돌려세우는 것이었다.

'변화구를 노리고 있어!'

아까 직구를 그냥 흘려보냈던 후지나미 신타로가 노리는 구종이 변화구라고 판단한 태식이 와인드업을 했다.

슈아악!

태식이 선택한 3구는 바깥쪽 직구.

노림수가 빗나갔기 때문일까.

후지나미 신타로는 배트를 내밀어볼 엄두도 내지 못한 채 움찔한 것이 다였다.

155㎞.

태식이 혼신의 힘을 다해 던진 직구는 스트라이크존을 통과했다.

"스트라이크아웃!"

1사 만루.

절체절명의 위기 상황에서 마운드에 올라온 태식이 첫 상대인 후지나미 신타로를 루킹 삼진으로 돌려세우자, 관중들이 환호성을 쏟아냈다.

"와아! 155㎞다. 속이 다 시원하네!"

"타자가 꼼짝을 못 하네."

"김태식 공이 제일 낫다."

"왜 김태식을 이제 내보낸 거야?"

"오타니 쇼에이 못지않네."

답답하던 속이 뻥 뚫려서일까.

관중들의 함성 소리는 우렁찼다. 그러나 태식은 관중들의 외침과 환호에 귀를 기울이지 않았다.

후지나미 신타로를 삼진으로 돌려세우며 일단 급한 불을 끄긴 했지만, 아직 위기는 끝난 것이 아니었다.

2사 만루의 실점 위기는 여전히 이어지고 있었다.

후지나미 신타로의 뒤를 이어 타석에 들어선 것은 일본 대표팀의 리드오프인 사사키 코지였다.

투수로 등판할 것이라고는 전혀 예상하지 못했던 태식이 갑작스레 마운드에 올랐기 때문일까.

사사키 코지는 고개를 갸웃거리며 타석으로 들어서고 있었다.

아마 태식에 대한 아무런 정보도 없이 타석으로 나온 상태일 터였다.

후지나미 신타로를 상대로 태식이 150㎞대 중반의 직구를 던지는 것을 대기 타석에서 확인했기 때문에 사사키 코지는 당황한 기색이 역력했다.

'유인구로 허를 찌를까?'

후지나미 신타로를 상대로 직구만 보여주었던 상황.

후속 타자인 사사키 코지 역시 직구를 노리고 나왔을 가능성이 높았다.

그런 이유로 잠시 유인구를 던질 생각을 했던 태식이 이내 고개를 흔들었다.

'힘으로 밀어붙인다!'

이제 막 마운드에 오른 상황.

아직 태식은 힘이 넘쳤다.

정면 승부를 피할 이유가 없었다.

슈아악!

태식이 사사키 코지를 상대로 초구로 몸 쪽 직구를 선택했다.

파앙!

타이밍을 가늠하기 위함일까.

사사키 코지는 배트를 내밀 생각을 하지 않고 그대로 지켜보았다.

"스트라이크!"

직접 타석에 서서 경험하고 나자 구속이 더 빠르게 느껴졌기 때문일까.

사사키 코지가 긴장한 기색을 드러낸 순간, 태식이 생각할 시간을 주지 않기 위해서 투구 간격을 좁혔다.

슈아악!

2구째로 선택한 공은 바깥쪽 직구.

틱!

사사키 코지가 이번에는 배트를 휘둘렀지만, 배트의 끝부분에 걸리는 파울 타구가 됐다.

'몸 쪽 공을 노린다!'

바깥쪽 직구가 배트 끝부분에 걸린 이유.

사사키 코지가 몸 쪽 공을 노리고 대비하기 위해서, 타석에서의 무게 중심이 뒤로 빠져 있었기 때문이다.

노 볼 투 스트라이크.

유인구를 던질 타이밍이었다.

바깥쪽 커브.

포수 조연성이 낸 사인이었다.

타석에 서 있는 사사키 코지의 양발의 위치.

또, 2구째 바깥쪽 직구에 배트를 휘두르는 것을 보고 몸 쪽 직구를 노리고 있다고 판단했기 때문에 이런 사인을 냈으리라.

충분히 일리가 있는 볼 배합.

그렇지만 태식은 고개를 흔들었다.

몸 쪽 직구.

조연성이 낸 사인을 거부하고 태식이 직접 사인을 냈다.

그 사인을 확인한 조연성은 당황한 기색을 드러냈다.

바깥쪽 슬라이더.

조연성이 재차 사인을 냈다. 그렇지만 태식은 이번에도 고개를 흔들며 고집을 꺾지 않았다.

몸 쪽 직구.

태식이 계속 몸 쪽 직구를 던지겠다고 고집을 피우자, 조연성은 결국 자리에서 일어나 마운드를 방문했다.

"왜 왔어?"

"선배. 진짜 몸 쪽 직구를 던지시려고요?"

"그래."

"하지만……."

"너무 위험하다고 말하고 싶은 거지?"

태식이 넘겨짚으며 묻자, 조연성이 재빨리 말을 이었다.

"네. 선배도 잘 아시다시피 오늘 경기는 실점을 최소화해야 합니다. 그런 만큼 지금 추가 실점을 허용하면 절대 안 되는 상황입니다. 그러니까 좀 더 안전한 볼 배합을 가져가는 것이 좋지 않겠습니까?"

"나도 알아."

"그럼 제 뜻대로 바깥쪽 승부를……."

"그런데… 자신 있어!"

"네?"

"내 공에 자신이 있다고."

"선배!"

조연성이 답답한 표정을 지었다.

그 반응을 확인한 태식이 덧붙였다.

"진짜 자신이 있어서 그래!"

"그렇지만……."

"그리고 내가 몸 쪽 직구를 고집하는 이유는 하나 더 있어."

"뭡니까?"

"빠르게 승부를 가져가려는 거야."

"왜요?"

"힘을 아껴야 하니까."

"……?"

"만약 내가 무너지면… 뒤는 없다."

태식이 힘주어 말했다.

"내가 끝까지 책임져야 해!"

현재 대표팀에서 경기에 나설 수 있는 투수들 가운데 좌완 파이어볼러는 태식이 유일했다.

유대훈 감독에게서 선택을 받았을 때, 태식은 이미 오늘 경기를 끝까지 마무리하겠다는 결심을 했었다.

"휴우, 알겠… 습니다."

"그래. 고맙다."

"선배만 믿겠습니다."

조연성은 완전히 수긍한 표정은 아니었다.

여전히 불안한 기색이 남아 있었다.

그렇지만 태식이 워낙 강하게 주장하자 더 버티지 못하고 몸을 돌렸다.

"도망치기 시작하면… 똑같아져."

그런 그의 등을 바라보며 태식이 미처 하지 못했던 말을 작게 덧붙였다.

유인구 위주의 피칭으로 도망치기 시작하면, 이전에 마운드를 지켰던 투수들과 다를 것이 없었다.

또, 태식은 이미 오늘 마운드 위에서 어떤 식으로 피칭을 할 것인지에 대한 구상을 나름대로 갖고 있었다.

'힘으로 밀어붙인다!'

각오를 다진 태식이 와인드업을 했다.

슈아악.

태식의 손을 떠난 공이 홈 플레이트로 날아들었다.

사인을 냈던 대로 타자의 몸 쪽으로 파고드는 직구.

태식이 아까 예상했던 대로였다.

몸 쪽 직구를 노리고 있던 사사키 코지는 망설이지 않고 힘차게 배트를 휘둘렀다.

딱!

노림수가 적중했지만, 사사키 코지의 타구는 정타가 되지 못했다.

배트의 윗부분에 공이 맞으며 높아 솟구쳤다.

내야플라이.

양팔을 크게 휘저으며 콜 플레이를 펼친 유격수 문백경이 타구를 안전하게 잡아내며 이닝이 종료됐다.

1사 만루.

절체절명의 위기 상황에서 유대훈 감독의 선택을 받고 마운드에 올라갔던 태식은 두 타자를 상대로 공 여섯 개만 던지며 루킹 삼진과 내야플라이로 돌려세웠다.

와아!

와아아!

숨죽인 채 경기를 지켜보던 관중들이 이닝을 마무리하고 더그아웃으로 돌아오는 태식에게 뜨거운 함성을 쏟아냈다.

그러나 태식은 그 함성에 귀를 기울일 여유가 없었다.

4회 말, 대한민국 대표팀의 선두 타자가 바로 태식이었기 때문이다.

'집중하자!'

1사 만루의 위기에서 실점을 허용하지 않고 이닝을 마무리했으니 투수로서 주어진 역할은 충실히 수행한 셈이다.

이제는 타석에서 자신의 역할을 수행할 시간이었다.

일본 대표팀의 선발투수인 오타니 쇼에이는 3이닝 동안 피안타 하나만 허용하며 무실점 투구를 펼치고 있었다. 그리고 딱 하나 허용했던 피안타조차도 정타가 아닌 텍사스 안타였다.

숨을 고르며 천천히 타석으로 들어선 태식이 마운드에 서 있는 오타니 쇼에이를 바라보았다.

경기 도중에 우익수에서 투수로 포지션을 바꾸었던 태식이 타석에도 등장했다는 것을 알아챈 오타니 쇼에이의 두 눈에 이채가 떠올랐다.

투수 겸 타자.

본인과 비슷한 유형의 선수를 만났기에 흥미를 드러낸 것이었다.

그러나 오타니 쇼에이의 두 눈에 떠올랐던 호기심은 금세 사라졌다.

다시 깊은 호수처럼 고요한 눈빛으로 바뀌었다.

'직구 승부를 할 거야!'

태식이 머릿속으로 바쁘게 계산을 하기 시작했다.

오타니 쇼에이는 경기 초반 직구로 카운트를 잡고 포크볼을 결정구로 사용하는 투구 패턴을 선보였다. 그리고 한국 대표팀 타자들은 오타니 쇼에이의 투구 패턴을 어느 정도 간파했음에도 불구하고 전혀 공략하지 못했다.

그 이유는 오타니 쇼에이의 구위가 워낙 뛰어났기 때문이다.

특히 직구가 일품이었다.

150km대 중반의 구속을 기록하는 오타니 쇼에이의 직구.

구속이 무척 빨랐다.

게다가 릴리스 포인트를 최대한 앞으로 끌고 와서 손에서 공을 놓기 때문에 타석에서 타자들이 느끼는 체감 구속은 더욱 빠르게 느껴졌다.

말 그대로 명품 직구.

이것이 대한민국 대표팀 타자들이 오타니 쇼에이의 직구에 타이밍을 전혀 맞추지 못했던 이유였다.

태식도 마찬가지였다.

첫 타석에서 태식은 오타니 쇼에이의 직구를 노리고 공략했다.

노림수가 통했음에도 불구하고 태식이 때려냈던 타구는 멀리 뻗지 못하고 외야플라이가 됐었다.

어쨌든.

비록 빗맞은 텍사스 안타를 하나 허용하긴 했지만, 지금까지 오타니 쇼에이의 투구는 거의 완벽에 가까웠다.

대한민국 타자들이 속수무책으로 당하고 있는 상황인 만큼, 오타니 쇼에이가 투구 패턴을 바꿀 이유는 없었다.

'이번엔… 다를 거야!'

이런 이유들로 인해 직구가 들어올 것이라고 확신하며 타석에 들어선 태식이 사오를 다졌다.

9. 평정심을 가장한 오만함

첫 타석과 두 번째 타석.

분명히 달랐다.

첫 타석에서 오타니 쇼에이의 직구를 타격했을 때, 타이밍이 밀렸던 이유를 이제는 알아챘기 때문이다.

'160㎞의 구속에 타이밍을 맞춘다!'

태식이 머릿속으로 계산을 막 마쳤을 때, 오타니 쇼에이가 무심한 표정으로 와인드업을 했다.

슈아악!

'직구!'

첫 타석 때와 마찬가지로 이번 역시 노림수는 통한 셈이었다.

'하나, 둘!'

다른 점은 타이밍 계산!

오타니 쇼에이의 손에서 공이 떠난 순간, 태식이 마음속으로 타이밍을 계산하면서 힘껏 배트를 휘둘렀다.

따악!

배트를 움켜쥔 양손에 전해지는 울림.

무척 강렬했다.

'넘어갔다!'

그 강한 울림을 느낀 순간, 태식이 확신을 가졌다.

미리 대비를 하고 있었기 때문에 완벽한 타이밍에 배트 중심에 걸린 타구가 외야 관중석 중단에 떨어지는 커다란 홈런이 될 거라고 판단했다.

홈런이 될 것이라는 확신을 가졌기에 태식은 1루를 향해 빠르게 달려가는 대신 홈 플레이트 근처에서 타구의 궤적을 눈으로 쫓았다.

그런 태식의 표정이 이내 당혹감으로 물들었다.

타구가 생각했던 것보다 멀리 뻗지 않는다는 사실을 알아챘기 때문이었다.

도중에 포기하지 않고 타구를 끝까지 쫓아가는 중견수의 모습이 보였다.

이것이 태식이 방금 때려낸 타구가 외야 관중석 중단에 떨어질 정도로 큰 타구가 아니라는 증거였다.

'왜?'

당연하다는 듯이 머릿속으로 의문이 깃들었다. 그러나 그 의문에 대한 답을 찾기 위해 계속 머물고 있을 시간이 없었다.

타구가 펜스를 넘기지 못할 수도 있다는 위기감을 느낀 태식이 더 머뭇거리지 않고 빠르게 1루로 달려갔다.

와아!

와아아!

1루 베이스를 막 통과해서 2루 베이스 쪽으로 달려가기 시작했을 때, 관중석에서 커다란 환호성이 터져 나왔다.

그제야 태식이 다시 외야 쪽으로 고개를 돌렸다.

그런 태식의 눈에 펜스에 등을 기댄 채 끝까지 펜스 플레이를 펼쳤던 중견수가 낭패한 표정을 짓고 있는 것이 들어왔다.

'넘어갔다?'

타구가 펜스를 살짝 넘기고 떨어지는 홈런이 됐다는 사실을 뒤늦게 알아챈 태식이 비로소 안도했다.

그제야 달리던 속도를 줄인 태식이 오타니 쇼에이를 힐끗 바라보았다.

꿈틀!

경기 내내 무심한 표정을 유지하고 있었던 오타니 쇼에이의 굵고 짙은 눈썹이 꿈틀대고 있었다.

또 깊은 호수처럼 고요함을 유지하던 오타니 쇼에이의 눈빛이 바뀌었다.

누군가 돌멩이를 던진 탓에 잔잔하던 호수에 파문이 일어난 것처럼 그의 눈동자는 격하게 흔들리고 있었다.

불끈.

그 흔들리는 눈빛을 확인한 순간, 태식이 주먹을 움켜쥐었다.

자신감.

경기 시작 전 오타니 쇼에이의 두 눈에 깃들어 있던 감정이었다. 그리고 경기가 진행되면서 오타니 쇼에이의 두 눈에 깃든 감정은 바뀌었다.

자만을 넘어 오만으로.

"대한민국 타자들은 절대 내 공을 때려내지 못한다!"

평정심을 가장한 오만함.

태식은 그것이 내내 불편했다.

대한민국 대표팀을 무시하는 작태였기 때문이다.

대한민국 대표팀 선수이기 이전에 태식 역시 대한민국 국민 중 한 사람.

오타니 쇼에이의 오만함에 보란 듯이 일침을 가하고 싶었다. 그리고 태식은 그 목표를 달성하는 데 성공했다.

지금 태식이 빼앗아낸 홈런으로 인해 오타니 쇼에이가 무척 당황하고 있는 것이 그 증거였다.

"어떻게 넘겼습니까?"

"끝내줬습니다."

"최곱니다. 최고!"

"제 속이 다 시원했습니다."

태식이 너그아웃으로 돌아오자 대표팀 동료 선수들이 우르르 몰려들어 축하의 말들을 건네주었다.

그런 그들의 반응은 뜨거웠다.

네덜란드와의 예선 2차전에서 메이저리그 무대에서 정상급 선 발투수로 활약하던 톰 베르겐에서 홈런을 빼앗아냈을 때보다 훨씬 더 격렬했다.

심지어 힘이 장사라고 알려진 조연성은 성큼성큼 다가와서 태식을 번쩍 안아 들어 올리기까지 했다.

그리고 동료들의 반응이 한층 더 격렬하게 바뀐 데는 그만한 이유가 있었다.

우선 태식이 때려낸 홈런 덕분에 승부의 균형추가 맞춰졌다.

네덜란드와의 예선 2차전과 일본과의 예선 최종전.

경기의 무게가 달랐다.

일본과의 예선 최종전 경기의 중요성에 대해 잘 알고 있기 때문에 대표팀 동료들은 태식의 홈런을 더 기뻐하고, 또 고마워하고 있는 것이었다.

또 하나의 이유는 상대가 일본이었기 때문이다.

─일본에게만큼은 절대 져서는 안 된다.

한일전의 특수성 때문일까.

설령 예선 탈락을 하게 되더라도, 일본과의 예선 최종전에서 만큼은 꼭 승리를 거두어야 한다.

이것이 여론의 향배.

대표팀 선수들도 만약 일본과의 예선 최종전마저 패한다면 그로 인한 후폭풍이 엄청날 것임을 잘 알고 있었다.

또, 그 후폭풍을 두려워하고 있었다.

그렇지만 일본과의 예선 최종전은 뜻대로 흐르지 않았다.

'야구 천재'라 알려진 오타니 쇼에이에게 완벽하게 틀어막히며 공격은 부진했고, 선발투수 최동현이 일찌감치 강판되면서 마운드도 불안한 상황이었다.

그런 상황에서 태식이 오타니 쇼에이를 상대로 동점을 만드는 홈런을 터뜨린 상황.

침체됐던 분위기가 살아난 것은 당연했다.

'무슨 말을 할까?'

대표팀 선수들의 시선이 모두 자신에게 향해 있다는 것을 깨달은 태식이 잠시 망설이다가 입을 뗐다.

"마운드는 내가 책임진다. 끝까지 포기하지 말자."

태식이 꺼낸 말이 끝나자, 대표팀 선수들이 비장한 표정으로 고개를 끄덕였다. 그리고 태식의 이야기는 아직 끝이 아니었다.

오타니 쇼에이가 던지는 직구의 체감 속도가 더 빠르게 느껴지는 이유.

릴리스 포인트를 최대한 앞으로 가져오기 때문이라는 사실을 태식은 고심을 거듭한 끝에 알아챘다.

그렇지만 그 사실을 다른 대표팀 선수들에게 아직 알리지는 않았다.

확신이 없었기 때문이다.

그렇지만 이제는 상황이 달라졌다.

오타니 쇼에이를 상대로 대한민국 대표팀 타자들은 장타조차 만들어내지 못하고 있던 상황이었는데.

태식은 오타니 쇼에이를 상대로 홈런을 터뜨렸다.

덕분에 확신과 명분이 생긴 셈이다.

타석에서 직접 자신이 찾아냈던 이유가 틀리지 않음을 확인

했으니 이제 다른 선수들에게 그 사실을 알려도 된다는 생각이
들었다.

"지금부터 내가 하는 말을 잘 들어."

모든 선수들의 시선이 자신에게 쏠려 있는 것을 확인한 태식
이 말을 이어나갔다.

"다들 알다시피 오타니 쇼에이의 평균 직구 구속은 150㎞대
중반이야. 그렇지만 이미 타석에서 경험해 봤으니 알겠지? 체감
상 구속이 더 빠르게 느껴진다는 것 말이야. 내가 그 이유에 대
해 고심하다가 주목했던 부분은 릴리스 포인트야. 오타니 쇼에
이는 투구를 할 때 릴리스 포인트를 최대한 앞으로 끌고 나오는
편이야. 그래서 체감 구속이 더 빠르게 느껴지는 거지."

태식이 설명을 마치자 선수들이 희미하게 고개를 끄덕였다.

비로소 체감 구속이 더 빠르게 느껴진 원인을 알아챘기 때문
이다.

"5㎞야! 전광판에 찍히는 구속은 150㎞대 중반이지만, 실제로
는 160㎞의 직구라고 생각하고 타격 타이밍을 가져가."

태식이 하고 싶은 이야기를 마무리하고 자리에 앉았다.

"조금은… 달라지겠지!"

태식의 설명을 들었으니 이제부터 대표팀 타자들도 오타니 쇼
에이를 상대함에 있어서 변화가 있을 터였다.

또, 완벽한 투구를 하던 도중 태식에게 불의의 홈런을 허용한
오타니 쇼에이의 평정심도 흔들린 상태였다.

해서 기대를 갖고 그라운드를 바라보던 태식의 표정이 밝아졌다.

후속 타자로 등장한 3번 타자 정회성은 기습 번트를 시도했다.

틱. 데구르르.

3루 쪽으로 굴러가는 번트 타구.

코스와 강약 조절 모두 완벽했다.

정회성이 기습 번트를 시도할 것이라고는 전혀 예상하지 못했던 일본의 수비진은 크게 동요했다.

이번 월드 베이스볼 클래식의 참가국 가운데 수비가 가장 뛰어나다는 평가를 받는 일본이었지만, 일본의 3루수도 어쩔 도리가 없을 정도로 완벽한 번트 타구였다.

타다다닷.

"세이프!"

전력 질주 한 정회성이 1루 베이스를 밟고 지나간 후에야, 일본의 3루수가 맨손으로 잡아 던진 송구가 1루수의 글러브에 도착했다.

무사 1루.

가쁜 숨을 몰아쉬고 있는 정회성을 향해 태식이 소리를 질렀다.

"잘했다!"

일본 수비진을 당황케 한 기습 번트 시도.

타구의 강약 조절과 코스까지.

모두 훌륭했다.

그리고 정회성이 기습 번트를 시도한 이유는 충분히 짐작이 가능했다.

우선 태식에게 불의의 솔로 홈런을 허용하고 난 후, 평정심이 흔들린 오타니 쇼에이를 더 흔들어놓기 위해서였다.

또 하나의 이유는 정회성이 오타니 쇼에이의 직구를 공략할 수 없다고 스스로 판단했기 때문이다.

오타니 쇼에이의 직구 구속은 150㎞대 중반.

그렇지만 태식의 설명을 들은 정회성은 실제 구속이 160㎞나 마찬가지라는 사실을 알게 됐다.

정회성은 공격보다는 수비에 강점이 있는 선수.

특히 구속 150㎞ 근처의 빠른 공에는 약점을 노출했었다.

그 사실을 가장 잘 알고 있는 것은 본인.

그래서 정회성은 160㎞에 육박하는 오타니 쇼에이의 직구 공략이 불가능하다고 판단했을 것이었다.

해서 어떻게든 살아나갈 수 있는 방법을 찾기 위해서 고심을 거듭하다가 기습 번트를 떠올렸으리라.

"필사적이다!"

단순한 번트 안타가 아니었다.

어떻게든 팀에 보탬이 되기 위해 필사적으로 고민하고 노력한 끝에 만들어낸 번트 안타였다.

태식이 고개를 돌리자, 잔뜩 집중한 채 그라운드를 응시하고 있는 대표팀 선수들의 모습이 보였다.

그런 그들에게 간절함이 전해지는 것을 깨닫고 태식이 작게 고개를 끄덕였다.

비로소 팀이 하나로 뭉치기 시작한 느낌이랄까.

그렇지만 태식은 이내 아쉬운 기색을 드러냈다.

'만약 조금 더 일찍 팀이 하나가 됐다면?'

그랬다면 상황이 지금과는 많이 달랐을 터였다.

예선 전적 2패가 아니라 2승을 거두고 좀 더 여유 있는 상황에서 일본과의 예선 최종전을 치를 수 있었을 터인데라는 아쉬움이 못내 들었기 때문이다.

그러나 태식은 이내 아쉬움을 털어냈다.

지난 일을 아쉬워한다 한들 달라질 것은 없었다.

지금은 현재에 충실해야 하는 상황이다.

무사 1루 상황에서 타석에 들어선 것은 4번 타자 이명기.

딱!

투 볼 투 스트라이크 상황에서 이명기가 타격했다.

이명기가 타격한 구종은 슬라이더.

타구는 1, 2루 간을 향했다.

타다다닷!

일본의 2루수가 타구를 잡아내는 데 성공했지만, 병살 플레이를 노리기에는 이미 늦어 있었다.

추가점을 올리기 위해서 유대훈 감독이 '히트 앤 런' 작전을 펼쳤기 때문이다.

'의도적으로 밀어 쳤어!'

이명기가 보여준 것은 철저한 팀 배팅.

덕분에 1사 2루로 상황이 바뀌며 득점권에 주자를 보내는 데 성공했다.

"나이스 플레이!"

이명기가 팀 배팅을 했다는 사실을 모를 선수들은 없었다.

태식 역시 이명기와 하이파이브를 나눈 후, 다시 그라운드로 시선을 던졌다.

1사 2루 상황에서 타석에 들어선 것은 배상우.

원래는 오늘 경기 지명타자로 출전한 장윤철의 타석이었지만, 태식이 투수로 나서면서 장윤철은 타석에서 빠졌다.

태식을 대신해서 우익수로 들어간 배상우가 장윤철을 대신해서 5번 타순에 들어서 있었다.

'배트를 짧게 잡았다!'

배상우를 지켜보던 태식이 두 눈을 빛냈다.

극단적이라 해도 좋을 정도로 배상우는 배트를 짧게 잡고 타석에 들어서 있었다.

'직구를 노린다!'

태식의 설명 덕분에 오타니 쇼에이의 직구 실제 구속이 160㎞에 육박한다는 사실을 알고 난 후, 배상우와 정회성의 선택은 달랐다.

정회성은 직구 공략을 포기하고 기습 번트를 시도한 반면, 배상우는 배트를 극단적으로 짧게 쥐고 직구를 노렸다.

아직 결과는 알지 못했다.

그렇지만 태식은 가슴이 뜨거워지는 것을 느꼈다.

각자 필사적으로 해법을 찾아내 타석에 들어서는 대표팀 선수들에게서 절박함과 간절함이 느껴졌기 때문이다.

슈아악!

딱!

배상우는 초구부터 과감하게 배트를 휘둘렀다.

완벽한 타이밍에 걸린 정타는 아니었다.

그렇지만 코스가 좋았다.

3루수가 잡아내기는 어려운 타구.

유격수가 역동작으로 땅볼 타구를 잡아내서 1루로 송구했지만, KBO 리그 최고의 리드오프 중 한 명으로 손꼽히는 배상우는 발이 빨랐다.

"세이프!"

간발의 차로 1루에서 세이프 선언을 받아냈다.

그사이, 2루 주자인 정회성은 3루에 안착했다.

1사 1, 3루.

짝짝짝!

절호의 득점 찬스가 만들어진 순간, 태식이 박수를 보냈다.

그 박수는 배상우에게 보낸 것이었다.

얼핏 보기에는 타구의 코스가 좋았던 것이 운처럼 느껴졌다. 그렇지만 배상우는 의도적으로 타구의 코스를 조절한 것이었다.

160㎞의 구속에 배트 스피드를 맞추어서 타구의 방향을 의도적으로 유격수와 3루수 사이로 보낸 것.

배상우가 경험을 바탕으로 필사적으로 찾아낸 나름의 해법이었다.

비록 번트 안타와 내야안타이긴 했지만, 연속 안타를 허용하며 실점 위기에 몰린 오타니 쇼에이는 당황한 기색을 드러냈다.

태식이 그런 오타니 쇼에이를 유심히 살폈다.

"이제 어떻게 할까?"

10. 유망주 대 노망주

'야구 천재'라고 불리는 오타니 쇼에이라고 해도 완벽한 선수는 아니었다.

추가 실점을 허용할 위기에 처한 오타니 쇼에이는 평정심이 흔들린 상황.

위기 상황에서 어떤 해법을 찾아내지 못하고 일찌감치 무너질 가능성이 높다고 태식은 판단했다.

다음 타자는 민경상.

역시 배트를 짧게 잡고 타석에 들어서는 민경상을 확인한 태식의 두 눈이 기대감으로 물들었다.

민경상은 빠른 공에 특히 강점을 갖고 잇는 타자였다.

실제 네덜란드와의 예선 2차전에서 160㎞에 육박하던 톰 베르겐의 직구를 공략해서 안타를 뽑아낸 적도 있었다.

'유인구 위주로 투구 패턴을 바꾸지 않을까?'

이미 분석을 마쳤을 터이니, 민경상이 빠른 공에 강점을 갖고 있다는 사실을 일본 대표팀 코칭스태프도 모를 리 없었다.

해서 태식이 막 판단한 순간이었다.

슈아악!

오타니 쇼에이가 이를 악물고 초구를 던졌다.

'직구?'

태식의 예상은 빗나갔다.

오타니 쇼에이가 민경상을 상대로 던진 초구는 직구였다.

그것도 몸 쪽 직구였다.

직구를 노리고 있던 민경상도 바로 반응했다.

딱!

민경상이 자신 있게 휘두른 배트에 맞은 타구는 2루수 정면으로 향했다.

"아웃!"

2루수 정면으로 향하는 내야 땅볼이 나온 순간 민경상이 전력 질주를 했지만, 병살 플레이를 막기에는 역부족이었다.

병살타를 유도해 내면서 추가 실점 위기를 넘겼음에도 불구하고, 오타니 쇼에이는 딱히 기뻐하는 기색도 아니었다.

마치 당연하다는 듯한 표정을 지은 체 마운드를 내려갔다.

'직구를… 선택했다?'

오타니 쇼에이의 선택.

태식의 예상을 보란 듯이 빗나가 있었다.

그로 인해 놀란 표정을 짓고 있던 태식이 전광판 쪽으로 고개를 돌렸다.

160km.

전광판에 찍힌 직구의 구속을 확인한 태식이 더욱 놀란 표정을 지었다.

아아!

아아앗!

민경상의 타구가 병살 플레이로 연결된 순간, 관중석에서 아쉬운 탄식성이 일제히 새어나왔다.

송나영 역시 아쉬운 기색을 감추지 못했다.

'외야플라이만 나왔더라도!'

1사 1, 3루의 상황이었으니 외야플라이만 나왔어도 추가 득점을 올릴 수 있는 좋은 득점 찬스였다.

그렇지만 추가 득점을 올려서 역전할 수 있는 기회가 병살 플레이로 인해 아쉽게 무산됐다.

"재밌네."

그때, 유인수가 말했다.

"뭐가 그렇게 재밌어요?"

아쉽게 대한민국 대표팀의 역전 기회가 무산된 상황.

재미있다는 유인수의 감상평이 송나영의 신경을 거슬리게 만들었다.

해서 두 눈을 가늘게 흘기며 날선 목소리로 묻자, 유인수는 마운드에서 내려오고 있는 오타니 쇼에이에게서 시선을 떼지 않은 채 대답했다.

"야구 천재 말이야."

"……?"

"내 예상을 빗나가게 만들었어."

"어떤 부분이요?"

"김태식에게 홈런을 얻어맞은 데다가, 연속 안타까지 허용하면서 평정심이 무너졌잖아. 그래서 이대로 추가 실점을 허용하면서 무너질 수도 있다고 예상했어. 그런데 내 예상이 빗나가게 만들어 버렸어."

"그래서… 좋으세요?"

송나영이 비꼬듯 물었지만, 유인수는 개의치 않고 계속 말을 이어나갔다.

"방금 나온 병살 플레이 말이야. 민경상이 못한 게 아냐. 오타니 쇼에이가 잘한 거지. 160km의 구속이 나오는 직구라. 괜히 야구 천재가 불리는 게 아니네. 위기가 찾아오니까 더 강해지는군."

유인수가 꺼낸 이야기.

비록 신경에 거슬리기는 했지만, 틀린 이야기는 아니었다.

송나영 역시 오타니 쇼에이가 민경상을 상대로 직구 승부를 피하고 유인구 위주로 승부할 것이라고 예상했는데.

그 예상은 빗나갔다.

오타니 쇼에이는 마치 보란 듯이 몸 쪽 직구를 던지며 빠른 공에 강점을 가진 민경상과 정면 승부를 펼쳤다.

무모한 승부가 아니었다.

160km.

오늘 경기 본인의 최고 구속을 기록한 직구를 던져서 민경상을 상대로 병살 플레이를 유도해 냈다.

"부럽네요."

송나영이 한숨을 내쉬며 입을 뗐다.

"뭐가 부러워?"

"일본이요."

"응?"

"대단한 야구 천재가 나타났으니까요."

송나영이 혜성처럼 등장한 야구 천재인 오타니 쇼에이를 보유한 일본 대표팀이 부럽다고 솔직하게 대답한 순간, 유인수도 고개를 끄덕였다.

"야구 저변의 차이 때문이지."

"네."

대한민국과 일본은 야구 저변의 격차가 컸다.

유소년 시스템부터 시작해서 사회인 야구까지.

일본은 야구 저변이 대한민국과 비교할 수 없을 정도로 넓었고, 덕분에 훌륭한 선수들이 쉬지 않고 배출됐다.

대한민국이 아직 따라가지 못하는 일본의 체계적인 야구 시스템과 넓은 저변을 송나영이 부러워하고 있을 때였다.

"그렇지만 너무 부러워할 것 없어."

"왜요?"

"우리나라에도 야구 천재가 나타났잖아."

"야구 천재가… 나타났다고요?"

"그래."

"누구요?"

"김태식."

"……?"

"투타 겸업을 하는 것도 비슷하고, 야구 천재라 불리는 오타니 쇼에이를 상대로 홈런을 때려냈잖아. 그러니까 김태식 역시 야구 천재 아냐?"

"그건……."

송나영이 슬그머니 말끝을 흐리며 고개를 끄덕였다.

오늘 경기 김태식의 활약.

현재까지는 오타니 쇼에이와 비교한다고 해도 전혀 손색이 없었다.

그럼에도 불구하고 송나영이 말끝을 흐렸던 이유는… 나이 때문이었다.

이미 선수 생활의 황혼기에 접어든 김태식이었다.

그런 그와 이십 대 초반인 오타니 쇼에이를 비교하는 게 과연 옳은가 하는 생각이 퍼뜩 들었다.

"두고 봐."

"뭘요?"

"김태식의 선수 생활은 이제부터 진짜 시작일 테니까."

송나영이 의아한 시선을 던졌다.

야구를 보는 눈.

또, 선수를 보는 유인수의 눈이 무척 정확하다는 것은 송나영도 잘 알고 있었다.

그렇지만 이번만큼은 유인수의 의견에 동의할 수 없었다.

'길어야… 2년!'

송나영이 김태식의 나이를 감안해서 추측한 남은 선수 수명이었다.

이것도 후하게 계산한 편이었다.

그렇지만 유인수는 여전히 확신에 찬 시선을 거두지 않은 채 덧붙였다.

"오늘 경기는 유망주 대 노망주의 대결이 되겠군."

"방금… 뭐라고 하셨어요?"

"유망주 대 노망주라고 했어."

"노망주… 요?"

해괴망측한 표현이었다. 그래서 송나영이 어이없다는 시선을 던졌지만, 유인수는 당당하게 대꾸했다.

"노망주, 맞잖아."

"……?"

"김태식이 유망주는 아니잖아?"

"뭐, 그렇긴 하지만……."

송나영이 떨떠름한 표정으로 대꾸했을 때, 유인수가 물었다.

"그나저나 스코어가 어떻게 돼?"

"캡!"

"왜?"

"계속 같이 보고 계셨잖아요? 그런데 현재 스코어도 몰라요?"

"여기 말고."

"네?"

"이스라엘과 네덜란드와의 경기 말이야. 어떻게 진행이 되고 있어?"

"아, 그 경기요."

비로소 말뜻을 알아들은 송나영이 스마트폰으로 이스라엘과 네덜란드의 경기 스코어를 확인했다.

잠시 뒤, 송나영이 두 눈을 빛내며 대답했다.

"이스라엘이… 또 이기고 있어요."

5회 초.

1 : 1의 균형을 이룬 채로 경기는 본격적으로 중반부로 접어들었다.

"감독님!"

유대훈 감독이 천천히 고개를 돌리자, 잔뜩 상기된 얼굴로 수석 코치가 다가오는 것이 보였다.

그 상기된 표정을 확인한 유대훈이 기대를 감추지 않은 채 물었다.

"무슨 일이야?"

"터졌습니다."

"뭐가 터졌다는 거야?"

"만루 홈런이요."

"응?"

"이스라엘이 조금 전에 만루 홈런을 터뜨렸습니다. 지금 네덜란드에 넉 점차로 앞서고 있습니다."

'예상대로 기세를 탄 이스라엘 대표팀은 무섭군!'

유대훈의 표정이 밝아졌다.

대한민국 대표팀은 자력으로 본선 진출을 하는 것이 이미 불가능해진 상황이었다.

경우의 수를 따져야 하는 상황이었고, 본선 진출에 대한 희망을 이어나가기 위해서는 이스라엘의 도움이 절실했다.

이스라엘이 네덜란드와의 예선 최종전에서 승리를 거두는 것이 꼭 필요했고, 기왕이면 큰 점수 차로 이겨주는 것이 필요했는데.

유대훈의 기대대로 이스라엘은 네덜란드와의 예선 최종전에서도 이변 아닌 이변을 일으키고 있었다.

'넉 점차라면?'

유대훈이 머릿속으로 계산에 돌입했다.

이번 월드 베이스볼 클래식 예선에서 대한민국 대표팀이 현재까지 기록한 실점은 총 10점이었다.

네덜란드의 경우는 현재까지 9실점을 했다.

일본의 경우는 현재까지 7실점을 했다.

'일본에 비해서 오히려 네덜란드가 더 가깝다!'

아직 경기는 중반부에 접어들었을 뿐이다.

만루 홈런이 나오면서 좋은 기세를 이어나가고 있는 이스라엘 대표팀이 네덜란드 대표팀을 상대로 추가 득점을 뽑아낼 확률은 충분히 있었다.

물론 일본도 가시권에 있는 것은 마찬가지였다.

일본 대표팀을 상대로 넉 점 이상의 추가점을 내면서 경기를 마무리한다면?

A조 최하위로 예선 탈락이 확정되는 것은 일본 대표팀이 될

수도 있었다.

'현실적으로 일본을 A조 최하위로 끌어내리는 것은 어려워!'

그러나 유대훈은 이내 눈살을 찌푸렸다.

최상의 시나리오는 일본 대표팀을 상대로 큰 점수 차의 완승을 거두어서 타이브레이크 게임에 진출하는 것이었다.

그렇지만 유대훈은 일본 대표팀을 상대로 대량 득점을 올리는 것이 현실적으로 어렵다고 판단했다.

이렇게 판단한 이유는 예선 최종전에 일본 대표팀의 선발투수로 등판한 오타니 쇼에이 때문이었다.

'일찍 무너뜨릴 수도 있지 않을까?'

일본 프로 무대를 호령하고 있고, 그 여세를 몰아서 메이저리그 진출이 확실시되고 있는 야구 천재 오타니 쇼에이.

그러나 난공불락은 아니었다.

대한민국 대표팀은 오타니 쇼에이를 상대로 점수를 뽑아냈고, 그가 흔들리는 틈을 이용해서 1사 1, 3루의 추가 득점 기회도 만들어냈었다.

그때까지만 해도 오타니 쇼에이를 공략해서 예상보다 일찍 강판시킬 수도 있겠다는 기대를 가졌었는데.

그러나 그 기대가 무너진 것은 1사 1, 3루의 추가 실점 위기에서 오타니 쇼에이가 민경상을 상대로 병살 플레이를 유도해 내는 것을 확인한 후였다.

160km.

빠른 공에 강점을 갖고 있는 타자인 민경상을 상대로 내야 땅볼을 유도해 냈던 오타니 쇼에이의 직구 구속이었다.

이전까지 오타니 쇼에이의 평균 직구 구속은 150㎞대 중반.

거기가 한계라고 판단했는데.

오판을 했던 것에 불과했다.

오타니 쇼에이는 힘을 아끼고 있었던 것이다.

'그게 아닌가?'

유대훈이 눈썹을 추켜올렸다.

어쩌면 오타니 쇼에이가 힘을 아꼈던 것이 아니라, 대한민국 대표팀의 타자들을 무시했기에 전력투구를 하지 않았던 것인지도 모르겠다는 생각이 퍼뜩 들었기 때문이다.

어쨌든.

오타니 쇼에이의 존재로 인해 일본을 상대로 대량 득점을 올리는 것은 현실적으로 어렵다는 판단을 유대훈은 내렸다.

오히려 네덜란드를 따라잡는 것이 더 쉬울 거라고 유대훈은 계산했다.

현재 네덜란드는 9실점, 일본은 7실점을 허용한 상태.

현실적으로 네덜란드를 따라잡아 따돌리는 것이 더 가능성이 높았다.

"우리가 1실점만 허용한 채 일본과의 대결에서 승리하고, 이스라엘이 두 점만 더 뽑아낸다면 일본과 타이브레이크 게임을 치를 수 있다!"

경우의 수를 따지던 유대훈의 표정이 조금 밝아졌다.

'만약 일본과 타이브레이크 게임을 다시 치른다면… 승산은 충분하다!'

대한민국 대표팀은 이연수는 물론이고, 일본 타자들에게 강점을 갖고 있는 서광현도 출전이 가능했다.

반면 일본 대표팀은 오늘 경기에 선발투수로 등판한 오타니 쇼에이가 타이브레이크 게임에 출전할 수 없었다.

이런 차이로 인하여 타이브레이크 게임을 일본과 치른다면 승리할 확률이 높다고 판단하던 유대훈의 표정이 다시 어두워졌다.

방금 떠올렸던 것은 어디까지나 최상의 시나리오였다.

그리고.

최상의 시나리오가 현실에서 구현하기 위해서는 한 가지 필요 조건이 존재했다.

바로 일본과의 예선 최종전에서 승리를 거두는 것은 물론이고, 더 이상 추가 실점을 허용해서는 안 된다는 것이었다. 그런데 이 필요조건을 충족시키는 것이 절대 쉽지 않아 보였다.

11. 배신

슈아악!

유대훈이 4회 초에 이어 5회 초에도 마운드에 올라가 있는 김태식을 응시했다.

4회 초에 마운드에 오르자마자 김태식은 공격적인 과감한 피칭으로 1사 만루의 실점 위기를 넘겼다.

또, 5회 초에도 여전히 공격적인 피칭을 펼치고 있었다.

"스트라이크아웃!"

센가 코다이를 상대로도 김태식은 변화구를 섞지 않았다.

네 개의 공 모두 직구를 구사해서 센가 코다이를 헛스윙 삼진으로 돌려세웠다.

'몸 쪽 높은 공이… 무척 좋아!'

4회 초 2사 만루 상황에서 사사키 고지를 내야플라이로 유도

했던 공도, 또, 5회 초의 선두 타자인 센가 코다이를 헛스윙 삼진으로 유도한 공도 모두 몸 쪽 높은 코스로 형성된 직구였다.

분명히 위력적인 직구.

그러나 센가 코다이를 삼진으로 돌려세운 김태식을 바라보던 유대훈은 불안한 기색을 떨치지 못했다.

몸 쪽 승부는 양날의 검과 같은 면이 존재했기 때문이다.

스트라이크존을 넓게 활용하면서 바깥쪽 승부를 효과적으로 펼치기 위해서는 몸 쪽 공을 던지는 것이 꼭 필요했다.

그렇지만 몸 쪽 공을 던지는 것은 언제든지 장타를 허용할 수 있다는 위험성이 분명히 존재했다.

그리고 지금 장타를 허용하는 것은 치명적이었다.

한 점을 더 허용한다면 유대훈이 노리고 있는 타이브레이크 게임과의 거리가 아주 크게 벌어지기 때문이다.

"고비가… 찾아왔군!"

1사 주자 없는 상황에서 타석에 들어선 것은 오타니 쇼에이였다.

지난 두 타석과 이번 타석.

오타니 쇼에이의 눈빛은 달랐다.

지난 두 타석에서는 차분함을 유지했었는데, 이번 타석에 들어선 오타니 쇼에이는 살짝 흥분해 있었다.

"김태식 때문이야!"

지난 공격에서 타석에 들어섰던 김태식은 오타니 쇼에이에게서 홈런을 빼앗아냈다. 그것이 오타니 쇼에이의 자존심을 상하게 만들었으리라.

그리고 공수가 반대가 된 지금, 오타니 쇼에이 특유의 승부욕이 발동한 것이다.

"왠지 불안한데……."

유대훈이 슬쩍 말끝을 흐리며 긴장된 표정으로 김태식과 오타니 쇼에이의 승부를 지켜보기 시작했다.

'직구 승부!'

오타니 쇼에이가 쏘아내는 눈빛.

무척 강렬했다.

그 강렬한 시선을 피하지 않고 맞받으며 태식은 유인구가 아닌 직구 승부를 하겠다고 결심했다.

슈아악!

태식이 던진 초구는 바깥쪽 직구.

오타니 쇼에이는 배트를 휘두르지 않고 그냥 지켜보았다.

"스트라이크!"

154km.

전광판에 찍힌 구속이었다.

구속을 확인한 오타니 쇼에이의 입가로 희미한 미소가 떠올랐다.

"겨우 이 정도냐?"

마치 이런 의미가 담긴 듯한 오타니 쇼에이의 웃음이 태식의 승부욕에 불을 질렀다.

슈아악!

태식이 선택한 2구 역시 바깥쪽 낮은 코스로 파고드는 직구.

이번에는 오타니 쇼에이도 그냥 바라보기만 하지 않았다.

따악!

배트 중심에 걸리며 경쾌한 타격음이 흘러나왔다.

아아!

아아아!

장타를 허용했다고 판단한 관중들이 탄식을 터뜨렸다.

그렇지만 오타니 쇼에이는 1루를 향해 달려 나가지 않았다. 그리고 태식도 고개를 돌려 타구를 확인하지 않았다.

'파울!'

바깥쪽 낮은 코스로 향한 직구의 제구는 완벽했다.

설령 정확한 타이밍에 타격이 이루어졌다고 해도 라인선상 안쪽에 떨어지기 어려웠다. 그런데 오타니 쇼에이의 배트 스피드가 밀렸다.

그러니 안타가 될 리가 없었다.

"파울!"

예상대로 파울이 된 순간, 태식이 오타니 쇼에이를 바라보았다.

노 볼 투 스트라이크.

분명히 타자에게 불리한 볼카운트에 몰려 있었다. 그럼에도 불구하고 오타니 쇼에이는 웃고 있었다.

'진심으로… 즐거워하고 있다!'

그 반응을 확인한 태식의 두 눈에 이채가 떠올랐다.

오타니 쇼에이는 지금 자신과 벌이고 있는 이 승부를 진심으로 즐기고 있었다. 그런 오타니 쇼에이의 모습이 태식의 승부욕을 더욱 타오르게 만들었다.

'해보자!"

빙글!

글러브 속에 숨기고 있던 공을 빙글 돌리며 그립을 잡은 태식이 힘차게 와인드업을 했다.

슈아악!

이 승부를 피할 생각은 없었다.

태식이 선택한 3구는 몸 쪽 직구.

사사키 고지와 센가 코다이를 범타와 삼진으로 돌려세웠던 바로 그 몸 쪽 높은 코스로 형성된 직구였다.

따악!

오타니 쇼에이가 기다렸다는 듯이 힘껏 배트를 돌렸다.

지난 두 차례와는 달랐다.

태식이 몸 쪽 높은 코스의 직구를 결정구로 사용한다는 것을 간파했기 때문일까.

몸 쪽 높은 코스의 직구가 날아들 것을 예측하고 있던 오타니 쇼에이가 타격한 타구는 멀리 뻗어나갔다.

우뚝!

투구 동작을 마친 태식의 몸이 석상처럼 굳어졌다.

오타니 쇼에이 역시 1루를 향해 달려 나가는 대신 본인이 때려낸 타구의 궤적을 눈으로 좇았다.

'넘어… 갔나?'

찰나에 불과한 시간.

그렇지만 억겁처럼 길게 느껴졌다.

차마 고개를 돌려서 타구를 확인하지 못하고 태식은 홈 플레이트 근처에 머물고 있는 오타니 쇼에이를 뚫어져라 바라보았다.

찡긋.

잠시 뒤 오타니 쇼에이가 못마땅한 듯 콧잔등을 찌푸렸다. 그리고 몇 초 후, 관중들이 안도의 탄식성을 쏟아냈다.

폴대를 살짝 벗어나는 파울 홈런이 됐다는 것을 뒤늦게 알아챈 태식도 안도의 한숨을 내쉬었다.

반면 오타니 쇼에이는 여전히 입가에 미소를 머금고 있었다.

홈런이 아닌 파울이 된 지난 타구에 대한 아쉬움 따위는 전혀 느껴지지 않는 오타니 쇼에이의 표정이었다.

'오히려… 좋아하고 있어!'

태식이 눈살을 찌푸렸다.

오타니 쇼에이가 좋아하는 이유.

자신과의 승부를 좀 더 이어나갈 수 있다는 점 때문이다.

후우!

태식도 승부욕이 있었다.

승부욕을 강하게 자극하고 있는 오타니 쇼에이를 매섭게 노려보던 태식이 다시 와인드업을 했다.

슈악!

부우웅.

태식의 손에서 공이 떠난 순간, 오타니 쇼에이도 지지 않겠다는 듯 배트를 휘둘렀다.

그러나 오타니 쇼에이가 휘두른 배트는 허공을 가르고 지나갔다.

직구를 노린 스윙.

그렇지만 태식이 던진 공은 슬라이더였다.

스트라이크존을 통과할 듯하다가 마지막 순간에 바깥쪽으로 휘어져 나가는 슬라이더에 완벽히 속은 것이다.

"스트라이크아웃!"

주심이 선언한 순간, 오타니 쇼에이가 태식을 바라보았다.

그런 그의 입가에 머물러 있던 미소는 흔적도 없이 사라져 있었다.

태식을 바라보는 오타니 쇼에이의 두 눈에는 실망감이 떠올라 있었다.

"당신은 나와의 승부가 재밌지 않았느냐? 당연히 직구 승부를 할 거라 예상했는데 왜 정면 승부를 피했느냐?"

오타니 쇼에이는 실망감이 담겨 있는 시선을 던지며 태식에게 항의와 비난을 쏟아내고 있었다.

태식도 그 시선을 피하지 않고 당당하게 맞받았다.

"나도… 즐거웠다!"

태식이 작게 입을 뗐다.

"그렇지만 지금 시점에 유인구를 던지는 것은 당연한 선택이다. 난… 너보다 나이가 많으니까."

만약 오타니 쇼에이가 태식이 방금 꺼낸 말을 들었다면 어떤 반응을 보일까?

변명 혹은 궤변이라고 비난할 터였다.

그러나 태식은 진심이었다.

비록 직구가 아닌 유인구를 던졌다고 해서 정면 승부를 피한 것은 아니었다.

'만약 이십 대 초반이었다면?'

그랬다면 태식 역시 끝까지 직구 승부를 고집했을 터였다. 그러나 그동안 쌓인 경험을 통해 태식은 깨달았다.

과한 승부욕은 독이 된다는 것을.

또, 유인구를 던지는 것도 승부의 일환이라는 것을.

'내가 이겼어!'

태식이 오타니 쇼에이와의 승부를 머릿속에서 지웠다.

오늘 경기는 태식과 오타니 쇼에이와의 대결이 아니었다.

대한민국 대표팀과 일본 대표팀의 대결이었다.

'내가 무너지면… 뒤가 없다!'

빠르게 오타니 쇼에이와의 승부를 머릿속에서 지운 태식이 후속 타자들과의 대결에 집중했다.

1 : 1.

경기는 팽팽하게 균형을 이룬 채 6회 말로 접어들었다.

"신배님!"

경기장을 직접 찾아와서 관전하고 있던 이철승이 곁으로 다가와 인사를 건네는 강상문 감독을 발견하고 자리에서 일어섰다.

뜻밖의 만남.

그래서 이철승이 앞으로 손을 내밀며 물었다.

"강 감독이 여기 어쩐 일인가?"

"중요한 경기라서 저도 직접 찾아와서 관전하고 있었습니다."

"중요한 경기?"

"대한민국 야구계에도, 또 우리 팀에게도 무척 중요한 경기라는 생각이 들어서요."

"그렇군."

이철승이 고개를 끄덕이며 옆자리를 권했다.

"괜찮으면 잠깐 앉게. 마침 동행한 코치가 잠시 자리를 비웠으니까."

"감사합니다."

사양하지 않고 옆 자리에 앉는 강상문 감독에게 이철승이 말했다.

"인사가 너무 늦었군."

"네?"

"감사 인사 말이야."

"……?"

"자네가 추천을 한 덕분에 김태식이 이번 국가 대표팀에 뽑혔으니까."

이철승이 이유를 밝힌 순간, 강상문 감독이 놀란 표정을 지었다.

"뜻밖인데요."

"아닌가?"

"제가 추천을 했던 것은 맞습니다. 제가 뜻밖이라도 말씀드린 이유는 선배님께 감사 인사를 듣게 될 줄 몰랐기 때문입니다."

"거기에는 이유가 있네."

"어떤 이유입니까?"

"이번 대표팀에 뽑힌 덕분에 김태식은 다시 목표가 생겼으니까."

이철승이 웃으며 대꾸한 순간, 강상문 감독이 새삼스러운 시선을 던졌다.

"몰랐습니다."

"뭘 말인가?"

"김태식을 이렇게 아끼시는지 말입니다. 선배님, 대체 왜 이렇게 김태식에게 신경을 쓰시는 겁니까?"

강상문 감독의 질문을 받은 이철승이 되물었다.

"그런 자네는?"

"네?"

"그렇게 질문하고 있는 자네는 왜 김태식에게 그리 신경을 쓰는지 물은 것이네."

강상문 감독이 멋쩍게 웃었다.

"저는 두 가지 이유 때문입니다."

"두 가지 이유? 뭔가?"

"우선… 인간적으로 끌린다고 할까요?"

"인간적으로 끌린다?"

"비록 긴 시간은 아니었지만, 함께했던 시간 동안 제가 경험했던 김태식은 묘하게 사람을 잡아 끄는 구석이 있더군요."

강상문 감독의 대답을 들은 이철승도 희미하게 고개를 끄덕였다.

이철승 역시 비슷한 느낌을 받았기 때문이다.

어떻게 말로 설명하기는 어려웠다.

그렇지만 강상문 감독과 이철승은 김태식과 함께했기에 비슷한 감정을 공유하고 있는 것이었다.

"안쓰럽기도 하고요."

"안쓰럽다?"

"이제 자신에게 남아 있는 선수 생활이 그리 길지 않다는 것을 알아서일까요? 다른 젊은 선수들보다 몇 배는 더 노력하고 필사적으로 경기에 임하는 모습을 볼 때마다 대견하기도 했지만, 그보다 안쓰럽다는 생각이 자꾸 들었습니다. 그래서 더 신경이 쓰였는지도 모르겠습니다."

이철승이 재차 고개를 끄덕였다.

김태식을 볼 때마다 안쓰럽다는 생각이 들었다.

해서 더 신경이 쓰이고 잘되기를 바라는 마음을 이철승도 갖고 있었기 때문이다.

"두 번째 이유는 뭔가?"

"우리 팀 선수이니까요."

"우리 팀 선수?"

이철승이 의아한 시선을 던졌다.

지난 시즌 중반까지만 해도 김태식은 강상문 감독이 이끌고 있던 마경 스왈로우스 소속 선수였다.

그렇지만 지난 시즌 중반에 트레이드를 통해 적을 옮기며 이철승이 이끌고 있는 심원 패롯스 소속 선수가 됐다.

강상문 감독이 이런 사실을 모를 리 없을 터.

그럼에도 불구하고 강상문 감독은 김태식을 가리켜 우리 팀 선수라고 표현했다.

해서 이철승이 계속 의아한 시선을 던지고 있을 때였다.

"당시 트레이드에 합의하기 직전에 많이 망설였습니다."

이철승이 던지는 시선을 피한 채 강상문 감독이 입을 뗐다.

"결국 트레이드에 합의하고 난 후, 트레이드 사실을 통보하기 위해서 김태식을 만났습니다. 그 자리에서 김태식에게 이런 이야기를 했습니다. 기회가 허락된다면 꼭 다시 한번 같이 야구를 하고 싶다고."

"……?"

"그때 제가 건넸던 이야기, 빈말이 아니었습니다."

"무슨… 뜻인가?"

이철승이 진중한 표정으로 물었다.

"저도 소문은 들었습니다."

"어떤 소문 말인가?"

"박순길 단장과 선배님 사이에 불협화음이 있다는 소문 말입니다. 그리고 그 중심에 김태식이 있다는 것도요."

박순길 단장과의 불화설.

이미 소문이 어느 정도 퍼진 상황이니 강상문 감독이 알고 있는 것이 그리 놀라운 일은 아니었다.

굳이 반박하는 대신 이철승이 물었다.

"진짜 하고 싶은 말이 뭔가?"

"트레이드를 하고 싶습니다."

"트레이드?"

"네, 김태식을 다시 우리 팀으로 데려오고 싶습니다."

예상치 못했던 이야기.

이철승이 두 눈을 치켜떴을 때, 강상문 감독이 다시 입을 뗐다.

"이대로라면 김태식은 올 시즌을 통째로 날릴 수도 있습니다."

'그럴 일은 절대 없다.'

이렇게 강하고 반박하고 싶었지만, 이철승은 결국 그 말을 입 밖으로 꺼내지 못했다.

박순길 단장이 마음에 걸렸기 때문이다.

"선배님도 아시다시피 김태식은 나이가 많습니다. 만약 올 시즌을 통째로 날린다면 타격은 엄청날 겁니다."

"……."

"저는 김태식이 가지고 있는 야구에 대한 재능을 썩히게 만드는 것이 너무 아깝고 안타깝습니다. 선배님도 김태식을 많이 아끼고 계시지 않습니까? 그러니까 김태식이 계속 경기에 뛸 수 있도록 길을 열어주십시오."

강상문 감독이 단도직입적으로 본론을 꺼냈다. 그렇지만 이철승은 바로 대답하지 못하고 망설였다.

트레이드.

결코 간단한 문제가 아니었다.

지금 이 자리에서 어떤 대답을 꺼내는 것은 불가능했다.

그 사실을 알고 있기 때문일까.

강상문도 대답을 재촉하는 대신, 그라운드로 시선을 던졌다.

"선배님!"

"응?"

"김태식이 타석에 등장했습니다."

"그렇군."

6회 말 1사 주자 없는 상황.

타석에는 김태식이 들어서 있었다.

여전히 마운드를 지키고 있는 오타니 쇼에이는 4회 말의 위기를 넘긴 후 다시 안정을 되찾은 상태였다.

7번 타자 문백경부터 1번 타자 여호령까지.

네 타자를 모두 범타로 처리했고, 구속이 160㎞에 육박하는 직구를 앞세워 그 중 세 타자를 삼진으로 돌려세웠다.

"아, 하나 빼먹었습니다."

그라운드 쪽으로 시선을 던지고 있던 강상문 감독이 재차 입을 뗐다.

"뭘 빼먹었단 말인가?"

"김태식을 좋아하고 신경을 쓰는 이유가 하나 더 있습니다."

"뭔가?"

"기대!"

"……?"

"아무리 어려운 상황이라고 해도 김태식이라면 뭔가 해낼 것이라는 기대감을 갖게 만들어 줍니다."

강상문 감독의 대답을 들은 이철승이 쓰게 웃었다.

이철승 역시 비슷한 감정을 갖고 있기 때문이다.

"이번 승부, 어떻게 될 것 같나?"

이철승이 질문하자, 강상문 감독이 신중한 표정으로 대답했다.

"어렵습니다."

"어렵다?"

"상대가 오타니 쇼에이니까요. 더구나 힘을 아끼지 않고 전력 투구를 하기 시작한 오나티 쇼이에니까요."

"좋은 선수지."

이철승이 수긍했을 때, 강상문 감독이 다시 입을 뗐다.

"그래도 모릅니다."

"응?"

"오타니 쇼에이를 상대하는 것이 김태식이니까요."

이철승이 강상문 감독을 빤히 바라보았다.

강상문 감독의 김태식에 대한 애정과 믿음.

진짜였다.

"선배님은 어떻게 생각하십니까?"

"쉽게 당하고 물러나지는 않을 것 같군."

"김태식이니까요."

"그래, 김태식이니까."

이철승이 막 대답한 순간이었다.

따악!

묵직한 타격음이 흘러나왔다.

전력투구를 펼치고 있는 오타니 쇼에이를 상대로 김태식이 때려낸 타구는 좌중간으로 향했다.

이철승이 벌떡 일어난 순간, 강상문 감독도 자리에서 일어났다.

'잡힐까?'

일찌감치 펜스 앞에 도착해서 기다리고 있던 좌익수가 타이밍을 가늠한 후 점프했다.

김태식의 타구가 점프를 하면서 높이 들어 올리고 있던 좌익수의 글러브 위를 살짝 넘기며 떨어졌다.

연타석 홈런.

'야구 천재'라고 불리는 오타니 쇼에이를 상대로 김태식은 두 타석 연속으로 홈런을 빼앗아냈다.

와아!

와아아!

팽팽한 경기의 균형을 깨뜨리는 김태식의 연타석 홈런이 터진 순간, 경기장을 가득 메운 팬들이 엄청난 환호성을 내질렀다.

"선배님, 어떻습니까?"

강상문 감독이 격앙된 목소리로 물었다.

"뭘 물은 건가?"

"김태식의 재능, 확실히 썩히기에는 너무 아깝지 않습니까?"

강상문 감독이 원하는 것은 트레이드.

방금 김태식이 터뜨린 홈런으로 인해 트레이드를 통해 김태식을 재영입하겠다는 욕심이 더 강해진 것 같았다.

그렇지만 김태식에 대한 욕심이 생긴 것은 강상문 감독만이 아니었다.

이철승의 시선이 관중석 한편에 모여 있는 메이저리그 스카우터들에게로 향했다.

오타니 쇼에이를 보기 위해 경기장을 찾아왔던 메이저리그 스카우터들.

그들은 오타니 쇼에이가 김태식에게 연타석 홈런을 허용했음에도 불구하고 실망한 표정이 아니었다.

오히려 잔뜩 흥분한 기색이었다.

투수로서 마운드에 선 후 강속구를 앞세워 일본 대표팀 타자들을 제압했을 뿐만 아니라, 타석에도 들어서서 오타니 쇼에이를 상대로 연타석 홈런을 빼앗아낸 김태식에게 본격적으로 흥미를 드러내고 있었다.

'주인공이… 바뀌고 있어!'

지금의 상황.

드라마의 주연이 갑자기 바뀌는 것과 흡사했다.

천천히 그라운드를 돌아 홈 플레이트로 들어오고 있는 김태식을 이철승이 흐뭇한 표정으로 바라보고 있을 때였다.

"김태식의 활약 덕분에 일본과의 예선 최종전은 잡을 수 있을지도 모르겠습니다."

강상문 감독도 야구계에 속한 인물.

예선 전적 2패를 기록하며 예선 탈락을 할 위기에 처한 대한민국 대표팀이 일본과의 대결에서 우세를 점하기 시작하자 흥분한 기색이 역력했다.

'그렇게 좋아할 때가 아냐.'

그런 강상문 감독을 바라보던 이철승이 흐릿한 웃음을 머금었다.

'이번 홈런으로 인해 김태식과 마경 스왈로우스와의 거리가 멀어졌으니까.'

꽈악!

태식이 주먹을 쥐었다가 펼치기를 반복했다.

오타니 쇼에이를 상대로 오늘 경기에서만 두 번째 홈런을 빼앗아낸 흥분이 쉬이 가라앉지 않았다.

"진짜… 레알 끝내준다!"

"이야. 김태식 없었음 대체 어쩔 뻔했냐?"

"김태식 뽑았다고 욕했던 것, 진심으로 사과한다!"

"갓태식!"

"오타니 쇼에이보다 훨씬 낫다!"

연타석 홈런을 기록하고 그라운드를 돌던 당시, 관중들이 쏟아냈던 함성 소리가 귓가를 떠나지 않았다.

또, 3루 베이스를 통과해 홈으로 들어오던 도중 힐끗 살폈던 오타니 쇼에이의 표정도 생생하게 기억 속에 남아 있었다.

"왜… 넘어갔지?"

161km.

태식에게 홈런을 허용했던 직구의 구속이었다.

오늘 경기에서 최고 구속을 기록한 직구가 오타니 쇼에이가 얼마나 전력투구를 했는지 알려주는 증거였다.

그리고.

태식에게 첫 홈런을 허용했을 때와는 달랐다.

당시의 오타니 쇼에이는 전력투구를 하지 않았다.

대한민국 타자들을 무시했기에 방심하며 힘을 아끼다가 태식에게 불의의 홈런을 허용했던 것이었다.

그러나 두 번째 홈런을 허용했을 때는 혼신의 힘을 다한 전력투구를 했던 상황이었기에 이해가 가지 않는다는 표정을 짓고 있었던 것이었다.

'확신, 그리고 훈련!'

태식이 환하게 웃었다.

전력투구를 펼쳤던 오타니 쇼에이에게서 또 한 번 홈런을 빼앗아낼 수 있었던 요인은 크게 두 가지였다.

하나는 오타니 쇼에이가 직구 승부를 고집할 것이라는 확신.

아직 젊어서일까.

오타니 쇼에이는 태식과 달랐다.

태식을 상대로 유인구를 일체 배제하고 직구로만 승부했다.

"전력투구를 펼치는 내 직구는 절대 때려낼 수 없다!"

이런 자신감을 갖고 있기 때문이리라.

그런 오타니 쇼에이의 승부욕과 심리를 간파했기 때문에 태식도 직구 하나만 노리고 타석에 들어섰고, 노림수가 통했던 것이었다.

또 하나의 요인은 훈련이었다.

161km.

아까 오타니 쇼에이가 던졌던 직구의 구속이었다.

그렇지만 릴리스 포인트를 최대한 앞으로 끌고 와서 투구를 했기 때문에 타석에서 느끼는 체감 구속은 160km대 중반이었다.

160㎞대 중반의 구속을 기록하는 직구.

KBO 리그에서는 거의 경험하지 못한 강속구였다.

그로 인해 오타니 쇼에이가 전력투구를 펼치기 시작한 후, 대표팀 타자들은 전혀 공략하지 못했다.

그러나 태식은 달랐다.

"더 늦기 전에 좀 더 큰 무대에 도전해 보는 게 어때?"

이철승 감독이 했던 제안이었다.

처음 그 제안을 들었을 당시에는 가슴에 크게 와닿지 않았다.

너무 먼 이야기가 아닐까 하는 생각을 내심 갖고 있었기 때문이다.

그렇지만 시간이 흐르며 태식의 생각은 서서히 바뀌었다.

태식의 생각이 바뀐 이유.

야구 선수에게 꿈의 무대라고 불리는 메이저리그에서 활약하고 싶다는 선수로서의 욕심 때문이 아니었다.

태식이 그 제안에 본격적으로 관심을 가지기 시작했던 진짜 이유는… 실망했기 때문이다.

지난 시즌에 태식이 펼쳤던 활약.

무척 준수했던 편이었다.

또, 소속팀인 심원 패롯스가 정규 시즌 막바지까지 와일드카드 경쟁을 벌이는 데 큰 역할을 했었다.

그러나 지난 시즌이 끝난 후, 태식은 연봉 협상 과정에서 홀대를 받았다. 그리고 그게 끝이 아니었다.

아버지의 장례를 치르는 과정에서 박순길 단장이 이끄는 프런트의 태도는 태식의 마음에 깊은 상처를 남겼다.

'이 팀과는 함께할 수 없다!'

다른 팀으로 옮기고 싶다는 생각이 들었을 정도였으니 더 말해 무엇할까.

그렇지만.

'팀을 옮긴다고 해서… 크게 달라질까?'

문득 그런 생각이 들었다.

삼십 대 후반의 선수를 원하는 팀.

분명히 많지 않을 것이었다.

또, 설령 원하는 팀이 있어서 소속 팀을 옮기는 데 성공해서 맹활약을 펼친다고 해도 무엇이 얼마나 달라질까.

회의감이 깃들었다.

이 난국을 타개할 방법 중 하나가 KBO 리그가 아닌 다른 리그에서 선수 생활을 하는 것이라는 생각이 퍼뜩 들었다.

그래서 이철승 감독의 제안을 무시할 수 없었다.

KBO 리그에서는 선입견으로 인해 제대로 인정받을 수 없다.

그렇지만 다른 리그에서는 선입견 없이 날 평가해 주지 않을까?

그런 기대가 생긴 순간, 태식은 마음을 다잡았다.

어쩌면 앞으로 KBO 리그가 아닌 메이저리그에서 선수 생활을 이어나갈 수도 있는 상황.

메이저리그 진출 기회를 잡기 위해서는 이번 월드 베이스볼 클래식이 무척 중요했다.

메이저리그는 물론이고, 일본 프로 리그에서 파견한 스카우터들이 잔뜩 몰려와 있는 이번 대회는 훌륭한 쇼케이스 무대였기 때문이었다.

해서 태식은 나름 최선을 다해서 이번 대회를 준비했다.

톰 베르겐, 그리고 오타니 쇼에이.

이번 대회에서 만나게 될 투수들의 면면을 미리 예상하고, 그들을 공략할 수 있는 방법에 대해 필사적으로 연구했었다.

그 연구 끝에 태식이 찾아낸 해법은 강속구에 대처하는 것이었다.

160㎞에 육박하는 강속구를 던지는 두 투수를 상대로 타석에서 좋은 결과를 만들어낼 방법은 강속구를 공략하는 것밖에 없다는 결론을 내렸다.

그 결론에 다다른 후, 태식은 다시 피칭머신을 상대로 쉬지 않고 훈련을 하며 배트 스피드를 끌어올렸다.

이것이 160㎞대 중반의 체감 구속인 오타니 쇼에이의 강속구를 상대로도 홈런을 빼앗아낼 수 있었던 결정적인 요인이었다.

12. 새로운 면모

"쇼케이스는… 성공적이었어!"

이스라엘과의 개막전부터 일본과의 예선 최종전까지.

태식은 세 경기에 모두 출전했다. 그리고 세 경기에 모두 출전한 태식이 남긴 기록은 매우 훌륭했다.

예선 1, 2차전에 모두 대타로 출전했던 만큼, 타석에 들어설 기회가 많지 않았음에도 무려 4개의 홈런을 기록했다.

현재까지 이번 대회 홈런과 타점 부분에서 선두에 등극했을 정도로 장타력과 해결사 능력을 뽐냈다.

그뿐만 아니라 일본과의 최종전에는 투수로도 등판해 일본의 강타선을 상대로 단 하나의 안타도 허용하지 않고 완벽한 투구를 펼치고 있었다.

메이저리그 스카우터들이 태식이 마운드에 오르거나 타석에 들어설 때마다 잔뜩 집중하는 것이 느껴졌다.

그렇지만 못내 아쉬움이 남았다.

태식 개인적으로는 만족스러운 쇼케이스였지만, 대한민국 대표팀의 상황은 결코 좋지 않았기 때문이었다.

예선 전적 2패를 기록하고 있는 데다가 일본과의 예선 최종전에서도 박빙의 접전을 펼치고 있었다.

한 점차로 앞서고 있는 상황인 만큼, 리드를 끝까지 지킨다면 대한민국 대표팀이 예선 첫 승을 기록할 수 있는 상황이긴 했다.

그렇지만 일본과의 예선 최종전에서 승리를 거두는 것만으로는 부족했다.

타이브레이크 게임에 진출해서 A조 2위로 본선 무대에 진출하기 위해서는 가능하면 큰 점수 차로 승리를 거두는 것이 필요했다.

물론 변수는 존재했다.

바로 동 시간에 펼쳐지고 있는 이스라엘과 네덜란드의 대결이었다.

4 : 1.

이스라엘은 7회가 끝난 시점까지 여전히 네덜란드에 앞서며 또 한 번 이변을 만들어낼 기세였다.

그렇지만 만루 홈런으로 4점을 뽑아낸 후, 아직 이스라엘 대표팀은 추가점을 올리지 못한 상태였다.

'만약 이스라엘이 2점만 더 뽑아준다면?'

이번 대회 규정에 따라 네덜란드가 A조 최하위로 밀려나면서 예선 탈락할 수 있었다.

그렇지만.

'이스라엘 대표팀을 믿고 기다릴 순 없어!'

태식이 지그시 입술을 깨물었다.

이스라엘 대표팀이 추가점을 뽑아내면서 네덜란드에게 승리를 거둔다면 말 그대로 최상의 시나리오였다.

그렇지만 이스라엘 대표팀이 추가점을 올려주길 기대하면서 마냥 바라보고 있을 수는 없었다.

일본과의 최종전에서 큰 점수 차로 승리를 거두며 타이브레이크 게임 진출을 확정하는 편이 좋았다.

그때였다.

따악!

묵직한 타격음이 울려 퍼졌다.

재빨리 그라운드로 고개를 돌린 태식의 눈에 정회성이 타격 후에 배트를 던지고 1루로 달려 나가는 것이 들어왔다.

최소 2루타!

정상 수비를 펼치고 있던 좌익수의 키를 넘기는 최소 2루타 코스라고 판단한 정회성은 전력 질주를 펼쳤다.

그러나 정회성의 계산은 어긋났다.

좌익수는 정상 수비 위치에서 몇 걸음 뒤로 물러나면서 정회성이 때려낸 타구를 어렵지 않게 포구했다.

고개를 갸웃거리며 더그아웃으로 돌아오는 정회성을 바라보던 태식이 펼치고 있던 양손을 내려다보았다.

연타석 홈런을 때려냈던 당시, 손바닥에 전해졌던 울림들은 무척 강렬했다.

그 강렬한 울림을 근거로 외야 관중석 중단에 떨어지는 커다란 홈런이 될 것라고 예상했었는데.

비록 홈런이 되긴 했지만, 태식이 예상했던 것처럼 커다란 홈런은 아니었다.

펜스를 살짝 넘기는 홈런들이었다.

지금 정회성이 고개를 갸웃거리면서 더그아웃으로 돌아오고 있는 이유도 마찬가지일 터였다.

정회성 역시 경험이 풍부한 타자.

묵직한 타격음과 배트를 움켜쥐고 있던 양 손바닥에 전해지는 울림과 감각을 통해서 타구의 비거리를 충분히 예상할 수 있었을 터였다.

그래서 방금 전에 본인이 때려낸 타구가 좌익수의 키를 넘기고 떨어질 것이라고 예상했던 것이었고.

실제로 아까 태식이 들었던 타격음은 묵직했다.

그러나 정회성의 타구는 예상처럼 멀리 뻗지 못했다.

"회전… 때문이야!"

그 이유는 오타니 쇼에이의 공에 걸린 회전 때문이었다.

오타니 쇼에이의 공이 빠를 뿐만 아니라 무겁다는 평가가 나오는 이유는 회전이 많이 걸리기 때문이었다.

해서 대한민국 대표팀 타자들이 때려냈던 타구들이 예상보나 멀리 뻗지 못하는 것이었다.

'대량 득점을 뽑아내는 것은… 어려울 수도 있어!'

아까와는 상황이 또 달라져 있었다.

비록 태식에게 홈런을 허용하긴 했지만, 나머지 대한민국 타자들은 전력투구를 펼치는 오타니 쇼에이의 공을 전혀 공략하지 못하고 있었다.

오타니 쇼에이가 마운드에 버티고 있는 한 대량 득점을 올리는 것은 어려울 것이라는 생각이 태식의 머릿속을 스치고 지나갔을 때였다.

딱!

4번 타자 이명기 역시 내야플라이로 물러나며 이닝이 종료됐다.

슈아악!

김태식의 손을 떠난 공이 홈 플레이트를 통과하는 순간, 일본의 9번 타자 후지나미 신타로가 힘껏 스윙했다.

부웅!

그러나 바깥쪽으로 휘어지는 슬라이더의 궤적을 쫓아가지 못한 배트는 허공을 가르고 지나갔다.

"스트라이크아웃!"

와아!

와아아!

김태식이 후지나미 신타로를 삼진으로 잡아내며 8회 초의 두 번째 아웃 카운트를 잡아낸 순간, 숨을 죽인 채 지켜보던 관중들이 환호성을 쏟아냈다.

"김태식, 최고다!"

벌떡 일어나서 소리치던 송나영이 아무런 리액션 없이 그라운드만 응시하고 있는 유인수를 힐끗 살폈다.

"캡!"

"왜?"

"캡은 안 기뻐요?"

"기뻐."

"그런데 왜 아무 반응도 없어요?"

"아직 경기 안 끝났잖아."

"……?"

"벌써 기뻐하긴 일러."

"그렇지만… 완벽하잖아요."

송나영이 뺨을 부풀렸다.

4회 초 1사 만루 상황에서 마운드에 오른 후 김태식이 펼친 투구는 완벽하다고 해도 과언이 아니었다.

4와 1/3이닝 동안 13타자를 상대로 안타는커녕 볼넷조차 허용하지 않았다.

만약 선발투수로 등판했다면 퍼펙트게임을 노려볼 수 있을 정도로 완벽한 투구를 펼치고 있었다.

"네 말대로 지금까진 완벽했지만… 야구는 한 치 앞도 몰라."

유인수가 말을 마친 순간이었다.

틱! 데구르르.

8회 초 2사 주자 없는 상황에서 타석에 들어선 1번 타자 사사키 코지가 기습 번트를 시도했다.

대한민국 대표팀 수비진의 허를 찌른 기습 번트.

3루수 김대희가 빠르게 앞으로 대시하며 맨손으로 공을 잡아내는 데 성공했다.

김대회가 공을 잡자마자 1루로 송구했지만, 사사키 고지의 발이 베이스에 닿는 것이 조금 더 빨랐다.

2사 1루 상황에서 타석에 들어선 것은 센가 코다이.

따악!

원 볼 투 스트라이크 상황에서 센가 코다이가 잡아당긴 타구는 좌익수 앞에 뚝 떨어지는 안타가 됐다.

그사이, 1루 주자였던 사사키 고지는 빠른 발을 자랑하면서 3루에 여유롭게 도착해 있었다.

"내가 그랬지? 야구는 한 치 앞도 모른다고."

2사 1, 3루로 상황이 바뀌자, 유인수가 자신의 선견지명을 자랑하듯 입을 뗐다. 그리고 송나영은 아무런 반박도 하지 못했다.

8회 초에 2개의 아웃 카운트를 잡을 때까지만 해도 완벽한 투구를 하던 김태식은 난공불락처럼 느껴졌다.

그런데 연속 안타를 허용하며 실점 위기에 몰려 있었다.

"일본도 절박해졌네."

"네?"

"어떻게든 루상에 살아나가기 위해서 기습 번트까지 감행하잖아."

"그렇긴… 하네요."

"이제 안 거야."

"뭘요?"

"이스라엘과 네덜란드의 경기 스코어를 알게 된 거지. 그래서 자칫 잘못하다가는 예선 탈락을 할 수도 있다는 위기감이 든 거야."

"네."

"그리고 하나 더. 정상적인 방법으로는 김태식을 공략하기 어렵다는 것을 알게 된 거지."

유인수의 설명을 듣고 납득한 표정으로 고개를 끄덕이던 송나영이 물었다.

"그런데 왜 갑자기 안타를 맞는 거죠? 힘이… 떨어진 건가요?"

"그건 아냐."

"그럼 왜죠?"

"투구 패턴이 읽혔어."

6회까지 직구 위주의 승부를 하던 김태식은 7회에 접어들며 결정구를 유인구로 사용하는 방식으로 투구 패턴을 바꾸었다.

그런데 그 투구 패턴이 읽히면서 연속 안타를 허용했던 것이었다.

"다음 타자는… 오타니 쇼에이네요."

송나영이 표정을 굳혔다.

득점 찬스에서 타석에 등장한 것이 오타니 쇼에이라는 것으로 인해 송나영의 불안감이 부피를 키워가고 있을 때였다.

"기회야!"

유인수가 불쑥 말했다.

"설마?"

"설마 뭐?"

"일본을 응원하는 건 아니죠?"

지금 득점 기회를 맞은 것은 일본이었다. 그래서 송나영이 째려보며 물은 순간, 유인수가 대답했다.

"송 기자!"

"네?"

"내가 그 정도로 막장은 아니거든."

유인수가 미간을 찌푸린 채 덧붙였다.

"세금도 많이 뜯어가고, 열심히 일해도 먹고 살기가 점점 더 어려워져서 불만이긴 하지만, 나도 대한민국 국민이거든."

"그런데 왜 아까 기회라고 말씀하셨어요?"

"기회가 찾아오긴 했으니까."

"……?"

"일본이 아니라 김태식에게 기회가 찾아왔어!"

송나영이 의아한 시선을 던졌다.

김태식은 실점 위기를 허용한 상황이었다.

그런데 대체 무슨 기회가 찾아왔단 말인가?

유인수의 말뜻을 제대로 이해하기 어려웠다.

해서 송나영이 다시 물었다.

"무슨 기회요?"

"새로운 면모를 보일 수 있는 기회!"

"새로운… 면모요?"

"그래. 지금까지 너무 쉬웠잖아."

"쉬웠다?"

"일거수일투족을 주목하고 있는 메이저리그 스카우터들 앞에서 김태식이 위기 관리 능력을 보일 기회가 찾아온 셈이지."

그제야 말뜻을 이해한 송나영이 고개를 끄덕였다.

그렇지만 표정이 밝아지지는 않았다.

지금 상황이 워낙 위급했기 때문이다.

대한민국 대표팀이 한 점차로 앞서고 있는 상황!

만약 장타를 허용한다면, 동점은 물론이고 역전까지 허용할 수 있는 위기였다.

게다가 타석에 들어선 것은 야구 천재라 불리는 오타니 쇼에이.

송나영이 마른침을 꿀꺽 삼켰을 때 유인수가 대수롭지 않게 말했다.

"너무 긴장할 것 없어."

"왜요?"

유인수가 대답했다.

"김태식이니까."

따악!

센가 코다이에게 슬라이더를 던지다가 연속 안타를 허용한 순간, 태식이 슬쩍 미간을 찌푸렸다.

'투구 패턴이 읽혔어!'

슬라이더를 결정구로 사용하는 투구 패턴이 상대에게 읽혔기 때문에 센가 코다이에게 안타를 내준 것이었다.

2사 1, 3루.

만약 장타를 허용하게 되면 역전이 될 위기에 몰린 태식이 크게 심호흡을 했다.

타석에 선 상대는 오타니 쇼에이.

실점 위기에 몰리긴 했지만, 두렵지는 않았다.

오히려 짜릿한 흥분이 일었다.

슈악!

오타니 쇼에이를 상대로 태식이 초구로 선택한 구종은 커브였다.

"스트라이크!"

바깥쪽 낮은 코스의 스트라이크존을 통과한 커브를 오타니 쇼에이는 가만히 바라보기만 했다.

주심이 스트라이크를 선언한 순간, 오타니 쇼에이는 고개를 갸웃했다.

7회에 접어들며 태식은 직구로 카운트를 잡고, 결정구로 슬라이더를 사용하는 방식으로 투구 패턴을 바꾸었다.

바뀐 투구 패턴을 파악했기에 오타니 쇼에이 역시 타석에서 직구를 노렸을 터.

그러나 태식은 다시 투구 패턴을 바꾸며 혼란을 주었다.

더구나 오늘 경기에서 태식이 커브를 던진 것은 이번이 처음이었다.

이것이 오타니 쇼에이가 당혹스러운 기색을 드러낸 이유.

포수에게서 공을 돌려받은 태식이 1루 주자의 움직임을 살폈다.

'견제구는… 생략한다!'

일본 대표팀 벤치는 이번 찬스에서 동점보다 역전을 노리고 있었다.

그런 만큼 발 빠른 1루 주자 센가 코다이가 2루를 훔치기 위해서 도루를 시도할 가능성은 있었다.

그러나 2사 후인 상황이었다.

만약 센가 코다이가 과감하게 도루 시도를 했다가 2루에서 아웃된다면, 아까운 찬스가 무산되는 셈이다.

더구나 지금 타석에 들어서 있는 것은 오타니 쇼에이.

현재 일본 대표팀에서 가장 믿을 수 있는 타자가 타석에 들어서 있는 상황이니, 위험을 무릅쓰고 도루 시도를 할 가능성이 그리 높지는 않았다.

'시간을 주지 않는 편이 더 중요해!'

1루로 견제구를 던지는 대신 1루 주자인 센가 코다이를 눈으로 견제하면서 태식이 투구 간격을 좁혔다.

주자를 묶기 위해 견제구를 던지며 생각할 시간을 주는 것보다, 투구 간격을 최대한 좁혀서 오타니 쇼에이가 수 싸움을 할 시간을 주지 않는 것이 더 유리하다고 판단했기 때문이었다.

슈아악.

2구째는 직구.

직구 승부를 예상치 못했기 때문일까.

허를 찔린 오타니 쇼에이는 움찔한 것이 다였다.

156㎞.

전광판에 찍혀 있는 구속을 확인한 오타니 쇼에이가 두 눈을 빛냈다.

그가 쏘아내는 강렬한 시선을 태식도 피하지 않고 맞받았다.

"아까 못 한 정면 승부를 합시다!"

오타니 쇼에이는 강렬한 시선으로 이렇게 말하고 있었다. 그리고 태식도 지지 않고 강렬한 시선으로 화답했다.

이어진 삼 구째.

태식이 와인드업을 했다.

슈악!

태식의 손을 떠난 공이 홈 플레이트 쪽으로 향했다.

꿈틀.

마치 살아 있는 생물처럼 크게 변화를 일으키면서 날아든 공이 홈 플레이트 한가운데를 통과했다.

13. 최고의 쇼케이스

"…스트라이크아웃!"

주심이 평소보다 반 박자 늦게 스트라이크를 선언했다.

그 이유는 주심 역시 방금 태식이 오늘 경기에서 처음으로 던졌던 결정구를 보고 놀랐기 때문이다.

태식이 오타니 쇼에이를 상대로 선택한 결정구.

바로 너클볼이었다.

당연히 직구가 들어올 것이라고 예상했기 때문일까.

오타니 쇼에이는 배트를 내밀지 못했다.

'아닌가?'

어쩌면 너클볼이 들어올 것을 예상했다고 하더라도 오타니 쇼에이는 공략하지 못했을 것이란 생각이 들었다.

그 정도로 방금 태식이 구사했던 너클볼은 완벽했다.

어쨌든.

오타니 쇼에이는 쉽게 타석을 벗어나지 못했다.

주심이 스트라이크아웃 선언을 했음에도 불구하고 타석을 떠나지 않고 계속 버티고 있었다.

그가 타석을 떠나지 않는 이유.

주심의 스트라이크 판정에 불만이 있어서가 아니었다.

오타니 쇼에이는 타석에서 주심이 아니라 마운드에 서 있는 태식을 노려보고 있었다.

아까 직구 승부를 펼치기로 나와 약속하지 않았느냐?

그런데 왜 그 약속을 지키지 않았느냐?

오타니 쇼에이의 두 눈에 담긴 감정은 원망이었다.

마치 믿었던 연인에게 배신당한 듯한 표정이랄까.

태식이 그 시선을 슬쩍 피하며 작게 중얼거렸다.

"착각이야!"

아까 오타니 쇼에이가 쏘아내던 강렬한 시선을 피하지 않고 맞받았기는 했다. 그렇지만 그것이 직구 승부를 약속했던 것은 아니었다.

오타니 쇼에이의 일방적인 착각일 뿐이었다.

그리고 태식이 아까 오타니 쇼에이의 시선을 피하지 않았던 데는 이유가 있었다.

만약의 만약까지 대비하기 위해서였다.

너클볼에 대한 확신.

분명히 갖고 있었다.

또, 오늘 경기에서 단 한 번도 보여준 적이 없는 너클볼이기에 오타니 쇼에이가 속수무책으로 당할 것이라고 판단했다.

그러나 오늘 경기의 승리는 무척 중요했다.

실점 위기 상황에서 맞이한 오타니 쇼에이와의 승부는 무척 중요했기에 결정구로 사용할 너클볼의 효과를 극대화할 필요가 있었다.

그것을 위해서는 오타니 쇼에이와의 수 싸움을 빗나가게 만드는 것이 필요했다.

이것이 태식이 아까 오타니 쇼에이의 시선을 피하지 않았던 이유.

그리고.

아직 끝이 아니었다.

태식은 오타니 쇼에이를 속이기 위해서 하나 더 준비했던 것이 있었다.

바로 와인드업 투구였다.

두 명의 주자가 루상에 있는 상황에서 오타니 쇼에이를 상대할 때, 태식은 초구로 커브를 던졌다.

당시 태식은 셋 포지션 투구를 했었다.

그러나 156㎞의 구속이 나왔던 2구째 직구를 던질 때는 셋 포지션 투수가 아닌 와인드업 투구를 했다.

그리고 3구째.

태식은 마치 직구 승부를 하겠다는 약속을 지킬 것처럼 셋 포지션 투수가 아닌 와인드업 투구를 했다.

'직구다!'

아마 태식이 와인드업 투구를 하는 것을 확인한 오타니 쇼에이는 직구라고 확신을 했을 것이었다.

이것이 오타니 쇼에이를 완벽히 속이는 데 일조를 했던 것이다.

어쨌든.

그런 태식의 의도는 완벽히 먹혔다.

"너와의 승부보다… 대표팀의 승리가 우선이야!"

오타니 쇼에이를 삼진으로 돌려세우며 실점 위기를 넘긴 태식이 마운드에서 천천히 걸어 내려왔다.

"와우!"

"언빌리버블!"

"원더풀!"

"임프레시브 너클볼!"

그런 태식의 귓가로 한곳에 모여 있던 메이저리그 스카우터들이 외치는 고함 소리가 들려왔다.

"나를 위해서도 중요했고."

태식이 다시 혼잣말을 꺼냈다.

방금 전에 오타니 쇼에이를 삼진으로 돌려세우며 태식은 또한 번 메이저리그 스카우터들에게 강렬한 인상을 심어주는 데 성공했다.

150㎞대 중반의 강속구를 던지는 좌완 파이어볼러면서 결정구로 인상적인 너클볼까지 장착했다는 점.

분명 매력적으로 느껴질 터였다.

또, 실점 위기에서도 전혀 흔들림 없이 깔끔하게 이닝을 마무리함으로써 위기 관리 능력도 증명한 셈이었다.

"여기까지!"

최고의 쇼케이스 무대를 마친 태식이 더그아웃으로 돌아왔다.

그리고 8회 말.

대한민국 대표팀의 마지막 공격이 될 수도 있는 이닝이 시작됐다.

"어떻게… 됐나?"

유대훈의 질문을 받은 수석코치의 낯빛은 상기되어 있었다.

"아직 경기는 진행 중입니다."

"스코어는?"

"여전히 4 대 1의 스코어가 유지되고 있습니다."

"그래?"

"아직 포기하기는 이릅니다. 9회 마지막 공격에서 이스라엘이 한 점만 더 뽑아준다면, 타이브레이크 게임에 진출할 수도 있습니다."

수석코치가 힘주어 말했지만, 유대훈은 고개를 흔들었다.

네덜란드 대표팀 역시 동 시간에 벌어지고 있는 대한민국과 일본의 경기 진행 상황에 대해 알고 있을 터였다.

본선 진출을 낙관할 수 없는 상황.

예선 탈락이라는 최악의 상황을 면하기 위해서, 또 최소한 타이브레이크 게임에 진출하기 위해서는 더 이상 실점을 허용해서는 안 된다는 사실을 잘 알고 있을 것이었다.

그런 만큼 네덜란드 대표팀도 추가 실점을 허용하지 않기 위해서 필사적일 터.

이스라엘 대표팀이 추가점을 올리는 것만 바라고 있어서는 안됐다.

"이번 이닝에… 3점을 뽑아내는 것이 가능할까?"

이번 대회에서 일본은 현재까지 8실점을 했다.

대한민국은 10실점.

만약 3점을 더 뽑아내기만 한다면?

네덜란드와 이스라엘의 경기가 이대로 끝난다고 해도 일본을 제치고 타이브레이크 게임에 진출할 수 있었다.

3점을 뽑아내는 것.

빅 이닝이 자주 나오는 야구라는 종목의 특수성을 감안하면, 절대 불가능하지 않았다. 그러나 오늘 경기에서는 결코 쉬운 일은 아니었다.

일본의 마운드를 오타니 쇼에이가 여전히 지키고 있었기 때문이다.

후우.

길게 한숨을 내쉬며 타순을 살피던 유대훈이 두 눈을 빛냈다.

'김태식의 타석 앞에 찬스가 만들어진다면?'

이번 대회에서 김태식은 물 오른 타격감을 뽑내고 있었다.

무려 4개의 홈런을 기록하며 장타력을 증명했고, 또 해결사로서의 면모도 확실히 보여주고 있었다.

만약 김태식의 앞에 주자가 쌓이기만 한다면 희망이 있다는 생각이 퍼뜩 유대훈의 머릿속을 스치고 지나갔다.

"어차피… 뒤는 없다!"

유대훈이 대타자 활용에 대해 고민하고 있을 때, 8회 말의 선두 타자인 김대희가 타석에 들어섰다.

'대타자를 기용할까?'

유대훈이 고심에 잠겼다.

믿음의 야구.

유대훈의 야구 철학이었던 믿음의 야구는 이번 대회에서 좋은 결과를 내지 못했다.

과감하게 믿음의 야구라는 자신의 야구 철학을 버렸을 때, 오히려 더 좋은 결과가 도출됐었다.

그럼에도 불구하고 유대훈은 쉬이 결정을 내리지 못했다.

잠시 뒤, 유대훈이 고개를 흔들었다.

'하나 해줄 때가 됐어!'

이번 예선 라운드에서 단 1안타만 기록했을 정도로 극심한 타격 슬럼프에 빠져 있는 김대희였지만, 유대훈은 결국 대타자를 기용하지 않고 김대희를 그대로 타석에 내보내는 결정을 내렸다.

그 이유는 하나.

김대희가 베테랑이었기 때문이었다.

'예선 라운드가 끝나기 전에 한 번은 제 몫을 해줄 것이다!'

이런 믿음을 갖고 있었기에 김대희로 계속 밀어붙인 것이었다.

어쩌면 부질없는 미련일 수도 있었다.

그래서 악수가 될 수도 있었지만, 유대훈은 이미 결심을 굳힌 상황이었다.

유대훈이 더 갈등하는 대신, 타석에 들어서 있는 김대희를 살폈다.

그런 유대훈의 믿음에 부응하기 위해서일까.

틱! 데구르르.

김대희는 초구에 기습 번트를 감행했다.

꼭 살아 나가겠다는 의지가 담겨 있는 기습 번트 시도였지만, 번트 타구는 3루 측 라인선상을 벗어났다.

그것을 확인한 유대훈이 가슴을 쓸어내렸다.

기습 번트 시도는 상대가 예상하지 못했을 때 성공 확률이 높아지는 법이었다.

그렇지만 오늘 경기에서 대한민국 대표팀이 기습 번트를 시도한 것은 이번이 처음이 아니었다.

이미 정회성이 기습 번트를 시도해서 성공시켰던 적이 있었다.

예방 주사를 맞았기 때문일까?

일본 수비진은 김대희가 기습 번트를 시도할 것에 대한 대비를 이미 하고 있었다.

김대희가 기습 번트를 시도했을 때, 3루수가 전혀 당황한 기색 없이 홈 플레이트 쪽으로 쇄도했던 것이 그 증거였다.

만약 방금 전의 번트 타구가 라인선상을 벗어나지 않았다면?

김대희는 1루에서 아웃이 되면서 무척 귀중한 아웃 카운트 하나를 허비할 뻔했던 상황이었다.

'기습 번트 시도는 성공하기 어려워!'

유대훈이 미간을 찌푸리고 있을 때였다.

슈아악!

오타니 쇼에이가 2구를 던졌다.

딱!

유대훈과 같은 생각을 한 걸까.

김대회는 재차 기습 번트를 시도하지 않았다.

오타니 쇼에이의 직구를 힘껏 받아쳤다.

'내야 땅볼!'

바운드를 크게 일으킨 타구는 3루 쪽으로 향했다.

일본의 3루수가 어렵지 않게 처리할 수 있을 거라는 생각에 표정이 어두워졌던 유대훈이 자리에서 일어났다.

전진 수비를 펼치고 있던 3루수가 급히 뒷걸음질을 치는 것이 보였다.

마지막까지 수비 집중력을 잃지 않고 글러브를 높이 들어 올린 3루수는 크게 바운드를 일으켰던 타구를 잡아내는 데 성공했다.

그렇지만 타구를 잡아낸 3루수는 중심을 잃고 엉덩방아를 찧으며 송구를 할 기회를 잃어버렸다.

그사이 김대회는 여유 있게 1루 베이스를 통과했다.

"일본도 당황했다!"

"실책이 나오기 시작했다!"

"조금만 더 밀어붙여라!"

"행운도 우리 편이다!"

8회 말의 선두 타자인 김대회가 3루수 실책을 틈타 출루에 성공하자, 팬들이 함성을 앞다투어 쏟아냈다.

"행운이… 아냐!"

그 함성 소리가 들려온 순간, 유대훈이 고개를 흔들었다.

얼핏 보기에는 김대희의 평범한 내야 땅볼을 3루수가 잡아내지 못하며 실책을 범한 것처럼 보였다.

그러나 조금 전의 플레이를 찬찬히 뜯어보면 일본 3루수의 실책을 유도해 내기 위한 김대희의 보이지 않는 노력이 숨어 있었다.

라인선상을 벗어나는 파울이 됐던 기습 번트 시도.

김대희가 아까 기습 번트를 시도했던 진짜 이유는 번트 안타를 만들어내기 위해서가 아니었다.

3루수가 재차 기습 번트를 시도할 것에 대비해서 전진 수비를 펼치도록 만들기 위함이었다.

그런 김대희의 의도는 적중했다.

전진 수비를 펼치는 3루수 쪽으로 바운드를 크게 일으키는 타구를 때려내서 3루수의 실책을 유도했던 것이었다.

"베테랑이… 확실히 다르네!"

이번 대회에서 계속 부진했던 김대희를 대타자로 교체하지 않고 끝까지 신뢰했던 유대훈의 뚝심과 믿음이 마침내 보상을 받은 셈이었다.

다음 타석은 9번 타자 조연성.

'대타자를… 쓸까?'

조연성은 공격보다 수비에 강점이 있는 포수.

대타자를 기용하고 싶은 욕심이 생겼다.

그러나 유대훈은 선뜻 결정을 내리지 못하고 이번에도 고심을 거듭했다.

그 이유는 조연성의 수비 포지션이 포수였기 때문이었다.

물론 대표팀에는 김낙성이란 좋은 포수가 남아 있었다. 그렇지만 김낙성은 조연성에 비해 수비에서 안정감이 많이 떨어진다는 부분이 유대훈의 마음에 걸렸다.

2 : 1.

여전히 1점차의 박빙의 승부가 이어지고 있는 상황.

대한민국 대표팀이 본선 진출의 희망을 이어나가기 위한 최소한의 필요조건은 일본과의 경기에서 무조건 승리를 거두는 것이었다.

일단 일본을 상대로 승리를 거둬야 이스라엘이 네덜란드를 상대로 추가점을 올렸을 때 타이브레이크 게임에 진출할 수 있다.

고작 한 점차에서 오늘 경기에서 김태식과 좋은 호흡을 보였던 조연성을 교체하는 것이 유대훈은 불안했다.

'그대로 간다!'

유대훈이 마침내 결정을 내렸다.

14. 통증과 변수

최소 진루타는 기록해 주길 바랐는데.

조연성은 유대훈의 바람과 달리 아쉽게 삼진으로 물러났다.

1사 1루로 바뀐 상황에서 타석에는 1번 타자 여호령이 등장했다.

'어떻게든 살아나가라!'

유대훈이 간절히 바랐다.

대기 타석에 서 있는 것은 김태식.

현재 대표팀에서 가장 타격감이 좋고 믿을 수 있는 타자인 김태식의 앞에 주자가 많이 모여 있어야 했기 때문이었다.

굳이 여호령을 불러서 이런 부분에 대한 언질을 주지 않았지만, 경험 많은 여호령도 그 사실을 알고 있었다.

배트를 극단적으로 짧게 쥐고 타석에 들어선 여호령은 오타니 쇼에이를 상대로 쉽게 물러나지 않았다.

딱! 딱!

오타니 쇼에이의 직구에 제대로 타이밍을 맞추지 못했지만, 끈질기게 커트를 해내며 타석에서 버텼다.

슈악!

"볼!"

또 유인구를 잘 참아내며 기어이 풀카운트까지 승부를 끌고 갔다.

그리고 7구째.

슈아악!

딱!

여호령이 오타니 쇼에이의 직구를 받아쳤다.

살짝 가운데로 몰린 직구를 받아 때린 여호령의 타구는 바운드를 일으키며 투수 앞으로 굴러갔다.

글러브를 내밀어 잡아내기는 불가능한 타구.

자신의 앞으로 빠르게 굴러오는 타구를 확인한 오타니 쇼에이가 본능적으로 발을 쭉 내밀었다.

픽!

오타니 쇼에이가 내민 발목 부근에 타구가 맞았다.

데구르르.

그로 인해 타구의 방향이 바뀌었다.

'더 멀리 가라!'

오타니 쇼에이가 발목의 통증을 참고 방향이 바뀐 타구를 쫓아가 잡아낸 후, 1루로 송구했다.

아슬아슬한 타이밍.

그러나 여호령의 빠른 발이 이번에도 빛을 발했다.

"세이프!"

송구가 도착한 것보다 여호령의 발이 베이스에 닿는 것이 빨랐다는 것을 확인한 1루심이 세이프를 선언한 순간, 유대훈이 주먹을 움켜쥐고 어퍼컷을 날렸다.

1사 1, 2루.

유대훈이 바라던 대로 루상에 주자가 모인 상황.

김태식이 타석으로 들어섰다.

"세이프!"

전력 질주를 펼친 여호령이 1루에서 간발의 차로 세이프 선언을 받은 순간, 태식의 표정이 밝아졌다.

"운이… 따른다!"

방금 여호령이 때린 타구.

코스는 좋았다.

평소였다면 투수의 곁을 빠르게 스쳐 지나간 후 내야를 빠져나가는 중전 안타가 됐을 확률이 높았던 타구였다.

그러나 이번 경우는 달랐다.

풀카운트 상황이었던 터라, 1루 주자였던 김대희가 일찌감치 스타트를 끊은 상황.

2루수가 베이스 커버를 하기 위해서 2루 베이스 쪽으로 향하고 있었다.

만약 오타니 쇼에이가 본능적으로 발을 뻗어 타구를 막아내지 않았다면, 베이스 커버를 들어갔던 2루수에게 손쉽게 잡혔을 타구였다.

결과적으로는 오타니 쇼에이가 내밀었던 발을 맞고 타구의 방향이 굴절되었던 것이 오히려 다행이었다.

또, 방향이 바뀐 타구가 예상보다 멀리 굴러갔던 것이 전력 질주를 한 여호령이 1루에서 간발의 차이로 세이프가 될 수 있었던 요인이었다.

우르르.

오타니 쇼에이가 발목에 타구에 맞았기에 일본 대표팀 트레이너들이 빠르게 마운드 위로 달려왔다.

일본 대표팀의 내야진들과 감독인 고쿠보 히로시 역시 오타니 쇼에이의 상태를 살피기 위해서 마운드에 모여 있었다.

'교체… 할까?'

타구에 맞은 통증이 상당한 듯 오타니 쇼에이는 잔뜩 미간을 찡그리고 있었다. 그리고 고쿠보 히로시 감독은 걱정스러운 기색으로 오타니 쇼에이를 바라보고 있었다.

부상의 위험 때문에 오타니 쇼에이의 교체를 단행할 가능성이 충분하다고 태식이 판단했는데.

마운드 위에서 고쿠보 히로시 감독과 대화를 나누던 오타니 쇼에이는 연신 고개를 흔들었다.

결국 교체를 단행하지 않고 고쿠보 히로시 감독은 마운드를 내려갔다.

'교체를… 거부했어!'

마운드 위에서 두 사람 사이에 어떤 대화가 오갔는지 정확하게는 알 수 없었다.

그렇지만 태식은 오타니 쇼에이가 단호한 표정으로 고개를 흔드는 것을 통해 교체를 거부했다는 것을 눈치챌 수 있었다.

'나 때문이로군!'

오늘 경기에서 오타니 쇼에이는 태식에게 연타석 홈런을 허용했었다.

'야구 천재'라는 명성에 흠집이 난 상황.

오타니 쇼에이는 태식을 상대로 아웃 카운트를 잡아내서 상처 입은 자존심을 조금이나마 치유하려는 것이었다.

'피할 이유는 없어!'

태식이 희미한 웃음을 머금었을 때였다.

"김태식, 믿는다!"

"3연타석 홈런 가자!"

"일본 박살 내고 본선 가자!"

"김태식, 화이팅!"

이번 대회에서 태식의 활약이 뛰어났기 때문일까.

태식이 오늘 경기의 마지막 타석에 들어설 차례가 되자, 팬들의 함성 소리가 거세졌다.

팡! 팡!

요란한 팬들의 함성 소리를 들으며 태식은 오타니 쇼에이가 연습 투구를 하는 모습을 유심히 살폈다.

'통증이… 남아 있어!'

아까 여호령의 타구에 맞은 것은 오른 발목 부근.

투구를 하기 위해 발을 내딛는 순간, 오타니 쇼에이는 미간을 찡그렸다.

이것이 통증이 남아 있다는 증거.

"플레이볼!"

주심이 경기 재개를 선언한 순간, 타석에 들어선 태식이 오타니 쇼에이를 노려보며 수 싸움을 펼쳤다. 그리고 수 싸움에는 많은 시간이 필요치 않았다.

'직구 승부!'

오타니 쇼에이는 직구를 던지다가 태식에게 연타석 홈런을 허용했다.

다른 투수라면 직구 승부를 피할 것이었다.

그렇지만 오타니 쇼에이는 다를 것이란 생각이 들었다.

태식과 한 번 더 승부하기 위해서 발목의 통증이 있음에도 교체를 거부하고 마운드에 남아 있는 오타니 쇼에이였다.

그런 그가 유인구를 던지며 도망가는 피칭을 할까?

그럴 가능성은 낮다는 판단을 태식이 막 내렸을 때였다.

오타니 쇼에이가 비장한 표정으로 와인드업을 했다.

'셋 포지션이 아닌 와인드업?'

루상에 두 명의 주자가 있는 상황임에도 불구하고 오타니 쇼에이는 셋 포지션 투구를 펼치지 않았다.

마치 주자에게는 신경 쓰지 않는다는 듯, 와인드업 투구를 했다.

슈아악!

오타니 쇼에이의 손에서 공이 떠난 순간, 태식이 두 눈을 빛냈다.

'역시 직구!'

예상했던 대로였다.

오타니 쇼에이는 태식을 상대로 무모하리만치 과감한 직구 승부를 펼쳤다.

'하나, 둘!'

망설일 필요는 없었다.

마음속으로 타이밍을 계산하며 태식이 힘차게 배트를 휘둘렀다.

따악!

배트 중심에 타구가 걸린 순간, 손바닥에 전해지는 울림은 강렬했다.

'끝까지!'

그러나 방심하기는 일렀다.

오타니 쇼에이의 공이 무겁기 때문에 타구가 예상처럼 멀리 날아가지 않는다는 사실을 이미 간파하고 있었다.

해서 태식이 마지막까지 팔로 스윙을 가져갔다. 그리고 1루로 달려가는 대신 홈 플레이트 근처에서 타구를 눈으로 좇았다.

타구의 비거리는 홈런이 되기에 충분했다.

그러나 타구의 코스가 아슬아슬했다.

좌익선상을 타고 날아간 타구는 좌측 폴대 쪽으로 향했다.

'맞아라!'

폴대를 직접 강타하는 3연타석 홈런이 되길 바랐는데.

태식이 오타니 쇼에이의 직구를 받아쳐 만든 타구는 폴대를 살짝 빗나가며 관중석에 떨어졌다.

아아!

아아아!

파울 홈런이 됐다는 사실을 알게 된 팬들이 일제히 탄식성을 쏟아냈다. 그렇지만 가장 아쉬운 것은 태식이었다.

맞는 순간 3연타석 홈런이 될 거라고 확신했었는데.

타구는 아쉽게 폴대를 살짝 벗어났다.

'만약 3연타석 홈런이 됐다면?'

여기 모인 팬들과 메이저리그 스카우터들에게 훨씬 더 강렬한 인상을 심어줄 수 있었을 텐데.

또, 일본을 A조 최하위로 밀어내고 타이브레이크 게임에 진출할 수 있는 기회도 함께 날아가 버렸다.

'타이밍이… 안 맞았어!'

태식이 못내 아쉬운 기색을 감추지 못하고 눈살을 찌푸렸다.

152km.

전광판에 찍힌 구속이었다.

방금 타격을 할 때, 태식은 160km의 구속에 타이밍을 맞추어 스윙을 가져갔다. 그렇지만 오타니 쇼에이가 던진 직구의 구속은 152km였다.

이것이 타이밍이 맞지 않았던 이유.

스윙이 너무 빨랐기에 힘껏 잡아당긴 타구는 폴대를 살짝 벗어나는 파울 타구가 됐던 것이었다.

'구속을… 일부러 늦췄다?'

태식이 오타니 쇼에이를 유심히 살폈다.

간발의 차로 파울이 된 홈런을 허용한 오타니 쇼에이는 애써 무심한 표정을 짓고 있었다.

그렇지만 크게 한숨을 내쉬는 것이 그가 동요했다는 증거였다.

자신의 투구가 마음에 들지 않은 탓일까?

미간을 찌푸리고 있는 오타니 쇼에이를 확인한 태식의 시선이 그의 오른 발목 쪽으로 향했다.

'통증 때문이었어!'

투수는 무척 민감한 동물이었다.

아주 미세한 변화만 있어도 영향을 받는 것이 투수.

그런데 아까 오타니 쇼에이는 여호령의 타구에 발목을 맞았다.

그로 인해 투구를 할 때, 축이 되는 오른발에 통증을 느끼면서 제대로 힘을 싣지 못했던 것이다.

'몰렸어!'

구속만이 아니었다.

아까 던졌던 직구는 오타니 쇼에이의 뜻대로 바깥쪽으로 제구가 되지 않고 살짝 가운데로 몰렸었다.

그 사실을 오타니 쇼에이도 모르지 않을 터.

이것이 그가 미간을 찌푸리고 있는 이유였다.

'타이밍을 조금 늦춘다!'

전력투구를 하지 않았기 때문에 구속이 줄어든 것이 아니었다.

발목의 통증으로 인해 투구에 영향을 받으면서 오타니 쇼에이의 구속이 줄어들어 있는 상황이었다.

그에 발맞추어 타이밍 계산을 바꿀 필요가 있었다.

슈악!

오타니 쇼에이가 2구를 던진 순간, 태식이 다시 마음속으로 타이밍 계산을 시작했다.

'하나, 둘!'

타이밍 계산을 마치고 막 스윙을 가져가려 했던 태식이 도중에 움찔했다.

'직구가… 아니다?'

당연히 직구 승부를 할 것이라고 생각했는데.

오타니 쇼에이가 2구째로 던진 공은 직구가 아니라 슬라이더였다.

"스트라이크!"

허를 찔려 버린 태식이 오타니 쇼에이를 매섭게 노려보았다.

"왜 직구를 던지지 않느냐? 상처 입은 자존심을 회복하기 위해서는 나와 직구 승부를 해야 할 것이 아니냐?"

태식이 항의라도 하듯 쏘아내고 있던 강렬한 시선을 오타니 쇼에이도 피하지 않고 맞받았다.

"먼저 정면 승부를 피한 것은 당신이 아니냐?"

이런 의미가 담긴 눈빛.

오타니 쇼에이와 기 싸움을 펼치던 태식의 머릿속이 바쁘게 회전했다.

'위기를… 느꼈어!'

아까 폴대를 살짝 비껴 나가며 파울이 됐던 홈런성 타구.

태식에게 그 타구를 허용한 후, 오타니 쇼에이는 위기감을 느꼈다.

그 역시 일본 대표팀이 본선 진출을 낙관할 수 없는 상황에 처해 있다는 것에 대해 알고 있을 터.

호기롭게 태식과의 승부에 나섰지만, 이제 태식과의 승부가 부담으로 다가올 수밖에 없는 상황이었다.

그럼에도 불구하고 만약 직구가 본인이 원하는 대로 구사된다면?

오타니 쇼에이는 성격상 직구 승부를 계속했으리라.

그러나 아까 전력투구를 했음에도 직구의 구속은 약 10㎞가량 감소했고, 제구도 뜻대로 되지 않아 가운데로 몰렸었다.

아까 타구를 맞은 여파 때문임을 스스로 간파한 오타니 쇼에이는 더 이상 직구 승부를 고집하지 않고 슬라이더를 던진 것이었다.

노 볼 투 스트라이크.

후우.

불리한 볼카운트에 몰린 태식이 다시 계산을 시작했다.

그렇지만 수 싸움을 펼친 것은 아니었다.

더 이상의 직구 승부는 없을 가능성이 높다고 판단을 내린 태식은 빠르게 대처 방법을 바꾸었다.

슈악!

오타니 쇼에이의 손에서 공이 떠난 순간, 태식이 두 눈을 빛냈다.

'포크볼!'

그림을 통해 포크볼임을 간파할 수 있었다.

몸 쪽 스트라이크존으로 날아들다가 뚝 떨어지는 포크볼의 궤적을 완벽히 머릿속으로 그린 채 태식이 스윙을 가져갔다.

따악!

'됐다!'

배트에 맞는 순간, 1루수의 키를 넘기며 좌익선상 안쪽에 떨어지는 타구가 될 것이라고 태식은 판단했다.

같은 판단을 한 걸까?

두 명의 주자들은 일찌감치 스타트를 끊었다.

'주자들을 모두 불러들일 수 있지 않을까?'

태식이 기대를 감추지 않고 1루로 뛰어나가기 시작했을 때였다.

풀썩!

1루수가 힘껏 점프하며 글러브를 높이 들어 올렸다.

마치 자석에 끌리는 쇠붙이처럼 글러브 속으로 빨려 들어가는 타구가 태식의 눈에 들어왔다.

'잡혔나!'

1루로 달려 나가던 태식이 도중에 걸음을 멈추고 석상처럼 굳어졌다. 그리고 기막힌 호수비를 펼친 1루수의 후속 동작은 기민했다.

타구가 잡혔다는 사실을 알아채고 빠르게 귀루하는 1루 주자 여호령을 확인하자마자, 글러브를 앞으로 내민 채 1루 베이스를 향해 몸을 던졌다.

"아웃!"

1루 주자였던 여호령의 손보다 1루수의 글러브가 간발의 차로 베이스에 먼저 닿았다는 것을 확인한 1루심이 아웃을 선언했다.

더블 아웃!

'이닝 종료?'

두 다리에 힘이 풀려 버린 태식이 그대로 바닥에 주저앉았다.

후우. 후우.

태식이 잔뜩 몸을 웅크린 채 가쁜 숨을 몰아쉬었다.

체력적인 한계가 찾아왔기 때문이 아니었다.

제대로 숨이 쉬어지지 않을 정도로 가슴이 답답했다.

'분명히 잘 맞았는데!'

방금 전, 오타니 쇼에이가 던진 포크볼을 공략해서 만들어냈던 타구는 배트 중심에 제대로 걸렸다.

'최소 2루타!'

맞는 순간, 태식은 타구를 이렇게 판단했다. 그래서 1루로 달려 나가고 있던 태식의 머릿속은 이미 그다음을 향해서 달려가고 있었다.

스코어는 4 : 1로 바뀌고, 주자는 1사 2루로 바뀔 상황.

단타 하나만 나와도 추가 득점을 올릴 수 있다.

게다가 오타니 쇼에이는 아까 타구에 발목을 맞은 터라 정상 컨디션이 아니다. 그러니 후속 타자가 충분히 그를 상대로 안타를 빼앗을 수 있을 것이다.

이렇게 계산을 하면서 희망에 부풀었다.

그런데.

1루수의 기막힌 호수비가 나오면서 모든 계획은 헝클어져 버렸다.

눈앞이 캄캄하게 변하는 느낌이랄까.

태식이 한참 만에 다시 일어났다.

터덜터덜.

힘없이 걸어서 더그아웃으로 돌아왔을 때, 유대훈 감독이 앞으로 다가와서 태식을 위로해 주었다.

"잘 맞은 타구였다. 그런데 운이 없었어."

"……."

"이게 야구다."

아쉬운 기색을 애써 감추고 담담한 목소리로 위로의 말을 건네는 유대훈 감독에게 태식이 물었다.

"어떻게… 됐습니까?"

8회 말 공격에서 대량 득점에 실패한 대한민국 대표팀이 타이브레이크 게임에 진출하기 위해서는 이스라엘의 도움이 꼭 필요했다.

"아직 진행 중이다."

"스코어는?"

"그대로다."

"그렇군요."

태식이 힘없이 대답했을 때였다.

"신경 쓰지 마."

"네?"

"우리 상대는 일본이다."

"……?"

"일단 일본을 이기는 것에만 집중해! 그리고 마지막까지 좋은 모습을 보여줘. 널 지켜보는 눈이 아주 많으니까."

유대훈 감독의 충고.

무척 적절했다.

덕분에 태식은 상념을 털어버리고 9회 초 마운드에 올라서 일본 타자들과의 승부에 집중할 수 있었다.

9회 초 2사 주자 없는 상황.

경기 종료까지 남은 아웃 카운트는 하나였다.

태식과 일본 대표팀의 6번 타자 히라타 료스케의 승부는 풀 카운트까지 이어졌다.

딱!

바깥쪽 직구를 히라타 료스케가 커트한 순간, 태식이 주심에게서 공을 건네받은 후 관중석을 둘러보았다.

만원 관중이 들어차 있는 경기장은 고요했다.

그 고요함이 태식은 불안하게 느껴졌다.

'예선 탈락… 인가?'

관중들도 스마트폰을 이용해서 동 시간에 벌어지는 이스라엘과 네덜란드와의 대결의 결과에 대해서 공유하고 있는 상황이었다.

만약 이스라엘이 추가점을 올리는 데 성공했다면?

그래서 태식이 더 실점하지 않고 이대로 경기를 마무리해서 타이브레이크 게임 진출이 확정된다면?

관중들의 표정은 지금보다 더 밝았을 터였다.

또, 좀 더 격한 응원의 함성을 보내주었을 것이었다.

'아쉽네!'

마지막 순간까지 최선을 다했다.

그럼에도 불구하고, 대한민국 대표팀의 예선 탈락이 확정됐음을 깨닫게 된 순간, 태식은 못내 아쉬움이 남았다.

예상치 못했던 대표팀 승선이 확정됐던 순간.

개막전에서 대타로 나서서 첫 홈런을 터뜨린 순간.

정상급 투수들인 톰 베르겐과 오타니 쇼에이를 상대로 잇따라 홈런을 빼앗아냈던 순간.

실점 위기에서 오타니 쇼에이를 상대로 너클볼을 던져서 삼진으로 돌려세웠던 순간.

2타점 적시타가 될 뻔했던 타구가 1루수의 호수비에 막히면서 마지막 기회가 날아간 순간까지.

그리 길지 않았던 대표팀에서 펼쳤던 경기들의 결정적인 순간들이 주마등처럼 눈앞을 스치고 지나갔다.

'만약 이스라엘과의 개막전부터 선발 라인업에 포함됐다면?'

그랬다면 상황을 또 달라졌을 것이라는 생각이 들었다.

어쩌면 예선 탈락을 한 것이 아니라, 본선 진출에 성공했을지도 몰랐다.

그러나 태식은 그 아쉬움을 털어버리기 위해 애썼다.

야구라는 종목에 만약은 존재하지 않았다.

또, 야구는 혼자서 하는 것이 아니었다.

태식 혼자서 바꿀 수 있는 것에는 한계가 있었다.

'내게… 다음이 또 있을까?'

스스로에게 던졌던 질문에 답을 찾아내지 못한 태식이 와인드업을 했다.

슈악!

부우웅!

태식이 던진 너클볼은 한가운데로 들어갔다.

그렇지만 히라타 료스케가 힘껏 휘두른 배트는 너클볼의 변화무쌍한 궤적을 따라가지 못했다

헛스윙을 하면서 삼진으로 물러났다.

"게임 오버!"

최종 스코어 2 : 1.

대한민국이 일본에 신승을 거두며 경기는 끝이 났다.

그리고 처음이자 어쩌면 마지막일지도 모를 태식의 대표팀 여정도 함께 끝이 났다.

최종스코어 4 : 1.

이스라엘과 네덜란드의 경기 결과였다.

9회 초에 이스라엘 대표팀이 2사 만루의 득점 찬스를 만들어냈지만, 마지막 타자가 범타로 물러나며 아쉽게 득점을 올리지 못했다.

그렇지만 추가 득점을 올리지 못했던 이스라엘 대표팀을 탓할 수는 없었다.

경기 전, 제리 헤론 감독이 공언했던 대로 이스라엘 대표팀은

3승을 거두어 A조 1위로 본선 진출하기 위해 최선을 다했다.

'아쉽네!'

이번 월드 베이스볼 클래식 대회.

감독으로서 마지막 커리어가 될 것임을 직감했다.

해서 유종의 미를 거두고 싶었는데.

개최국임에도 불구하고 A조 최하위로 예선 탈락한 것은 분명히 아쉬움이 크게 남는 결과였다.

그리고 대표팀 수장이라는 무거운 임무를 마치고 내려놓으면 무척 홀가분할 것이라고 예상했는데.

아쉬움이 너무 커서일까.

홀가분하다는 생각은 전혀 들지 않았다.

'추슬러야지!'

비록 진한 아쉬움이 남았지만, 유대훈은 감독이었다.

마지막까지 최선을 다해서 경기에 임했던 선수들의 마음을 다독이는 것도 유대훈이 해야 할 역할이었다.

"내 탓이다!"

"……."

"……."

"너무 아쉬워할 것 없다. 오늘 패배가 끝이 아니니까. 다음… 다음… 그러니까 다음에 더 잘해서 오늘의 아쉬움을 갚아주면 된다!"

절대 울면 안 된다.

선수들 앞에서 동요하는 모습을 보여서는 안 된다.

이렇게 굳게 다짐했는데.

마치 패잔병처럼 초라하게 서 있는 선수들의 모습을 마주한 순간, 유대훈의 눈시울은 붉어져 버렸다.

또, 다음이란 단어를 입 밖으로 꺼낸 순간, 부지불식간에 목이 메었다.

'내게는… 다음이 없다!'

문득 이런 생각이 머릿속을 스치고 지나갔기 때문이다.

그런 유대훈의 시선.

당연하다는 듯이 김태식에게로 향했다.

타석에 설 기회가 많이 주어지지 않았지만, 김태식은 그 많지 않은 기회에서 최고의 활약을 펼쳤다.

게다가 일본과의 예선 최종전에서는 4회부터 9회까지 완벽에 가까운 투구를 펼치면서 승리를 견인했다.

'신세를… 졌어!'

만약 김태식이 없었다면?

그래서 일본과의 예선 최종전까지 패했다면?

유대훈은 물론이고 이번 대표팀에 승선했던 선수들은 엄청난 후폭풍과 비난에 시달렸을 터였다.

또, KBO 리그의 인기도 추락했을 것이었다.

숙적 일본과의 예선 최종전에서 승리를 거두는 데 중요한 역할을 해준 김태식에게 고마운 마음이 드는 것은 어쩔 수 없었다.

그리고 유대훈이 김태식을 바라본 데는 또 하나의 이유가 있었다.

'김태식에게… 과연 다음이 있을까?'

유대훈의 생각이 틀리지 않다면, 자신과 마찬가지로 김태식에게도 이번 대표팀이 마지막 대표팀일 확률이 높았다.

동질감이랄까.

지금 이 순간, 가장 아쉬움이 클 선수가 김태식이라는 생각이 들어서 유대훈이 그의 앞으로 다가갔다.

"김태식!"

"네, 감독님."

"잘했다. 그리고 고맙다."

유대훈이 악수를 청했다.

앞으로 내밀고 있던 손을 잡은 채, 김태식이 입을 뗐다.

"기회를 주셔서 감사했습니다."

"오히려 미안하다."

"……."

"더 많은 기회를 줬어야 했는데."

만약 선입견을 갖지 않았다면?

그래서 김태식에게 더 많은 기회를 주었다면?

이번 대회 A조 예선의 양상은 또 다르게 흘러갔을 거란 생각에 아쉬움을 삼키던 유대훈이 애써 웃었다.

"너를 비롯해 좋은 선수들과 감독 생활의 마지막을……."

"감독님."

"응?"

"아직 모릅니다."

"아직 모르다니?"

"마지막이 아닐 수도 있습니다."

'과연 그럴까?'

그러지 않으려고 해도 자꾸 미련이 남았다.

그 이유는 유종의 미를 거두지 못했기 때문이다.

불명예스러운 퇴진!

마지막으로 구겨진 자존심을 다시 펼 수 있는 기회를 갖고 싶었다.

'그렇지만… 내게 기회가 주어질까?'

비록 숙적 일본과의 예선 최종전에서 1승을 거두었지만, 대한민국 대표팀은 예선 탈락이라는 최악의 결과로 이번 대회를 마쳤다.

또, 유대훈은 예선전을 치르는 내내 여러 차례 악수를 두었다.

게다가 자신의 나이를 감안하면 다시 감독을 맡을 수 있는 기회가 주어질 확률은 거의 없다고 해도 무방했다.

해서 유대훈이 씁쓸한 미소를 머금었을 때였다.

"다시 한번… 감독님과 함께 야구를 하고 싶습니다."

"나와 함께 야구를 하고 싶다?"

"만약 다시 한번 감독님과 함께 야구를 한다면… 이번보다 훨씬 더 좋은 성적을 거둘 자신이 있습니다."

"그리 말해줘서… 고맙군."

유대훈이 고개를 끄덕였다.

김태식은 선수로서 경험이 많이 쌓인 베테랑답게 빈말이나마 이런 말을 꺼내서 자신을 위로하려는 것이었다.

그 마음 씀씀이가 무척 고마웠다.

"나도 마찬가지다. 한 번 더 너희들과 함께 야구를 하고 싶구나."

"약속하셨습니다."

"응?"

"제게 꼭 기회를 주셔야 합니다."

김태식이 확인하듯 다시 입을 뗀 순간이었다.

"저도 함께하고 싶습니다."

"제게도 기회를 주십시오."

"기회만 주시면 다음번에는 더 잘하겠습니다."

"감독님, 저도 잊으시면 안 됩니다."

"그럼 약속하신 겁니다!"

김태식만이 아니었다.

다른 대표팀 선수들도 다음을 기약했다.

마치 미리 약속이라도 한 듯 앞다투어 한 번 더 자신과 함께 야구를 하고 싶다는 선수들을 바라보던 유대훈의 눈시울이 다시 붉어졌다.

이들의 바람처럼 다시 한번 대표팀 감독을 맡고 싶었다.

그리고.

만약 한 번 더 기회가 주어진다면, 지금보다 훨씬 더 잘할 수 있을 것이라는 자신도 있었다.

이번 대회를 치르는 과정에서 유대훈은 또 한 번 감독으로서 성장하며 어떤 깨달음을 얻었으니까.

그러나 유대훈은 끝내 약속의 말을 꺼내지 못했다.

자신에게 그럴 기회가 주어질 가능성이 무척 낮다는 것을 누구보다 잘 알고 있었기 때문이다.

"과연… 그럴 기회가 찾아올까?"

유대훈이 떨리는 목소리로 물었다.

그러나 어떤 대답이 돌아오길 바라고 했던 질문이 아니었다.

혼잣말처럼 꺼냈던 말이었는데.

"기회는 분명히 찾아올 겁니다."

김태식에게서 대답이 돌아왔다.

유대훈이 의아한 시선을 던진 순간, 김태식이 힘주어 다시 말했다.

"포기하지만 않는다면 기회는 찾아올 것입니다."

"포기하지 말라?"

유대훈이 그 말을 되뇌일 때, 김태식이 당부했다.

"감독님, 그 기회를 잡을 수 있도록… 건강하셔야 합니다."

15. 노망주, 그리고 김순신

'이제 뭘 하지?'

이번 월드 베이스볼 클래식 대회에서 대한민국 대표팀은 아쉽게 예선 탈락이라는 고배를 마셨다.

그로 인해 대표팀 생활이 예상보다 일찍 끝난 후, 태식이 했던 고민이었다.

'만약 아버지가 살아계셨다면?'

태식은 가장 먼저 아버지를 찾아갔을 터였다.

아버지가 입원해 계신 병실로 찾아가서 메이저리그에서도 정상급 투수로 손꼽히는 톰 베르겐과 일본의 야구 천재 오타니 쇼에이를 상대로 홈런을 터뜨렸던 무용담을 잔뜩 늘어놓았을 텐데.

아버지는 이제 더 이상 만날 수 없었다.

어머니도 아버지를 먼저 떠나보낸 충격을 달래기 위해서 한동안 시골의 친척집에 내려가 머물고 있는 상황이었다.

그리고 지수도 만날 수 없었다.

해외 공연 때문에 한국을 떠나 있었기 때문이다.

지수가 스케줄을 마치고 한국에 돌아오려면 아직 한참의 시간이 남아 있었다.

송나영이 정식으로 인터뷰 요청을 하긴 했지만, 태식은 정중하게 거절했다.

비록 태식이 이번 월드 베이스볼 클래식 대회에서 맹활약을 펼치긴 했지만, 대한민국 대표팀은 예선의 벽을 넘지 못하고 탈락했다.

이런 상황에 송나영을 만나서 인터뷰를 하는 것이 적절치 않다고 판단했기 때문에 거절했던 것이었다.

'훈련이나 하자!'

결국 태식이 찾아간 곳은 훈련장이었다. 그러나 태식은 훈련장 내부로 들어가는 것에 실패했다.

마치 태식이 찾아올 것을 예상이라도 한 듯 훈련장 앞에서 기다리던 용덕수가 막아섰기 때문이다.

"형도 참 대단하세요."

오랜 시간이 흐른 것은 아니었다.

그렇지만 대표팀에 승선했던 탓에 잠시 떨어져 지냈던 용덕수를 다시 만나게 되자, 무척 반가웠다.

해서 태식이 환하게 웃고 있을 때였다.

"설마를 현실로 만드는 재주가 있으시니까요."

역시 반가운 걸까.

용덕수도 환하게 웃으며 덧붙였다.

"내가 대단하긴 했지?"

비록 송나영과의 인터뷰도 거절했을 정도로 태식은 대표팀에 관한 이야기를 아끼고 있는 상황이었다.

그렇지만 용덕수에게는 달랐다.

용덕수의 앞에서는 무용담을 실컷 늘어놓는다고 해도 크게 흠이 되지 않을 거란 생각이 들었기 때문이다.

"물론 대단하시죠. 대표팀에서의 활약도 아주 대단하셨지만, 그보다 더 대단하신 게 뭔지 아세요?"

"뭔데?"

"지금 여기 계시다는 겁니다."

"응?"

"왜 여기 계세요?"

"그야 당연히……."

훈련장에 찾아온 이유야 뻔하지 않느냐?

당연히 훈련을 하기 위해 찾아왔다.

이렇게 대답하려고 했는데, 용덕수가 조금 더 빨랐다.

"당연한 게 아니죠."

"응?"

"오늘 같은 날 여기 계신 건 당연한 게 아니라고요."

"그런… 가?"

"사랑하는 가… 아니, 사랑하는 연… 에이, 이것도 아니고 사랑하는 후배와 함께 축하주라도 해야 정상인 겁니다."

태식이 쓰게 웃었다.

용덕수의 말처럼 오늘 같은 날까지도 훈련장을 찾는 것은 당연한 것이 아니라는 생각이 들었다.

솔직히 말하면 자신이 훈련장을 찾을 것을 미리 알고, 미리 도착해서 가로막고 있는 용덕수에게 고마운 마음까지 들었다.

"간만에 치맥 하시죠."

"그럼… 그럴까?"

태식이 못 이긴 척 제안을 받아들였다.

잠시 뒤 태식과 용덕수는 숙소 안에서 치맥을 시작했다.

"축하주는 밖에서 마셔야 더 맛있는 것 아닙니까?"

"덕수야."

"네!"

"이건 정확히 하자."

"뭘요?"

"축하주가 아니다. 너도 잘 알다시피 대한민국 대표팀은 이번 월드 베이스볼 클래식 대회에서 예선 탈락했거든."

"그렇긴 하네요. 그럼 위로주라고 할까요?"

"그편이 낫겠네."

"알겠습니다. 그럼 같이 위로주 한잔 하시죠."

째앵.

각자 맥주를 따른 잔을 부딪치고 난 후, 태식이 한 모금을 마시고 내려놓았을 때였다.

"형, 그거 아세요?"

"뭐?"

"형한테 새로운 별명이 생겼다는 거요?"

"새로운 별명?"

금시초문이었다. 그래서 태식이 의아한 시선을 던지자, 용덕수가 웃으며 덧붙였다.

"노망주요."

"노… 망주?"

"어떠세요? 마음에 드세요?"

해괴망측한 별명이었다.

당연히 마음에 들 리가 없었다.

"어쩌다 그런 별명이 생긴 거야?"

"기사 때문에요."

"기사?"

"노망주가 유망주를 꺾고 최악의 참사를 막아냈다!"

"……?"

"그 여기자가 작성했던 기사의 제목인데. 아직 안 보셨나 보네요."

"송 기자가?"

태식이 다시 쓰게 웃었다.

노망주라는 해괴망측한 표현을 기사 제목으로 쓴 이유가 어쩌면 인터뷰를 거절했던 것에 대한 나름의 보복이 아니었을까 하는 생각이 들었기 때문이었다.

"좀 그러네."

노망주란 표현.

아주 틀린 표현은 아니었다.

그렇지만 썩 마음에 드는 표현은 아니었기에 태식이 슬쩍 미간을 찌푸렸을 때였다.

"팬들은 좋아하던데요."

"이걸 좋아한다고?"

"노망주 김태식. 입에 짝짝 달라붙잖아요."

"너까지 날 놀리는 거야?"

"진짜 입에 달라붙는데."

억울한 표정을 짓던 용덕수가 다시 입을 뗐다.

"다른 별명도 생겼어요."

"또?"

"네, 이 별명은 아마 형의 마음에 들 겁니다."

"어떤 별명인데?"

"김순신!"

"응?"

"난파 직전의 대한민국 대표팀을 이끌고 혼자서 일본 대표팀을 제압해 버린 형에게 붙은 새 별명입니다."

'김순신이라!'

김순신이라는 별명.

아무래도 너무 과하다는 생각이 들어서 태식이 멋쩍은 표정을 지었을 때였다.

"전혀 과하지 않아요."

마치 태식의 속내를 읽은 것처럼 용덕수가 말했다.

"일본전에서 형의 활약을 정말 대단했으니까요."

태식이 머리를 긁적일 때, 용덕수가 화제를 돌렸다.

"그나저나 어떠셨어요?"

"뭘 묻는 거야?"

"이번 대표팀에서 뛰며 특별히 느끼신 것은 없으세요?"

용덕수가 두 눈을 빛내며 물었다.

아직 용덕수는 국가 대표로 뽑힌 경험이 없었다. 그래서 국가 대표로 뛰어본 느낌이 어떤가에 대한 호기심을 품은 것이었다.

"느낀 점? 있지."

"뭔데요?"

"무거웠어."

"무거웠다?"

"내 가슴에 새겨져 있었던 태극기의 무게. 막연히 짐작했던 것보다 훨씬 무겁게 느껴지더라고."

"네."

용덕수가 이해한다는 듯 고개를 끄덕일 때, 태식이 덧붙였다.

"그리고… 기쁘기도 했어."

"역시 국가 대표가 되니까 기쁘셨나 보네요."

"물론 국가 대표로 뽑혀서 이번 대회에 출전한 게 기뻤던 것은 사실이야. 내 능력을 인정받은 셈이니까. 그렇지만 더 기뻤던 것이 있어."

"어떤 부분이었어요?"

"내 야구가 통한다는 것."

"……?"

"톰 베르겐과 오타니 쇼에이. 모두 세계 정상급 투수들이었잖아. 그런 투수들을 상대로도 홈런을 빼앗아냈으니까."

태식이 설명을 마치자, 용덕수가 고개를 끄덕였다.

잠시 뒤, 용덕수가 부러운 표정을 지었다.

"엄청 짜릿했을 것 같아요."

"손맛이 짜릿하더라고."

"월척을 낚았을 때처럼요?"

"그래. 덕분에 자신감을 얻었어."

"네."

"그렇지만… 아쉽기도 했어."

"어느 부분이 아쉬웠어요?"

"너무 짧게 끝났으니까."

만약 본선 라운드에 진출했다면?

더 많은 경기에서 더 많은 기회를 얻을 수 있었을 텐데.

대한민국 대표팀이 일찌감치 예선 탈락하면서 한여름 밤의 꿈처럼 태식의 대표팀 생활은 너무 짧게 끝나 버렸다.

그 부분이 태식은 못내 아쉬웠다.

"너무 아쉬워하지 마세요."

"응?"

"형은 충분히 제 몫을 했으니까요. 아니, 제 몫 이상을 해냈으니까요."

태식이 고개를 끄덕였다.

'김순신'이라는 새로운 별명까지 얻게 된 것.

이번 월드 베이스볼 클래식 대회에서 태식의 짧지만 강렬했던 활약을 팬들이 인정해 주었다는 증거로 충분했다.

"솔직히 말씀드리면 제가 진짜 궁금한 것은 따로 있어요."

"진짜 궁금한 것? 뭐지?"

"박순길 단장이요."

"응?"

용덕수의 입에서 뜬금없이 박순길 단장의 이름이 흘러나온 순간, 태식이 의아한 시선을 던졌다.

그 의아한 시선을 피하지 않은 채 용덕수가 덧붙였다.

"박순길 단장이 그렇게 홀대했던 형이 이번 월드 베이스볼 클래식 대회에서 맹활약을 했으니까요."

"……."

"지금쯤 어떤 표정을 짓고 있을지 형은 궁금하지 않으세요?"

*   *   *

"김순신? 진짜 웃기지도 않는군!"

박순길이 코웃음을 치며 술잔을 비우고 내려놓았다.

시즌 개막이 코앞으로 다가와 있는 상황이었다. 그러나 심원 패롯스의 시즌 준비는 박순길의 뜻대로 전혀 굴러가지 않았다.

전지훈련부터 FA 시장에서의 선수 영입까지.

비시즌 동안 심원 패롯스는 박순길의 뜻대로 움직이며 제대로 된 시즌 개막 준비를 하지 못했다.

그 이유는 심원 패롯스의 감독인 이철승 때문이었다.

이철승 감독을 일단 내보내야 점찍어 두었던 장원우를 감독으로 앉히고 본인의 뜻대로 심원 패롯스를 이끌어갈 수 있을 터인데.

박순길의 바람과 달리 이철승 감독은 자진 사퇴 의사를 표명하지 않았다.

그의 수족을 묶기 위해서 여러 압박을 가했지만, 이철승은 모른 척 감독직을 계속 유지하고 있었다.

'결국… 자진 사퇴는 하지 않겠다는 건가?'

이철승이 끝내 자진 사퇴 의사를 밝히지 않고 계속 감독직에서 물러나지 않는다면, 남아 있는 방법은 하나뿐이었다.

경질.

그러나 박순길이 이철승 감독을 경질하는 것은 두 가지 이유로 어려웠다.

우선 명분.

아직 계약 기간이 1년 남아 있는 이철승 감독을 경질하기 위해서는 그럴듯한 명분이 필요했다.

원래 박순길이 세웠던 계획은 성적 부진을 명분으로 내세워 이철승 감독을 경질하는 것이었다. 그러나 경질에 대한 이야기를 언론에 슬쩍 흘렸을 당시, 돌아왔던 반발들은 만만치 않았다.

비록 가을 야구 진출에 실패한 것은 맞다.

그렇지만 지난 시즌 정규 시즌 막바지까지 가을 야구 진출을 두고 경합을 벌였던 것은 의미 있는 결과가 아니냐?

팬들은 심원 패롯스가 보여주었던 경기력에 후한 점수를 매겼다.

또, 지지난 시즌에 비해 지난 시즌에 경기력과 성적이 모두 상승한 것이 팬들에게 강한 인상을 남겼다.

그리고 팬들만이 아니었다.

다른 감독들을 비롯한 야구계 인사들도 특별한 결격 사유 없이 계약 기간을 채우지 않고 이철승 감독을 경질하는 것에 우려를 드러냈다.

이런 상황에서 이철승 감독의 경질을 강행하는 것은 섶을 진 채 불구덩이로 뛰어드는 것과 마찬가지였다.

또 하나의 이유는 모그룹 고위층이 난색을 표했기 때문이다.

―사람이 자산이자 미래다.

모그룹인 심원 그룹의 슬로건이었다.

그런데 이철승 감독을 명분 없이 경질하는 것은 그 슬로건과 정면으로 배치된다는 이유로 반대했다.

'뜻대로 되는 게 하나도 없군!'

박순길이 술잔을 단숨에 비운 후 거칠게 내려놓았다.

이철승 감독의 경질 문제로 가뜩이나 골머리를 앓고 있었던 상황이다.

그런데 그 문제가 해결되기도 전에, 또 다른 문제가 발생했다. 그리고 또 다른 문제를 일으켜서 박순길의 골치를 지끈거리게 만든 원흉은 김태식이었다.

대한민국에서 개최된 이번 월드 베이스볼 클래식.

김태식이 대한민국 대표팀에 승선한 것은 분명히 의외였다. 그렇지만 박순길은 크게 신경을 쓰지 않았다.

비록 대표팀에 승선하긴 했지만, 김태식이 활약할 기회는 주어지지 않을 것이라는 생각을 했기 때문이다.

그런데 전혀 예상치 못했던 결과가 도출됐다.

이스라엘과의 개막전, 그리고 네덜란드와의 예선 2차전에서 대타로 출전 기회를 잡은 김태식은 그 기회를 놓치지 않았다.

잇따라 홈런을 터뜨리면서 대한민국 대표팀의 수장인 유대훈 감독에게 눈도장을 찍는 데 성공했다. 그리고 유대훈 감독에게 눈도장을 찍은 덕분에 일본과의 예선 최종전에 선발 라인업에 포함됐던 김태식은 말 그대로 맹활약을 펼쳤다.

야구 천재라 불리는 일본의 에이스 오타니 쇼에이를 상대로 두 개의 홈런을 빼앗아 대한민국이 올린 2득점을 혼자 책임졌다.

그뿐만 아니라, 투수로도 출전해서 오타니 쇼에이에 못지않은, 아니, 오히려 오타니 쇼에이를 압도하는 인상적인 투구를 펼치며 승리투수가 됐다.

비록 대한민국 대표팀이 A조 4위로 예선 탈락하긴 했지만, 김태식의 활약은 팬들과 야구 관계자에게 무척 강렬한 인상을 남겼다.

오죽하면 '김순신'이라는 별명까지 붙였을까.

어쨌든.

이번 월드 베이스볼 클래식에 출전했던 김태식이 맹활약을 펼친 것은 박순길의 입장에서는 분명히 악재였다.

지난 시즌 중반에 트레이드를 통해 김태식을 심원 패롯스로 영입한 이철승 감독의 혜안 아닌 혜안이 팬들 사이에서 다시 화제가 되고 있었다.

그로 인해 이철승 감독의 입지가 더 탄탄해졌기 때문이다.

'마음에 안 들어!'

박순길이 고개를 절레절레 흔들며 술병을 향해 손을 뻗었을 때였다.

장원우의 손이 먼저 술병을 낚아챘다.

"이번에는 심상치 않습니다."

장원우가 양손으로 공손하게 술잔을 채워주며 입을 뗐다.

"뭐가 심상치 않단 말인가?"

"김태식의 활약에 대한 팬들의 반응 말입니다."

"흥, 잠깐 그러다 말 테니 신경 쓸 것 없어."

"그렇지만……."

"이러다 금세 언제 그랬냐는 듯 조용해질 거야."

박순길이 애써 팬들의 반응을 폄하했을 때였다.

"단장님."

"신경 쓸 것 없다……."

"꼭… 나쁜 것만은 아닌 것 같습니다."

장원우가 눈치를 살피며 조심스럽게 덧붙였다.

16. 선택지가 늘어났다

"무슨 소린가?"

박순길이 언짢은 기색을 감추지 않은 채 묻자, 장원우가 재빨리 대답했다.

"이번 월드 베이스볼 클래식 대회에서 김태식이 맹활약을 펼친 것 말입니다. 꼭 나쁜 것만은 아닌 것 같다는 말씀이었습니다."

"왜 그렇게 생각하는 거지?"

"지난 시즌에 김태식이 펼쳤던 활약이 우연이 아니었다는 것을 입증했으니까요. 또 선수로서 김태식의 효용 가치가 여전히 충분하다는 것이 드러나기도 했으니까요."

"……."

"솔직히 말씀드리면 저도 탐이 날 정도였습니다."

"그 말인즉슨… 만약 자네가 심원 패롯스의 감독직을 맡게 되면 김태식을 중용하고 싶다는 뜻인가?"

박순길이 매서운 시선을 던지며 추궁했다. 그리고 장원우는 눈치가 무척 빠른 편이었다.

박순길이 김태식을 눈엣가시처럼 여기고 있다는 사실을 알고 있기 때문에 손사래를 치며 입을 뗐다.

"그럴 리가 있겠습니까?"

"그런데?"

"네?"

"대체 뭐가 나쁘지 않다는 것인가?"

박순길이 못마땅한 기색을 드러낸 순간, 장원우가 재빨리 답했다.

"제가 탐을 낼 정도이니, 다른 감독들도 마찬가지일 겁니다."

"……."

"한마디로 말씀드려서 트레이드 카드로써 김태식의 활용 폭이 넓어졌다는 뜻입니다."

장원우가 덧붙인 말을 들은 순간, 박순길의 표정이 밝아졌다.

'왜… 그 생각을 못 했지?'

이철승 감독을 한시바삐 쫓아내야 한다는 생각에 온통 신경이 쏠려 있었던 터라, 미처 거기까진 생각을 하지 못하고 있었다.

그렇지만 장원우가 방금 한 이야기는 일리가 있었다.

지난 시즌에 보였던 활약.

거기에 더해 이번 월드 베이스볼 클래식 대회에서도 맹활약을 펼치며 김태식의 주가는 한껏 치솟았다.

트레이드 카드로써 분명히 매력적이었다.

'의외로 쉽게 풀릴 수도 있겠군!'

박순길이 심원 패롯스에서 내쫓고 싶은 것.

이철승 감독만이 아니었다.

김태식도 내쫓고 싶은 것은 마찬가지였다. 그러나 아무리 단장이라도 하더라도 특별한 이유 없이 선수를 마음대로 내쫓을 수는 없었다.

어떻게 김태식을 팀에서 내보내는가에 대한 모양새가 중요했는데.

트레이드 카드로 활용한다면 모양새가 나쁘지 않았다.

'김태식을 내보내면 이철승 감독의 경질 문제도 쉽게 풀리지 않을까?'

그 순간, 박순길의 머릿속을 퍼뜩 스치고 지나간 생각이었다.

이철승 감독의 약점.

바로 김태식이었다.

그 사실을 이미 간파하고 있던 박순길이 눈매를 가늘게 좁혔다.

일타이피라고 표현하면 될까?

김태식을 이용해서 이철승 감독을 내보낼 수 있을 방법이 분명히 존재할 것 같았다. 그래서 박순길이 고민에 잠겼을 때였다.

지이잉. 지이잉.

탁자 위에 올려둔 박순길의 휴대전화가 진동했다.

발신자 번호를 확인한 박순길이 쓰게 웃으며 입을 뗐다.

"이 감독도 양반은 못 되겠군."

*　　　　*　　　　*

위로주(?)를 함께한 것은 용덕수만이 아니었다.

이철승 감독도 위로주(?)를 사겠다는 명목으로 태식을 불러냈다.

도심 주택가에 위치한 한정식집에서 태식은 이철승 감독을 만났다.

"자, 한잔 받아!"

이철승 감독이 술이 든 주전자를 들며 제안했다.

"죄송합니다. 술은… 마시지 않겠습니다."

태식이 미안한 표정으로 정중하게 거절했지만, 이철승 감독은 쉽게 포기하지 않았다.

"괜찮아. 이건 약주니까."

"그렇지만……."

"그리고 오늘이 마지막이 될 수도 있으니까."

'마지막?'

왜 마지막이라는 말을 꺼낸 걸까?

그 이유를 알지 못해서 태식이 의아한 시선을 던졌다. 그렇지만 이철승 감독은 그에 대한 설명을 해주는 대신, 마치 재촉이라도 하듯이 술 주전자를 들고 기다렸다.

결국 태식이 더 버티지 못하고 술잔을 들었다.

"석 잔만 마시겠습니다."

"하여간 고지식하긴."

"죄송합니다."

"죄송할 것 없어."

"……?"

"그 고지식한 면이 무척 마음에 들었으니까."

태식의 잔에 술을 따라준 이철승 감독이 미리 채워두었던 술잔을 들었다.

짠!

가볍게 잔을 부딪히고 난 후, 술잔을 비운 이철승 감독이 불쑥 질문을 던졌다.

"이번 시즌 심원 패롯스의 최종 성적이 어떨 것 같나?"

너무 갑작스러운 질문이었다.

또 아직 시즌이 시작되기 한참 전이었다.

지난 시즌과 또 달라졌을 다른 팀들의 전력이 아직 베일에 가려진 상황인 만큼, 지금 시점에 심원 패롯스의 성적을 예상하는 것.

무척 어려운 일이었다.

"모르겠습니다."

해서 태식이 솔직하게 대답한 순간, 이철승 감독이 씩 웃었다.

"왜 몰라?"

"네?"

"족집게처럼 알아맞히는 것이 특기였잖아."

이철승 감독의 표정에는 장난기가 가득했다.

그제야 그가 농담을 하고 있다는 사실을 알아챈 태식이 픽 하고 실소를 터뜨렸을 때였다.

"그럼… 내가 맞춰볼까?"

"감독님이 생각하시는 심원 패롯스의 최종 성적은 어떻습니까?"

"꼴찌!"

"네?"

"심원 패롯스는 올 시즌에 최하위를 기록할 거야."

이번 역시 농담일 거라 생각했는데.

심원 패롯스가 올 시즌에 리그 최하위로 추락할 것이라고 예언하는 이철승 감독의 표정은 무척 진지했다.

그 사실을 깨달은 순간, 태식이 표정을 굳혔다.

이상한 점을 뒤늦게 캐치했기 때문이었다.

'왜 우리 팀이 아니라… 심원 패롯스라고 하시는 걸까?'

여기에는 어떤 이유가 있을 터였다.

'혹시 감독직을 내려놓을 결심을 했기 때문이 아닐까?'

태식의 생각이 거기까지 미쳤을 때였다.

"내가 심원 패롯스가 올 시즌 최하위를 기록할 것이라고 예측한 이유가 무엇 때문인지 궁금하지 않나?"

이철승 감독이 다시 물었다.

"궁금합니다."

태식이 대답하자, 이철승 감독이 미리 준비라도 했던 것처럼 바로 대답을 꺼내놓았다.

"아주 좋은 선수를 내칠 거거든."

"그 선수가… 누굽니까?"

"김태식."

"……?"

"너 말이야."

너무 갑작스러운 상황 전개였다.

그로 인해 태식의 말문이 막혔을 때였다.

"아직 끝이 아니야. 너도 이번 월드 베이스볼 클래식 대회를 통해서 느꼈겠지만 야구는 혼자서 하는 것이 아니거든."

태식이 희미하게 고개를 끄덕였다.

이번 월드 베이스볼 클래식 대회 내내 태식은 맹활약을 펼쳤다. 그렇지만 대한민국 대표팀의 예선 탈락을 막지 못했다.

이철승 감독이 방금 지적한 것은 바로 이 부분이었다.

선수 한 명이 이탈한다고 해서 지난 시즌에 6위를 기록했던 심원 패롯스가 갑자기 최하위로 추락하지는 않는다.

또 다른 이유가 더 존재한다는 이야기.

'그 이유가 뭘까?'

태식이 의아함을 품은 순간이었다.

"꽤 쓸 만한 감독도 내칠 거거든."

이철승 감독이 알려주었다.

"그게… 무슨 말씀이십니까?"

"날 내쫓을 거란 뜻이야."

"……"

"표정이 왜 그래?"

"네?"

"설마 비웃은 건가?"

"제가요?"

"그래. 내가 스스로를 쓸 만한 감독이라고 평했던 것 때문에 비웃은 것 아닌가?"

"아닙니다."

태식이 재빨리 부인했다.

이철승 감독의 면전이라서 급히 부인한 것이 아니었다.

태식은 이철승 감독에 대해 후한 평가를 내리고 있었다.

'현직 KBO 리그 사령탑 가운데 중간 정도.'

트레이드가 성사됐을 때, 태식이 어철승 감독에 대해 내렸던 평가였다. 그렇지만 지난 시즌이 끝나고 난 후, 이철승 감독에 대한 태식의 평가는 달라졌다.

'톱클래스!'

이철승 감독은 KBO 리그를 대표하는 명장이라고 해도 손색이 없었다. 그 이유는 지난 시즌을 치르며 감독으로서 능력과 역량이 한층 발전했기 때문이다.

"정색하긴. 농담이었어."

껄껄 웃던 이철승 감독이 또 한 잔의 술을 마셨다.

"꽤 쓸 만한 감독에다가 아주 좋은 선수까지 내치는 판국이니 심원 패롯스가 어떻게 좋은 성적은 거둘 수 있을까? 내 생각이 틀린 것 같나?"

"그건……."

"두고 봐. 내 예언이 적중할 테니까."

장담하던 이철승 감독이 다시 말했다.

"비록 쫓겨날 때 쫓겨나더라도, 그 전에 할 일은 마치고 떠날 생각이야."

'할 일이 대체 뭘까?'

추협이 호기심을 품었을 때, 이철승 감독이 입을 뗐다.

"복채!"

"네?"

"빚 졌던 복채는 갚고 갈 거야."

'복채라!'

이철승 감독의 입에서 복채라는 단어가 흘러나온 순간, 태식이 쓰게 웃었다.

분명히 이철승 감독은 복채를 빚진 적이 있었다.

그렇지만 태식은 그 복채를 받을 생각이 없었다.

아니, 좀 더 정확히 말하면 지금 이철승 감독이 먼저 복채에 관한 이야기를 꺼내기 전까지 그 사실을 까맣게 잊고 있었다.

"신경 쓰지 않으셔도 됩니다."

해서 태식이 말했지만, 이철승 감독은 힘껏 고개를 흔들었다.

"이래뵈도 내가 빚지고는 못 사는 성격이야."

"그렇지만……."

"준다고 할 때 받아. 나중에 후회하지 말고."

"……."

"어쨌든 그 얘긴 잠시 미뤄두자고. 일단 한 잔 더 받아."

이철승 감독이 다시 술을 권했다.

이미 석 잔을 마시겠다고 약조했던 상황.

태식이 군말 없이 빈 술잔을 들었다.

그 술잔을 채워준 후 이철승 감독이 말했다.

"지금부터 속내를 툭 터놓고 진짜 이야기를 나눠보자. 먼저…
난 감독직에 미련이 없다."

이철승 감독은 시작부터 폭탄 발언을 했다.

'진심… 일까?'

태식이 폭탄 발언을 한 이철승 감독을 가만히 응시했다.

한 점의 흔들림도 없는 두 눈을 확인하고서, 태식은 방금 꺼
낸 말이 진심이란 사실을 깨달을 수 있었다.

"박순길 단장 때문입니까?"

"그래. 반쪽짜리 감독 자리에 억지로 앉아 있고 싶지 않거든."

"그럼 왜… 물러나지 않으셨습니까?"

태식이 의아한 시선을 던졌다.

박순길 단장과 이철승 감독 사이의 불화설.

꽤 오래 전부터 소문이 나돌고 있었다.

일반적인 경우라면 지난 시즌이 종료된 후, 바로 새로운 감독
을 발표해야 했다. 그래야 신임 감독이 새 시즌을 준비할 시간을
가질 수 있기 때문이었다.

그렇지만 이철승 감독은 시즌 개막이 얼마 남지 않은 시점까
지 여전히 감독직을 내려놓지 않고 있었다.

분명히 일반적인 경우와는 많이 다른 상황이었다.

"두 가지 이유 때문에 억지로 버텼다."

"어떤 이유 때문입니까?"

"우선 박순길 단장이 마음에 안 들었다."

"……."

"그래서 엿 먹이고 싶었다고 할까?"

예상치 못했던 표현이었다.

그렇지만 듣기에 불편하지는 않았다.

오히려 묵은 체증이 내려가는 느낌이었다.

"또 하나의 이유는 너 때문이었다."

"저 때문이라고 하셨습니까?"

"그래."

무슨 뜻일까.

태식이 의아한 시선을 던지고 있을 때, 이철승 감독이 덧붙였다.

"솔직히 말하면 막막했다."

"저 때문에 막막하셨다는 말씀이십니까?"

"그래. 내가 박순길 단장이 원하는 대로 감독직을 내려놓고 그냥 도망쳐 버리면 네가 낙동강 오리알 신세가 될 것이란 것이 뻔히 눈에 보였다. 그래서 어떻게든 새로운 길을 열어주고 떠나고 싶었어."

"네."

"그런데 막막했지."

"제가 그리 형편없었습니까?"

태식이 서운한 기색으로 물은 순간, 이철승 감독이 고개를 흔들었다.

"네가 형편없어서가 아냐. 지난 시즌에 네가 펼쳤던 활약은 분명히 훌륭했어. 내가 계약 기간을 채우고 싶은 욕심이 들었을 정도로. 내가 막막했던 이유는 네 나이 탓이 컸어."

"……"

"과연 선입견 없이 널 기용할 구단이 있을까? 또, 네가 좋은 활약을 펼쳤을 때, 과연 시즌이 끝난 후에 연봉 협상 과정에서 제대로 된 대우를 받을 수 있을까? 이런 부분들이 계속 신경이 쓰이더라고."

태식이 고개를 끄덕였다.

이철승 감독의 이야기를 듣다 보니 고마운 마음과 답답한 마음이 동시에 들었다.

우선 자신을 신경 쓰면서 끝까지 책임을 지려는 이철승 감독의 마음 씀씀이가 고마웠다.

또, 현재 자신이 처해 있는 처지가 답답하게 느껴졌다.

많은 나이로 인한 선입견.

기적이 일어나며 신체 나이가 가장 좋았던 시절이 스무 살 무렵으로 돌아왔을 때만 해도 대수롭지 않게 여겼다.

경기에 꾸준히 출전하면서 좋은 모습을 보이면 모든 문제가 해결될 것이라 믿었다.

그렇지만 선입견의 벽은 태식이 막연히 짐작했던 것보다 훨씬 높았다.

지난 시즌이 끝나고 연봉 협상 과정에서 받았던 홀대와 푸대접이 선입견의 벽이 높다는 증거였다.

이철승 감독이 우려하는 것도 비로 이 부분이 있다.

"그래서 기뻤다. 네가 이번 월드 베이스볼 클래식의 대한민국 대표팀에 승선했을 때, 새로운 기회가 생길 수도 있겠다고 생각했거든."

태식이 재차 고개를 끄덕였다.

이번 월드 베이스볼 클래식 대표팀에 뽑혔다는 소식을 전했을 때, 이철승 감독이 마치 자신의 일처럼 기뻐하던 모습이 떠올랐기 때문이다.

"잘했다. 내 예상보다 훨씬 더 잘해줬어."

"그렇지만… 결국 본선에 진출하지 못했습니다."

"그래. 대한민국 대표팀 입장에서는 예선 탈락이 무척 아쉬운 결과지. 그렇지만 김태식이라는 선수의 입장에서는 무척 고무적인 결과였어. 넌 네게 주어졌던 기회를 놓치지 않고 훌륭하게 잡는 데 성공했으니까."

"감사합니다."

"내게 감사할 일이 아냐. 기회를 잡은 건 너니까."

"네."

"덕분에 선택지가 늘어났다."

'선택지가 늘어났다?'

이철승 감독의 말뜻을 제대로 이해하지 못한 태식이 의아한 시선을 던졌을 때였다.

"강상문 감독이 다시 날 찾아왔었다."

"그랬… 습니까?"

"트레이드를 제안하더군."

"네."

"너도 대충 알고 있었겠지만, 아직 끝이 아냐."

"무슨 뜻입니까?"

"너를 마경 스왈로우스로 재영입하고 싶어 하는 강상문 감독이 제시한 트레이드 카드가 누군지 알아?"

"누굽니까?"

"누군지 알게 되면 깜짝 놀랄걸?"

이철승 감독이 씩 웃으며 덧붙였다.

"최원우야!"

17. 투수 김태식, 타자 김태식

"방금 누구라고 하셨습니까?"

"마경 스왈로우스 부동의 4번 타자 최원우라고 했어."

이철승 감독의 예상이 들어맞았다.

태식은 놀란 표정을 감추지 못했다.

방금 이철승 감독의 말처럼 최원우는 마경 스왈로우스 부동의 4번 타자였다.

비록 최근 들어 하락세이긴 하지만, 그는 마경 스왈로우스를 대표하는 프랜차이즈 스타 중 한 명.

자신을 마경 스왈로우스로 재영입하기 위해서 강상문 감독이 제시한 트레이드 카드가 최원우라는 사실을 분명히 놀라운 일이었다.

만약 최원우를 트레이드 카드로 활용해서 태식을 재영입한다면?

강상문 감독은 마경 스왈로우스 팬들이 쏟아낼 비난을 감수해야 할 터였다.

그 사실을 강상문 감독이 모를까?

그럴 리 없었다.

그럼에도 불구하고 이런 제안을 했다는 것이 태식을 마경 스왈로우스로 데려오려는 강상문 감독의 의지가 무척 강하다는 반증이기도 했다.

"최원우를 트레이드 카드로 활용하면서까지 널 영입하려는 것이 이번 월드 베이스볼 클래식 대회에서 네 활약이 그만큼 뛰어났다는 반증이지."

"네."

"마경 스왈로우스가 끝이 아니다."

"그럼?"

"한성 비글스와 교연 피콕스 측에서도 내게 접촉해 왔었어."

월드 베이스볼 클래식 대회가 아직 끝나지 않은 상황이었다.

예상보다 훨씬 더 타 구단들의 움직임이 빠르다는 생각에 태식이 재차 놀란 기색을 드러냈을 때였다.

"아직 놀라기는 일러."

"네?"

"메이저리그 구단에서도 오퍼가 왔으니까."

이철승 감독이 환하게 웃으며 말했다.

"더 늦기 전에 더 큰 무대에 도전해 보는 게 어때?"

일전에 이철승 감독이 이런 제안을 건넸을 때만 해도 반신반의했다. 아니, 과연 가능할까 하는 의심이 더 컸다.

물론 지난 시즌이 종료된 후에도 메이저리그의 한 구단에서 태식의 신분 조회를 요청했다는 소식을 전해 듣긴 했었다.

그러나 신분 조회 요청은 겨우 시작일 뿐이었다.

실제 계약까지 이어지려면 거쳐야 할 단계가 무척 많이 남아 있었다.

그런데 이번에는 달랐다.

이철승 감독은 방금 신분 조회가 아니라 구체적인 오퍼가 있었다고 말했다.

"몇 팀이나 제게 관심을 가지고 있습니까?"

"현재까지는 두 팀이야."

"그렇군요."

"왜? 너무 적어서 실망했나?"

"그건 아니지만……."

"아직 월드 베이스볼 클래식 대회조차 끝나지 않았어. 이번 대회에 출전한 다른 선수들도 관찰해야 하기 때문에 신중하게 움직이고 있는 걸 거야. 아마 시간이 흐르면 오퍼를 하는 구단들이 더 늘어날 가능성이 높아."

"네."

"그리고 중요한 건 오퍼를 넣는 구단의 수가 아냐. 널 영입하려는 의지가 얼마나 강하느냐가 더 중요하지."

이철승 감독이 꺼낸 이야기.

틀린 부분이 없었다.

태식의 신분 조회를 요청하고 구체적인 오퍼를 넣는 구단이 얼마나 많은가는 중요치 않았다.

진짜 중요한 것은 그저 간만 보는 것이 아닌 진짜 영입할 의지를 갖고 있는 구단이 있는가의 여부였다.

"이 두 팀은 널 실제로 영입하려는 의지가 강하다는 것이 느껴진다."

이철승 감독이 덧붙인 말을 들은 태식이 다시 물었다.

"어떤 팀입니까?"

"샌디에이고 파드리스, 그리고 시카고 화이트삭스."

이철승 감독의 대답이 돌아온 순간, 태식이 두 눈을 빛냈다.

샌디에이고 파드리스는 내셔널 리그, 시카고 화이트삭스는 아메리칸 리그에 각각 속해 있는 팀이었다.

"참고로 두 팀의 오퍼 가운데 계약 조건이 더 좋은 쪽은 시카고 화이트삭스야."

"그렇군요."

태식이 고개를 끄덕였다.

그리고 태식은 프로 선수였다.

메이저리그 구단들이 자신을 영입하기 위해서 어떤 계약 조건을 내걸었는지에 관해 호기심이 치밀었다.

"너무 기대하지 마."

그런 태식의 마음을 알아챘을까.

이철승 감독이 미리 말했다.

"그리고 계약 조건을 확인하기 전에 먼저 결정해야 할 것이 있어."

"뭡니까?"

"KBO 리그와 메이저리그. 둘 중 어느 리그에서 뛸 거냐는 거지."

마경 스왈로우스, 교연 피콕스, 한성 비글스.

트레이드를 통해서 태식을 영입하려는 의지가 있는 KBO 리그 구단들이었다.

이 세 팀 가운데 가장 영입 의지가 강한 것은 마경 스왈로우스였다.

'가장 최근에 함께했으니까.'

태식은 그 이유를 충분히 짐작할 수 있었다.

지난 시즌 중반에 트레이드를 통해 심원 패롯스로 이적하기 전까지, 태식은 마경 스왈로우스 소속 선수였다.

비록 그리 긴 시간은 아니었지만 강상문 감독과 함께 야구를 했었다.

당시 태식의 활약과 경기력이 강상문 감독에게 무척 강한 인상을 남기는 데 성공했기 때문에 적극적인 영입 의사를 드러내는 것이었다.

태식의 입장에서도 나쁠 것은 없었다.

새로운 감독, 또 새로운 선수들과 시작하는 것보다는 익숙한 감독과 선수들과 함께하는 편이 분명히 유리했다.

특히 강상문 감독은 태식에게 무척 호의적이었다.

'강상문 감독이라면?'

선입견을 갖지 않고 태식에게 많은 기회를 줄 터였다.

그렇지만 태식은 그리 내키지 않았다.

지난 시즌과 마찬가지로 경기장에서 펼친 활약을 제대로 평가받고 인정받지 못할 가능성이 높았기 때문이다.

이건 마경 스왈로우스만의 문제가 아니었다.

교연 피콕스와 한성 비글스도 마찬가지였다.

해서 태식의 시선이 KBO 리그가 아닌 메이저리그로 향했다.

샌디에이고 파드리스와 시카고 화이트삭스.

불과 얼마 전까지만 해도 그저 막연하기만 했었는데.

지금은 상황이 또 달라져 있었다.

자신을 영입하고 싶어 하는 메이저리그 구단들을 실제로 확인하고 나니, 메이저리그가 한층 가까워진 느낌이었다.

그리고.

태식이 이번 월드 베이스볼 클래식 대회에서 얻은 것은 선택지가 크게 넓어졌다는 것이 다가 아니었다.

자신감.

'메이저리그에서도 내 야구는 통한다.'

태식이 이번 대회를 얻은 또 하나의 소득이었다.

톰 베르겐, 그리고 오타니 쇼에이.

톰 베르겐은 이미 메이저리그 정상급 선발투수로 자리를 확고히 하며 오랫동안 활약했던 선수였다.

오타니 쇼에이는 아직 메이저리거가 아니었다.

그렇지만 일본 프로 무대에서 검증을 마친 오타니 쇼에이는 메이저리그 스카우터들에게서 어느 팀에 가더라도 1, 2선발로 활용할 수 있다는 평가를 받고 있는 선수였다.

그런 두 투수를 상대로 태식은 각각 홈런을 뽑아냈다.

특히 오타니 쇼에이를 상대로는 연타석 홈런을 빼앗아냈다.

이 결과물들을 통해서 태식은 자신감을 얻었다.

낯선 환경에서 시작하는 새로운 도전.

분명히 두려운 일이었다.

그렇지만 설레는 일이기도 했다.

'어차피… 덤으로 얻은 기회가 아닌가?'

만약 신체 나이가 스무 살 시절로 돌아가는 기적이 벌어지지 않았다면?

태식의 야구는 이미 진즉에 끝이 났을 확률이 높았다.

실제로 그 무렵 태식도 마음속으로 은퇴를 생각했었다.

그런데 기적이 벌어지면서 태식의 선수 생활은 계속 이어지고 있었다. 그리고 덤으로 얻은 기회이니만큼, 더욱 후회를 남기고 싶지 않았다.

"저는……."

"결정했나?"

이철승 감독의 질문을 받은 태식이 힘주어 대답했다.

"메이저리그에 진출하고 싶습니다."

"아까도 말했지만 계약 조건이 더 좋은 쪽은 시카고 화이트삭스야."

연봉 100만 달러.

옵션 50만 달러.

시카고 화이트삭스 측에서 제시한 연봉이었다.

반면 샌디에이고 파드리스 측은 보장 연봉이 적었다.

보장 연봉 50만 달러.

옵션 100만 달러.

이철승 감독의 말처럼 위험 부담은 시카고 화이트삭스가 적었다.

또, 철저하게 돈의 논리가 지배하는 메이저리그인 만큼, 보장 연봉이 많은 시카고 화이트삭스 측이 더 많은 기회를 줄 가능성이 높았다.

그렇지만 태식은 선뜻 결정을 내리지 못했다.

연봉 외에도 마음에 걸리는 것이 여럿 있었기 때문이다.

'가장 중요한 건… 날 원하는 이유가 아닐까?'

메이저리그 구단에서 태식을 영입하겠다는 의사를 드러내면서 오퍼를 넣은 데는 이유가 있었다.

태식에게서 그만한 돈을 지불할 가능성을 엿보았기 때문일 터였다.

그런 태식의 속내를 읽은 걸까?

이철승 감독이 술잔을 비운 후 입을 뗐다.

"달라!"

"네?"

"아까 말했던 두 팀이 널 바라보는 시각이 전혀 다르다는 뜻이야. 쉽게 말해서 샌디에이고 파드리스 측은 투수 김태식에 주목했고, 시카고 화이트삭스 측은 타자 김태식에 주목했어."

"……?"

"좀 더 자세히 말하면 샌디에이고 파드리스는 너를 5선발 후보, 혹은 불펜 투수로 기용할 생각을 갖고 있어. 반면 시카고 화이트삭스는 널 외야 자원 혹은 지명타자로 기용할 생각을 갖고 있다는 뜻이야."

투타 겸업.

일본과의 예선 최종전에서 태식은 투수와 타자로 모두 나섰다.

샌디에이고 파드리스가 오퍼를 넣은 이유는 투수 김태식에게 강한 인상을 받아서였고, 시카고 화이트삭스 측은 타자 김태식에게 매력을 느꼈기 때문이었다.

'의중이 다르다?'

두 팀의 의중을 파악하는 데 성공한 태식이 다음으로 떠올린 것은 의지였다.

'나는 투수와 타자 중 어느 쪽에 더 중점을 두고 있는가?'

태식이 스스로에게 질문을 던졌다.

그 질문에 대한 답을 찾는 데는 오랜 시간이 걸리지 않았다.

'투수 김태식!'

타자로서 해결사 능력을 뽐내는 것도 매력적이었다. 그렇지만 태식은 마운드에서 느끼는 팽팽한 긴장감과 짜릿한 성취감을 포기하기 어려웠다.

그리고.

내셔널 리그와 아메리칸 리그는 달랐다.

가장 큰 차이점 중 하나는 투수가 타석에 들어서는가 여부였다.

내셔널 리그의 경우는 투수가 타석에도 들어섰다.

반면 아메리칸 리그는 투수가 타석에 들어서는 대신, 지명타자 제도를 활용했다.

'만약 내가 시카고 화이트삭스를 선택한다면? 아니, 아메리칸 리그에 속해 있는 팀을 선택한다면?'

그렇다면 투수와 타자로서 동시에 활약할 기회는 없다고 해도 무방했다.

투타 겸업이 모두 가능하다는 것을 그들에게 증명할 기회조차 주어지지 않을 확률이 높았으니까

'샌디에이고 파드리스가 속해 있는 내셔널 리그가 내게 더 어울린다. 적어도 기회는 얻을 수 있으니까!'

투수와 야수.

모두 매력적이었다.

그리고 태식은 두 가지 재능 가운데 어느 것 하나도 포기하고 싶지 않았다.

이것이 아메리칸 리그가 아닌 내셔널 리그에 더욱 매력을 느낀 이유.

'그럼 다음은?'

다음 수순은 샌디에이고 파드리스가 투수 김태식을 원하는 이유를 파악하는 것이었다. 그리고 여기에는 시간이 필요했다.

샌디에이고 파드리스라는 팀에 대한 좀 더 세밀한 파악이 필요하기 때문이었다.

'그런데?'

그때였다.

'과연 내가 메이저리그에 진출할 수 있을까?'

문득 의문이 들었다.

야구 실력의 문제가 아니었다.

또 태식을 원하는 팀이 없는데 헛꿈을 꾸는 것도 아니었다.

그럼에도 불구하고 태식이 문득 이런 생각을 한 것은 박순길 단장의 얼굴이 떠올랐기 때문이었다.

'과연… 날 놓아줄까?'

불안감이 짙어지며 갈증이 치밀었다.

그래서 태식이 두 번째 잔을 비웠을 때였다.

이철승 감독이 다시 술 주전자를 들었다.

"걱정할 것 없다."

"네?"

"네가 지금 무슨 걱정을 하는지 알고 있어."

"……?"

"박순길 단장 때문에 걱정하고 있는 거잖아."

이철승 감독의 예측이 정확했기에 태식이 놀란 표정을 지었을 때였다.

쪼르륵.

술잔을 채워 준 이철승 감독이 다시 입을 뗐다.

"아까 미뤄두었던 이야기를 다시 시작하지."

'미뤄두었던 이야기?'

태식이 기억을 더듬고 있을 때였다.

"복채를 빚졌던 것, 내가 갚을 거라고 했잖아."

"아, 네!"

"이번 기회에 갚을 거야."

무슨 뜻일까?

태식이 의아한 시선을 던지고 있을 때, 이철승 감독이 술잔을 들어 앞으로 내밀며 힘주어 말했다.

"박순길 단장은 내가 맡지. 그러니까 아무 걱정하지 마."

18. 퇴로

이덴홀.

이철승이 호텔 지하에 위치한 바(Bar)로 들어서자, 미리 도착해서 기다리고 있던 박순길 단장이 손을 들어 맞이했다.

"좀 늦었군."

손목시계를 힐끗 살핀 박순길이 힐난하듯 말했다.

"일부러 늦게 출발했습니다."

"응?"

"급할 게 없으니까요."

이철승이 미안한 기색이 전혀 없이 대꾸하자, 박순길의 표정이 굳어지는 것이 보였다.

차가 많이 막혔습니다.

약속 장소를 착각했습니다.

이런 의례적인 대답이 돌아올 것이라는 예상이 빗나갔기 때문이다.

"무슨 뜻인가?"

"제가 심원 패롯스 감독직에서 물러나지 않고 버티고 있어서 곤란한 상황에 처해 계시지 않습니까?"

"……."

"제 짐작이 틀리지 않다면 많이 초조하실 겁니다."

"왜 그렇게 판단한 건가?"

"시즌 개막이 얼마 남지 않았으니까요."

박순길 단장은 반박하지 못했다.

시즌 개막이 코앞으로 닥쳤다는 사실을 새삼 깨달은 박순길 단장이 못마땅한 기색을 드러내고 있을 때였다.

"장원우 감독이 재촉하지 않습니까?"

"……."

"저를 몰아내고 난 후에, 그를 심원 패롯스의 감독으로 만들어주겠다고 약조했던 것 아닙니까?"

"알고… 있었나?"

"저도 눈과 귀는 있습니다."

"흐음."

"꽤 오래 전에 장원우 감독과 약조를 했는데 아직까지 그 약조를 지키지 못하셔서 미안하시겠습니다."

언짢고 당황해서일까.

박순길 단장은 술을 권하는 것조차 잊고 있었다.

더 기다리지 못하고 앞에 놓인 잔을 직접 꺼낸 이철승이 독한 위스키를 스스로 따라서 한 잔 쭉 들이켰다.

뱃속이 후끈 달아오른 순간, 이철승이 다시 입을 뗐다.

"면담 요청을 했습니다."

"면담?"

"네."

"누구에게 면담을 신청했다는 건가?"

"부회장님입니다."

이철승이 순순히 대답한 순간, 박순길 단장이 들어 올리던 술잔을 다시 내려놓았다.

"방금 누구라고 했나?"

"부회장님이라고 했습니다."

"대체 왜……?"

"회장님과 달리 야구에 관심이 많으시니까요."

심원 그룹의 회장인 홍석한.

그는 오랫동안 병상에 누워 있는 상황이었다.

회복을 장담할 수 없을 정도로 중병을 앓고 있는 상황이라 그룹에서는 빠르게 승계 작업을 진행 중이었다.

그 과정에서 홍석한의 장남인 홍대경이 부회장으로 승진해 있었다. 그리고 심원 그룹의 후계자로 낙점된 홍대경은 야구에 문외한인 홍석한과는 달리 야구에 무척 관심이 많은 편이었다.

그래서일까.

그룹 산하 야구단인 심원 패롯스가 경기를 펼칠 때 직접 경기장을 찾아와서 관전한 적이 몇 차례 있었고, 자연스레 이철승도 홍대경과 인사를 나누었다.

그 사실을 박순길 단장도 모르지 않을 터.

예상대로 박순길 단장은 무척 당황한 기색이었다.

"부회장님께 면담을 요청해서 무슨 이야기를 하려는 건가?"

"심원 패롯스의 현 상황에 대해 솔직히 말씀드릴 예정입니다."

"대체 무슨 소릴 하려고……."

초조해서일까?

박순길 단장이 언성을 높인 순간, 이철승이 말을 도중에 자르며 다시 질문을 던졌다.

"그거 아십니까?"

"뭘 말하는 건가?"

"김태식 선수가 아버지 상을 치뤘을 때, 심원 패롯스의 프런트 직원이 아무도 찾아가지 않았다는 이야기가 부회장님에게까지 들어갔습니다. 그룹 산하 미래 전략실에 제 친구가 있는데, 그 친구 말로는 부회장님이 크게 화를 냈다고 하시더군요."

"……."

"잘 아시다시피 '사람이 자산이자 미래'라는 그룹의 슬로건과 정면으로 배치된 행동이었으니까요."

더 초조해진 박순길 단장이 술잔을 꽉 움켜쥐는 것을 살피던 이철승이 쐐기를 박듯이 다시 입을 뗐다.

"아마 면담 과정에서 현재 심원 패롯스 상황에 대해 듣게 되시면, 부회장님이 가만히 계시지는 않을 겁니다."

이철승이 선전포고를 한 후, 박순길 단장의 반응이 돌아오길 기다렸다.

상황이 심상치 않다고 판단해서일까?

얼굴이 벌겋게 상기된 박순길 단장을 꽉 움켜쥐고 있던 술잔을 들어 단숨에 비운 후, 언성을 높였다.

"지금 무슨 짓을 하려는 건가?"

"아까 듣지 않으셨습니까?"

"모든 조직에는 지휘 체계라는 것이 있는 법이네. 그 지휘 체계를 무시하고 부회장님을 직접 찾아가는 것이 과연 옳다고 생각하나?"

"물론 옳지 않다는 것쯤은 알고 있습니다."

"그런데?"

"오죽하면 제가 이렇게까지 하겠습니까?"

이철승이 되묻자, 박순길 단장이 멈칫했다.

기회를 놓치지 않고 이철승이 다시 물었다.

"그런 단장님은 지금 심원 패롯스에서 벌어지고 있는 일들이 과연 정상적이라고 생각하십니까?"

이미 마지막을 각오하고 나온 상황.

이철승은 가슴 속에 있던 말들을 거침없이 쏟아냈다.

두 사람의 언성이 높아지자, 이덴볼 안에 있던 다른 손님들의 시선이 쏠렸다.

그들의 시선을 의식한 박순길 단장이 애써 흥분을 가라앉히며 언성을 낮췄다.

"인정하지."

"뭘 인정한다는 겁니까?"

"내가 제대로 한 방 얻어맞았다는 걸 말일세."

답답한 한숨을 내쉰 박순길 단장이 다시 입을 뗐다.

"솔직하게 말해보게. 내게 원하는 게 뭔가?"

"퇴로를 열어주십시오."

"퇴로?"

"네?"

"누구의 퇴로 말인가? 자네의 퇴로를 말하는 것인가?"

"아닙니다."

"그럼?"

"김태식의 퇴로를 열어달란 뜻입니다."

이철승이 본론을 꺼냈다.

그 이야기를 들은 박순길이 천천히 고개를 끄덕였다.

"결국 그거였군."

"김태식은 제가 데려온 선수입니다. 끝까지 책임지고 싶습니다."

"몰랐군."

"……?"

"자네의 책임감이 그리 투철한 줄은."

박순길 단장이 슬쩍 비꼬았다.

그러나 이철승을 화를 내지 않았다.

지금은 흥분할 때가 아니라는 사실을 잘 알았기 때문이다.

거래에서 가장 중요한 점은 침착함을 유지하는 것.

최대한 이성적으로 줄 것은 내주고 얻을 것은 얻어내야 했다.

"나도 생각해 둔 것이 있네."

"뭡니까?"

"트레이드. 어떤가? 이 정도면 괜찮은 퇴로가 아닌가?"

박순길 단장이 선심 쓰듯 말했다.

'순수한… 호의가 아니다!'

그렇지만 이철승은 박순길 단장의 제안에 김태식이라는 선수에 대한 호의가 깔려 있는 것이 아님을 단박에 눈치챘다.

박순길 단장의 두 눈에 깃든 감정은 욕심.

그는 김태식을 트레이드 카드로 활용해서 심원 패롯스의 전력을 보강할 욕심을 갖고 있는 것이다.

해서 이철승이 코웃음을 치며 말했다.

"참 염치가 없으십니다."

"염치… 라고 했나?"

"왜요? 표현이 거슬리십니까?"

"당연히……."

"그럼 다른 표현을 쓰도록 하죠. 참 후안무치하십니다."

후안무치(厚顔無恥).

낯가죽이 두꺼워 뻔뻔하고 부끄러움을 모른다는 뜻의 사자성어였다.

기분이 상한 걸까.

금방이라도 폭발할 것처럼 박순길 단장의 낯빛은 붉게 달아올라 있었지만, 이철승은 아랑곳하지 않고 덧붙였다.

"무임승차는 후안무치한 짓이지 않습니까?"

"무임승차?"

"갖은 압박과 수모를 안겨서 팀에서 내쫓으려다가 이번 월드 베이스볼 클래식 대회를 계기로 김태식의 주가가 치솟으니까 마치 선심이라도 쓰는 척 트레이드를 해서 심원 패롯스의 전력을 보강하려는 것 아닙니까?"

정곡을 찔러 버린 박순길 단장의 말문이 막힌 순간, 이철승이 목소리를 낮추었다.

"좀 더 양보하십시오."

"양보?"

"네."

"무슨 양보를 더 하라는 건가?"

"방출시켜 주십시오."

"김태식을 방출시켜라?"

"조건 없는 방출. 그게 제가 바라는 것입니다."

예상치 못했기 때문일까.

박순길 단장의 두 눈에 이채가 떠올랐다.

"왜 그걸 양보라고 하는 건가?"

"거기에는 이유가 있습니다."

"어떤 이유 말인가?"

박순길 단장이 추궁했다.

그렇지만 이철승이 대답하지 않고 입을 다물고 있자, 그가 두 눈을 빛냈다.

"내가 모르는 뭔가가 있군. 그게 대체 뭔가?"

"거기까지 알려 드릴 이유는 없는 것 같습니다."

"이유는 알고 당해야 덜 억울할 것 아닌가?"

쉽게 물러나지 않는 박순길 단장을 확인한 이철승이 결국 한숨을 내쉬었다.

"메이저리그 구단들이 김태식에게 관심을 갖고 있습니다."

"메이저리그 구단들이 관심을 갖고 있다고?"

"네."

"하핫. 메이저리그도 형편없군. 선수 보는 눈이 이리 없으니 말일세."

절레절레.

비웃음을 던지고 있는 박순길 단장을 확인한 이철승이 고개를 흔들었다.

'진짜 선수 보는 눈이 없는 건 당신이야!'

이렇게 쏘아붙이고 싶은 것을 꾹 눌러 참은 채 이철승이 말했다.

"조건 없이 방출시켜 주실 겁니까?"

"손해가 너무 큰 것 같은데."

박순길 단장이 난색을 표했다.

그렇지만 이철승은 전혀 당황하지 않았다.

이미 박순길 단장에게서 이런 반응이 돌아올 것을 예상했기 때문이었다.

"꼭 손해만은 아닐 겁니다."

"왜 그렇게 생각하나?"

"이미지가 조금은 좋아질 테니까요."

"이미지?"

"선수의 보다 나은 미래를 위해 대승적 차원에서 조건 없이 김태식을 방출한다는 기사가 나오면 악화된 구단의 이미지가 조금은 회복되지 않겠습니까?"

"흐음!"

고심에 잠긴 박순길 단장은 바로 대답하지 않았다.

그렇지만 이철승은 초조하지 않았다.

아직 준비한 패가 남아 있었기 때문이었다.

"만약 이 조건을 받아들이신다면… 감독직에서 물러나겠습니다."

"…방금 뭐라고 했나?"

"심원 패롯스 감독직에서 물러나겠다고 말씀드렸습니다."

"그러니까… 자진 사퇴를 하겠다는 말인가?"

"그렇습니다."

자신을 감독직에서 경질하는 것을 부담스러워하는 박순길 단장이었다.

그런 그가 가장 바라는 것이 이철승이 스스로 감독직에서 물러나는 것이었다.

그편이 가장 모양새가 좋기 때문이었다.

그러나 이철승이 물러나지 않고 버티고 있었기에 박순길 단장은 줄곧 초조해하고 있었는데.

이철승이 자진 사퇴 의사를 먼저 밝히자, 박순길 단장의 표정은 예상했던 대로 눈에 띄게 밝아졌다.

"어떻게 하시겠습니까?"

"만약 거절한다면?"

"올 시즌 내내 불편한 동거가 계속될 겁니다."

이철승이 지체 없이 대답하자 박순길이 고개를 끄덕였다.

"그리하세."

"약속 지키십시오."

"자네야말로 약속을 지켜야 하네."

그제야 안심한 박순길 단장이 위스키병을 들어 이철승의 빈 잔을 채워주었다.

자신의 잔까지 채운 박순길 단장이 잔을 앞으로 내밀었다.

"자, 건배하세."

챙!

이철승이 마지못해 잔을 들어 올려 부딪힌 순간, 박순길 단장이 말했다.

"자네의 앞날에 축복이 있길 비네."

이철승이 화답했다.

"다신 보지 맙시다."

*　　　　　*　　　　　*

"어떻게… 하시려는 걸까?"

태식이 알고 있는 박순길 단장은 절대 만만한 자가 아니었다.

절대 손해를 감수하려 드는 인물이 아니었다.

'복채를 빚졌던 것, 내가 갚을 거라고 했잖아. 이번 기회에 갚을 거야. 박순길 단장은 내가 맡지. 그러니까 아무 걱정하지 마.'

이철승 감독은 아무 걱정하지 말라고 했다.

그렇지만 걱정이 되는 것은 어쩔 수 없었다.

또, 이철승 감독이 협상을 위해 준비한 패가 무엇인지도 궁금했다.

그러나 걱정하고 고민한다고 한들 달라질 것은 없었다.

지금은 이철승 감독을 믿어야 할 때였다.

어쨌든.

혼자 남겨지게 되자 비로소 실감이 나기 시작했다.

태식이 자신에게 관심을 표명한 샌디에이고 파드리스에 대해 조사했던 정보를 다시 읽어 내려가기 시작했다.

19. 정리

내셔널 리그와 아메리칸 리그.

양대 리그로 진행되는 메이저리그에서 샌디에이고 파드리스는 내셔널 리그에 속해 있었다. 그리고 내셔널 리그 가운데 서부 지구에 속해 있었다.

LA 다저스, 애리조나 다이아몬드백스, 콜로라도 로키스, 샌프란시스코 자이언츠.

샌디에이고 파드리스와 함께 내셔널 리그 서부 지구에 속해 있는 팀들이었다.

전통의 강호들이 잔뜩 포진해 있는 내셔널 리그 서부 지구에서 샌디에이고는 최약체로 꼽히는 팀이었다.

1969년에 창단한 이후 서부 리그 우승을 한 차례 차지했던 것이 최고 성적.

아직 꿈의 무대인 월드 시리즈 우승 경험은 없었다.

"약체!"

태식이 조사한 바로 샌디에이고 파드리스를 한 단어로 요약하는 단어였다.

스몰 마켓의 한계 때문일까?

과감한 투자를 아끼지 않는 내셔널 리그 서부 지구의 다른 팀들에 비해 샌디에이고 파드리스는 전력이 항상 약했다.

지난 시즌 성적은 내셔널 리그 서부 지구 5위.

최하위를 기록했던 것이 샌디에이고 파드리스의 전력이 약하다는 증거였다.

"나쁘지 않아!"

그렇지만 태식은 오히려 샌디에이고 파드리스의 전력이 약하다는 것이 마음에 들었다.

그 이유는 크게 둘.

우선 주전 자리를 꿰차기 쉬울 것이라는 생각이 들었다.

샌디에이고 파드리스는 전통적으로 타력보다 투수력이 열세였던 팀.

실제 지난 시즌에도 팀 방어율이 내셔널 리그 서부 지구 최하위였을 뿐만 아니라, 메이저리그 전체를 통틀어도 하위권이었다.

신발신과 불펜신.

투수진이 총체적인 난국이라 평가받은 샌디에이고 파드리스는 올 시즌을 앞두고도 눈에 띄는 전력 보강을 하지 못한 상태였다.

1, 2, 3선발까지는 어느 정도 정해져 있는 상태였지만, 나머지

선발 두 자리는 아직 확정된 상태가 아니었다.

마이너리그에서 끌어올린 세 명의 유망주들에게 골고루 기회를 주겠다는 계획을 세우고 있지만, 아직 검증을 마치지 않은 유망주들은 언제든지 부진에 빠질 수 있었다.

그런 만큼 선발진의 구성은 유동적이었다.

불펜진도 난국인 것은 마찬가지였다.

시즌 개막을 앞두고 있었지만, 아직 필승조도 확정 짓지 못한 상태일 정도로 투수진의 깊이가 얕았다.

만약 태식이 마이너리그에서 눈에 띄는 활약을 펼치기만 한다면?

언제든지 메이저리그로 콜업될 가능성이 있다는 뜻이었다.

또 하나의 이유는 앞으로 이뤄나갈 수 있는 것이 많다는 점이었다.

아까도 말했듯이 샌디에이고 파드리스는 월드 시리즈 우승 경험이 없었다.

만약 태식이 샌디에이고 파드리스에 합류한다면 앞으로 이룰 수 있는 것이 많았다.

"토니 그윈!"

태식이 토니 그윈의 이름을 되뇌었다.

토니 그윈은 샌디에이고 파드리스의 프랜차이즈 스타.

거액의 자금을 무기로 여러 다른 팀에서 유혹했지만, 무려 20년간 샌디에이고 파드리스에서만 뛴 후 은퇴한 선수였다.

실제 샌디에이고 파드리스 팬들은 홈구장인 펫코 파크 앞에 고인이 된 토니 그윈의 동상을 세웠을 정도로 그를 여전히 사랑하고 있었다.

"팀을 옮기는 것도 이젠 지긋지긋해!"

태식이 고개를 절레절레 흔들었다.

저니맨 김태식.

KBO 리그에서 저니맨으로 알려진 태식은 프로 선수 생활 동안 여러 팀을 전전했다.

그 과정에서 자괴감도 들었고, 보이지 않는 텃세 등으로 인해 힘들었던 부분도 많았다.

'만약 샌디에이고 파드리스에 입단한다면?'

물론 아직 샌디에이고 파드리스 입단이 확정된 것은 아니었다.

그렇지만 만약 진짜 샌디에이고 파드리스 입단이 확정된다면, KBO 리그와 달리 메이저리그에서는 절대 저니맨이 되지 않겠다고 태식은 굳게 다짐했다.

지이잉. 지이잉.

그때, 휴대전화가 진동했다.

"네, 감독님!"

―좀 더 기다려 볼까?

태식이 전화를 받자마자, 이철승 감독이 다짜고짜 물었다.

그 질문에 담긴 의미.

다른 메이저리그 구단들의 오퍼가 더 있을지도 모르니, 좀 더 기다려 보는 것이 어떠냐는 뜻이었다.

"조금만 시간을 주십시오."

―역시 다른 구단들이 더 좋은 오퍼를 할 수도 있으니까 기다리는 편이…….

"마음의 결정은 내렸습니다."

—그래?

"네."

—어느 쪽이야?

"샌디에이고 파드리스입니다."

태식이 대답하자, 수화기 너머로 잠시 침묵이 흘렀다.

—투타 겸업을 계속하고 싶은가 보군.

태식은 단지 아메리칸 리그에 속한 시카고 화이트삭스가 아닌 내셔널 리그에 속한 샌디에이고 파드리스를 선택하겠다고 대답했을 뿐이었다.

그런데 이철승 감독은 이미 태식이 그런 선택을 내린 이유까지 정확하게 읽고 있었다.

"감독님!"

—말해.

"돗자리 피셔도 되겠는데요?"

—왜? 내가 감독직에서 쫓겨나고 나면 굶어죽을까 봐 노후 걱정 해주는 거야?

"그런 뜻이 아니라……."

—걱정할 것 없어. 네가 몰라서 그렇지 날 원하는 팀들은 생각보다 많아. 그보다… 너무 적지 않아?

"무엇을 말씀하시는 겁니까?"

—연봉 말이야.

총액 150만 달러.

샌디에이고 파드리스에서 제시한 연봉이었다.

그렇지만 옵션 계약이 포함된 연봉이었다.

실제 보장 계약은 50만 달러에 불과했다. 그리고 이철승 감독이 50만 달러의 보장 연봉이 너무 적지 않으냐고 묻고 있었다.

"감독님."

—응?

"최소 열 배는 뛰었는데요. 지난 시즌이 끝나고 제가 계약했던 연봉 금액을 감독님도 아시지 않습니까?"

—듣고 보니 그렇군.

이철승 감독이 수긍한 순간, 태식이 덧붙였다.

"첫술에 배부를 순 없으니까요."

—무슨 뜻이야?

"몸값은 올리면 됩니다."

—실력으로?

"네, 적어도 실력을 증명한다면 외면하지는 않겠죠."

—그래. 세계 최고의 무대인 메이저리그니까.

이철승 감독에게서 돌아온 대답.

바로 태식이 원하던 것이었다.

해서 태식이 씩 웃고 있을 때, 이철승 감독이 다시 물었다.

—그런데 왜 시간을 달라는 거야?

"정리할 시간이 필요해서요."

—정리? 그렇군. 내가 마음이 급해서 너무 서둘렀어.

깔끔하게 실수를 인정한 이철승 감독이 웃으며 농담을 건넸다.

—천천히 해. 덕분에 며칠 더 감독직을 유지할 수 있겠군.

　　　　*　　　　　*　　　　　*

'메이저리그에 진출한다!'

이미 결심을 굳힌 상황.

남은 것은 주변 정리를 하는 것이었다.

'어디서부터 시작해야 할까?'

잠시 고민하던 태식이 벽시계를 힐끗 살폈다.

가장 먼저 눈앞에 떠오른 것은 역시 어머니였다.

그렇지만 이미 시간이 너무 늦어 있었다.

시골 친척집에 잠깐 머물고 있는 어머니는 곤히 잠들었으리라.

어머니를 떠올린 순간, 태식의 마음이 착잡해졌다.

평생의 동반자였던 아버지를 먼저 떠나보낸 지 얼마 지나지 않은 시점.

하나밖에 없는 아들인 자신마저 먼 미국으로 떠나서 야구를 한다고 하면 어머니의 상심은 무척 클 터였다.

해서 태식이 착잡한 표정을 짓고 있을 때였다.

지이잉. 지이잉.

휴대전화가 다시 진동했다.

텔레파시가 통한 걸까?

발신자는 어머니였다.

"어머니!"

―아들.

"무슨 일이세요?"

태식이 먼저 물었다.

늦은 시간의 전화였기에 불안했기 때문이다.

—그냥 잠이 안 와서.

나쁜 일이 아니라는 것을 깨닫고 비로소 태식이 안도했다.

"왜 아직까지 안 주무셨어요?"

—자다가 깼어.

"네."

—깜박 잠들었다가 꿈을 꿨는데 네 아버지가 나오셨어.

"그러셨어요?"

—무심한 양반. 먼저 떠난 후로 한 번도 내 꿈에 안 나타나더
니 이제야 나타났어.

"어때… 보이셨어요?"

—바가지 긁는 마누라 없으니까 더 좋은가 봐. 신수도 훨씬
좋아 보이고, 환하게 웃고 있더라고.

"다행이네요."

그 말을 끝으로 짧은 침묵이 흘렀다.

침묵을 먼저 깨뜨린 것은 어머니였다.

—무슨 일 있지?

"네?"

—목소리가 평소와 좀 다른 것 같아서.

태식이 속으로 혀를 내둘렀다.

애써 겉으로 내색하지 않기 위해 애썼다.

그렇지만 어머니는 목소리의 미세한 떨림만으로도 태식이 평
소와 조금 다르다는 것을 눈치챘다.

─애미한테 할 말 있는 것 아냐?

"그게……."

─왜? 안 좋은 일이야?

"안 좋은 일은 아닙니다."

─그럼 다행이고. 무슨 일인데?

"제가 미국을 다녀와야 할 것 같아요."

─미국? 그 먼 데는 왜?

"야구하러 갈 것 같아요."

─거 뭐냐, 메이저리그?

태식이 깜짝 놀랐다.

어머니가 메이저리그를 알고 있을 줄은 꿈에도 예상치 못했기 때문이었다.

"어떻게 아셨어요?"

─네 애미 무시하지 마. 이래 봬도 아들이 프로야구 선수야. 그것도 그냥 선수가 아냐. 국가 대표에도 뽑힌 선수야.

어머니의 목소리에는 자부심이 깃들어 있었다.

그 자부심은 태식이 이번 월드 베이스볼 클래식에 대한민국 대표로 출전했던 모습을 봤기 때문이다.

─그럼 좋은 거 아냐?

"좋긴 한데……."

태식이 말끝을 흐렸다.

태식이 메이저리그에 진출한다면, 국가 대표로 뽑힌 것 못지않게 어머니의 자랑거리가 될 것이 틀림없었다.

그렇지만 여전히 어머니를 혼자 한국에 남겨 두고, 미국으로 떠난다는 것이 마음에 걸렸다.

ㅡ태식아.

"네."

ㅡ이제 알겠네.

"뭘요?"

ㅡ네 아버지가 애미 꿈에 나온 이유 말이다.

"……"

ㅡ우리 아들한테 좋은 일이 있다는 것을 알리려고 찾아온 거였어. 그래서 그렇게 환하게 웃으셨던 거고.

다시 침묵이 이어졌다.

흑흑.

잠시 뒤 수화기를 대고 있는 태식의 귓가로 가느다란 흐느낌 소리가 들려왔다.

"어머니, 우시는 거세요?"

ㅡ아… 아냐.

"왜 우세요?"

ㅡ갑자기 그런 생각이 들어서.

"어떤 생각이요?"

ㅡ네 아버지 말이다. 너한테 짐이 안 되려고 그렇게 빨리 가신 것이 아닌가 하는 생각이 자꾸 들어.

태식의 눈시울이 붉어졌다.

아버지의 병세는 분명히 호전되고 있었다.

그런데 갑자기 빠르게 악화되면서 돌연 세상을 떠났었다.

머릿속으로는 그럴 리가 없다 생각하면서도, 자꾸 어머니의 말이 맞을지도 모르겠다는 생각이 들었다.

'아픈 당신이… 짐이 될까 봐. 그래서 그러셨던 겁니까?'

태식이 영정 사진 속 환하게 웃던 아버지의 얼굴을 떠올렸을 때였다.

―태식아. 애미 걱정은 하지 마.

"그렇지만……."

―애미는 잘 지내고 있을 테니까 진짜 걱정 안 해도 돼. 그리고… 바쁠 텐데 내려올 필요 없다.

"그게 무슨 소리세요?"

―진짜야. 미국으로 떠나기 전에 애미가 찾아갈 테니까.

어머니의 목소리는 단호했다.

"알겠습니다."

결국 태식이 대답을 꺼낸 순간, 어머니가 다시 말했다.

―태식아. 이거 하나만 잊지 마. 애미가 우리 아들을 많이… 아주 많이 자랑스러워한다는 것 말이야.

어머니와 짧은 통화가 남긴 여운은 길었다.

통화를 마치고 난 후에도 아버지의 모습이 계속 떠올랐다.

만약 아버지께 메이저리그 진출 소식을 전했다면 어떤 반응을 보였을까?

"기죽지 마라. 야구는 어디서 하나 다 똑같으니까. 당당하게 부딪혀서 니 이름 석 자 커다랗게 새기고 돌아오거라. 참, 연봉이 좀 올랐으니까 코치 연봉도 올라가야 당연한 것 아니겠나?"

아마 이런 당부의 말들을 남겼을 거란 생각이 들었다.

"잘할게요. 진짜 잘할 자신 있어요."

태식이 각오를 다지듯 혼잣말을 꺼냈을 때, 숙소 문이 열리고 용덕수가 안으로 들어왔다.

"형! 요새 인기가 장난 아니신데요."

"누가? 내가?"

"이 기사 좀 보세요."

용덕수가 태블릿 PC를 앞으로 내밀었다.

<메이저리그 진출이 임박한 오타니 쇼에이. 몸값은 얼마나 될까?>

태블릿 PC 화면에 떠올라 있는 기사의 제목이었다.

그 기사 제목을 확인한 태식이 의아한 시선을 던졌다.

기사는 일본 대표팀에 속해 있는 오타니 쇼에이에 관한 것이었다.

그래서 용덕수가 대체 왜 이 기사를 자신에게 보여주는지 이해가 가지 않았기 때문이다.

그러나 용덕수는 태식이 의아한 시선을 던지고 있다는 것을 눈치채지 못하고 신이 나서 열변을 토해냈다.

"오타니 쇼에이의 몸값이 1억 달러는 무조건 넘을 거래요. 잘하면 2억 달러까지 갈 수도 있고."

"그래?"

"어마어마하네요."

혀를 내두르던 용덕수는 부러운 기색을 감추지 못했다.

"어쨌든… 이제 댓글을 보세요."

"댓글?"

태식이 스크롤을 내려 기사 아래 달린 댓글들을 살폈다. 그리고 댓글들을 확인하고 나서야 용덕수가 이 기사를 자신에게 보여준 이유를 알 수 있었다.

―몸값 2억 달러 오타니 쇼에이. 김태식에게 연타석 홈런 얻어맞았음.

―솔까 오타니 쇼에이보다 김태식이 더 낫지 않음?

―그거 알고 있음? 김태식 연봉 오천만 원임.

―KBO서 이런 취급 받느니 김태식도 메이저리그 진출해라.

―김태식이 메이저리그 가서 오타니 쇼에이 발라 버리면 진심 소름 돋을 듯.

오타니 쇼에이에 관한 기사였지만, 댓글들에는 태식의 이름이 계속 등장했다.

그 댓글들을 찬찬히 살피고 있을 때, 용덕수가 웃으며 말했다.

"잘하면 메이저리그에 강제로 진출당할 기세인데요."

"덕수야."

"네!"

"그렇지 않아도 갈 거야."

"네… 네?"

"메이저리그 진출할 거라고."

태식이 덧붙인 말을 들은 용덕수가 두 눈을 연신 깜박였다.

"농담… 하신 거죠?"

"농담 아닌데."

"진심이세요?"

"그래."

태식이 재차 확인해 주었지만, 용덕수의 두 눈에는 불신의 빛이 가득했다.

"에이, 메이저리그가 그렇게 쉽게 갈 수 있는 데가 아니잖아요."

"그렇지."

"그런데 어떻게……?"

"오퍼가 왔어."

"메이저리그에서요?"

"그래."

"어디서요?"

"일단은 샌디에이고 파드리스와 시카고 화이트삭스에서 오퍼가 왔어."

샌디에이고 파드리스와 시카고 화이트삭스.

메이저리그에 속한 두 구단이었다.

그리고 태식이 구단명을 입 밖으로 꺼내고 나자, 용덕수의 표정이 바뀌었다.

구체적인 구단명까지 언급하자, 비로소 실감이 나기 시작했기 때문이리라.

"정말인가 보네요."

"너도 알잖아. 형이 거짓말 안 하는 것."

"그렇긴 하지만……."

"왜? 안 믿겨?"

"안 믿긴다기보다는 실감이 안 나서요."

용덕수는 너무 놀라서 입을 쩍 벌리고 있었다. 그리고 태식은 용덕수가 이런 반응을 보이는 이유를 어느 정도 짐작할 수 있었다.

태식은 지난 시즌 중반에 심원 패롯스로 트레이드된 후 좋은 활약을 펼쳤고, 월드 베이스볼 클래식 대회에서도 인상적인 경기력을 선보였다.

그렇지만 모두 짧은 시간 안에 이룬 것이었다.

용덕수가 처음 만났을 때의 태식은 보잘것없었다.

KBO 리그를 대표하는 저니맨.

한 팀에 정착하지 못하고 이리저리 팀을 옮겨 다니다가 나이만 잔뜩 먹은 은퇴 일보 직전의 퇴물 선수.

당시 용덕수의 눈에 비친 태식의 모습이었으리라.

그런데 불과 1년여 만에 태식이 메이저리그에 진출한다는 소식을 전했으니 순순히 믿기 힘든 것이었다.

잠시 뒤, 용덕수의 표정이 어둡게 변했다.

"축하해 주지 않을 거야?"

"당연히 축하드리죠."

"그런데."

"네?"

"표정이 왜 그래?"

"그게······."

"그게 뭐야?"

"갑자기 막막한 느낌이 들어서요."

"······?"

"형과 헤어진다고 생각하니까 진짜 막막하네요."

한숨을 내쉬는 용덕수를 태식이 가만히 응시했다.

"함께 가자! 넌 땡 잡은 거야."

태식이 먼저 용덕수에게 제안했던 것이 떠올랐다. 그리고 태식은 당시에 했던 약속들을 지켰다.

신고 선수.

단 한 번도 1군 무대를 밟아본 적 없던 용덕수와 함께 1군으로 올라왔고, 주전 포수 자리도 꿰차게 만들었다.

그렇지만 용덕수만 태식의 덕을 본 것은 아니었다.

'만약 덕수가 없었다면?'

빠르게 성과가 드러나지 않는 훈련을 혼자서 꾸준히 해나가는 것은 무척 힘든 일이었다.

용덕수가 곁에 있었기에 책임감을 더 갖고 훈련에 매진할 수 있었다.

그뿐이 아니었다.

얼핏 살피면 기적이 벌어진 후에 꽃길만 걸은 것처럼 보였지만 여러 차례 힘든 고비가 찾아왔다.

야구를 포기하고 싶었을 정도로.

그때마다 다시 힘을 낼 수 있었던 것은 용덕수가 곁에 있었기 때문이다.

"잠깐이야."

"네."

"잠깐 헤어지는 것일 뿐… 다시 만나게 될 거야."

"정말… 그럴까요?"

"너도 건너 와."

"어디로요?"

"내가 있는 메이저리그로."

태식이 제안한 순간, 용덕수가 두 눈을 치켜떴다.

한 번도 생각해 본 적 없던 제안이었기 때문이리라.

"넌 아직 젊잖아. 나이 많은 형도 하는데 아직 젊은 네가 못할 게 뭐가 있어?"

"그렇긴 하지만……."

"그리고 이제 알잖아."

"뭘요?"

"메이저리그에 진출하는 방법 말이야."

"……?"

"난 감춘 게 없다."

"감춘 게 없다?"

"너와 함께 훈련했던 것이 전부야."

그제야 말뜻을 알아들은 용덕수가 두 눈을 빛냈다.

태식과 함께했던 시간들.

용덕수가 더 좋은 선수로 성장할 수 있는 밑거름이 될 것이었다. 그리고 함께 훈련했던 태식이 메이저리그에 진출하는 것을 보며 희망도 엿보았으리라.

'경험!'

이제 용덕수에게 필요한 것은 경험뿐이었다.

꾸준히 노력하면서 경험만 쌓이면 더 좋은 선수로 성장할 터였다.

"그런데… 어느 팀으로 가세요?"

"샌디에이고 파드리스."

"샌디에이고 파드리스면… 내셔널 리그 서부 지구에 속한 팀이잖아요."

"맞아."

"약체인 걸로 알고 있는데."

"전력이 약해. 그게 내가 샌디에이고 파드리스를 택한 이유 중 하나야."

"왜요?"

"지난 시즌 중반에 트레이드를 할 때 심원 패롯스로 옮긴 이유와 마찬가지야."

"주전 자리를 꿰차기 쉽다?"

금세 말뜻을 파악한 용덕수에게 태식이 덧붙였다.

"포수도 형편없어."

"그런… 가요?"

용덕수가 재차 두 눈을 빛냈다.

그 모습을 확인한 태식이 희미한 웃음을 머금었다.

처음 만났을 때, 용덕수의 꿈이자 목표는 1군 무대를 밟는 것이었다.

그 후로는 1군에서 주전을 꿰차는 것으로 바뀌었고.

그리고 1군에서 주전을 꿰차는 목표를 이룬 지금, 용덕수는 태식과의 대화를 통해 새로운 꿈이 생겼다.

바로 메이저리그 진출이라는 꿈이자 목표였다.

'동기부여!'

이제 새로운 목표가 생겼으니 용덕수는 현재에 안주하지 않고 더욱 노력하리라.

비로소 안심한 태식이 환하게 웃고 있을 때였다.

"설마 이게 끝은 아니죠?"

"응?"

"축하주 하셔야죠."

용덕수가 기회를 놓치지 않고 제안했다.

그 제안을 받은 태식이 화답했다.

"왜 그 말이 안 나오나 했다. 축하주 해야지. 그리고… 오늘은 코가 삐뚤어질 때까지 한번 마셔보자."

*   *   *

지이잉. 지이잉.

휴대전화 진동음으로 인해 태식이 눈을 떴다.

숙취 때문일까.

머리가 아팠다.

'오래간만이네!'

태식이 이내 쓰게 웃었다.

이런 숙취를 경험할 정도로 술을 마신 것이 무척 오래간만이라는 생각부터 퍼뜩 들었기 때문이다.

그렇지만 확실히 예전과는 달랐다.

예전에는 아침에 눈을 떴을 때 숙취로 인해서 머리가 깨질 듯이 아팠고 몸도 천근만근이었는데.

지금은 머리가 아프긴 해도 두통이 그리 심하지 않았고, 몸도 가벼웠다.

'젊음이 좋긴 하네.'

기적의 효과를 새삼 깨달은 태식이 고개를 돌렸다.

어제 작정하고 마셨던 상황.

당연히 침대 위에 잠들어 있을 거라고 생각했던 용덕수의 모습이 보이지 않았다.

'어디 갔지?'

처음엔 화장실에 간 것이 아닐까 하고 생각했는데.

깔끔하게 접힌 이불과 잘 정돈이 끝나 있는 침대를 발견한 태식은 그 예상이 틀렸음을 알아챘다.

용덕수가 보이지 않는 이유.

아침 훈련을 하러 갔기 때문이다.

"꿈이 좋긴 하네!"

메이저리그 진출이라는 새로운 목표가 생긴 용덕수는 숙취 따윈 아랑곳하지 않고 훈련을 하러 나가 있었다.

"게다가 참 착해!"

태식이 깨어나서 숙취로 인해 힘들 것을 걱정했기 때문일까.

용덕수는 태식의 침대 옆 탁자에 생수를 미리 준비해 두고 훈련을 하러 나가는 센스와 배려를 잊지 않았다.

"먼저 가서 조금만 기다리세요. 저도 곧 메이저리그 무대로 진출할 테니까요. 어디긴요? 당연히 형과 함께 뛰어야죠. 메이저리그를 호령하는 대한민국 배터리. 캬, 생각만 해도 짜릿합니다. 짜릿해."

어제 술자리에서 용덕수가 입에서 침을 튀겨가며 열변을 토해 내던 것이 떠올랐다.

'만약 덕수 말대로 된다면?'

샌디에이고 파드리스에서 함께 배터리로 호흡을 맞추고, 꿈의 무대인 월드 시리즈 우승까지 차지한다면 얼마나 좋을까?

상상하는 것만으로도 짜릿했다.

해서 태식이 희미한 웃음을 머금었을 때였다.

지이잉. 지이잉.

아까 받지 못하고 끊어졌던 휴대전화가 다시 진동했다.

"여보세요?"

"오빠!"

"지수구나."

태식의 입가에 매달려 있던 웃음이 더욱 짙어졌다.

"아직 외국이야?"

"네."

"내일 한국에 들어오는 거지?"

"원래는 그럴 예정이었는데, 스케줄이 조금 더 늘어나서 입국이 며칠 정도 늦어질 것 같아요."

"그래?"

지수의 입국이 늦어진다는 이야기를 들은 태식의 목소리가 어두워졌다.

"무슨 일 있어요?"

"그게……."

"혹시 제가 너무 보고 싶어서 그래요?"

장난기 가득한 지수의 목소리를 듣고서 태식이 다시 웃음을 머금었다.

"맞아."

"그럼 어쩌죠? 스케줄 포기하고 확 들어가 버릴까요?"

"그 정도로 보고 싶은 건 아닌데."

"어머, 진심이에요?"

짐짓 화난 목소리를 내는 지수에게 태식이 말했다.

"실은 널 만나서 상의하려는 것이 있었어."

"뭔데요?"

"그게… 미국에서 야구를 하게 될 것 같아."

태식이 어렵게 말을 꺼낸 순간, 지수의 목소리가 한 톤 높아졌다.

"설마 메이저리그 진출?"

"맞아!"

"와아, 축하해요!"

태식의 우려와 달리 지수의 목소리는 밝았다.

"아빠 말이 맞았네요."

"응?"

"예전에 한국에서 뛰기는 아까운 선수라고 하셨거든요."

"그건 너무 과찬이셨는데."

"선견지명이 있으셨던 거죠. 그리고 저도 예상했어요. 이번 월드 베이스볼 클래식 대회에서 오빠 활약이 워낙 대단했잖아요."

지수의 밝은 목소리에 힘입어 태식이 용기를 냈다.

"가도… 괜찮아?"

"당연히 가야죠."

"응?"

"이렇게 좋은 기회를 놓칠 순 없잖아요."

"그렇긴 하지만……."

"오빠도 제가 하고 싶은 것을 막지 않으셨잖아요. 그러니까 저도 당연히 그래야죠."

"고맙다."

아직 많이 어리다고 생각했는데.

지수의 마음 씀씀이가 고마웠다. 그리고 아직 끝이 아니었다.

"어머니는 걱정하지 마세요."

"응?"

"어머님만 혼자 남겨두고 가시는 게 마음에 걸리시는 거잖아요. 제가 자주 찾아뵙도록 할게요."

"정말?"

"아니, 그냥 어머니와 같이 살까요?"

"농담은……."

"농담 아니거든요. 혼자 지내는 것보다는 어머니와 함께 지내면 든든할 것 같아서요."

지수의 이야기.

농담이 아니었다.

"그럴 필요까지는 없어. 부담 주기는 싫으니까."

"부담 안 되는데."

"그렇지만……."

"그건 제가 알아서 할게요."

지수가 딱 잘라 선언했다.

말문이 막혀 버린 태식이 쓰게 웃었다.

'정말 어머니와 함께 살려는 것이 아닐까?'

어머니는 지수를 딸처럼 무척 아꼈다.

지수 역시 부모의 정에 굶주려 있었다.

게다가 지수는 보기와 다르게 의외로 결단력과 추진력이 있었다.

어쨌든.

지수 덕분에 태식의 마음이 조금 편해졌을 때였다.

"약속해요."

지수가 불쑥 말했다.

"무슨 약속?"

"꼭 성공한다는 약속."

"그래, 약속할게."

태식이 새삼 각오를 다졌을 때였다.

"하나 더요."

"또 뭐야?"

지수가 대답했다.

"월드 시리즈에 절 시구자로 초청해 주세요."

『저니맨 김태식』 10권에 계속…

초대형 24시 만화방

신간 100%, 샤워실, 흡연실, 수면실(침대석), 커플석, 세탁기 완비

■ 광명 광명사거리역점 ■

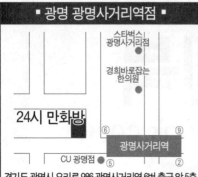

경기도 광명시 오리로 986 광명사거리역 6번 출구 앞 5층
02) 2625-9940 (솔목타워 5층)

■ 강북 노원역점 ■

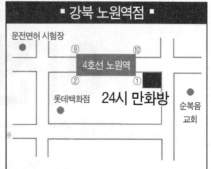

서울 노원구 상계동 340-6 노원역 1번 출구 앞 3층
02) 951-8324 (화용빌딩 3층)

■ 일산 정발산역점 ■

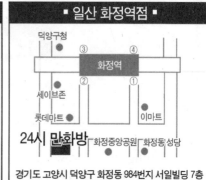

라페스타 E동 건너편 먹자골목 내 객잔건물 5층
031) 914-1957

■ 일산 화정역점 ■

경기도 고양시 덕양구 화정동 984번지 서일빌딩 7층
031) 979-4874 (서일사우나 건물 7층)

■ 부천 역곡역점 ■

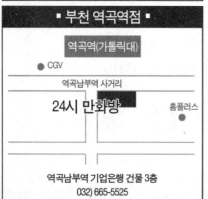

역곡남부역 기업은행 건물 3층
032) 665-5525

■ 부평역점 ■

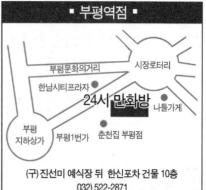

(구) 진선미 예식장 뒤 한신포차 건물 10층
032) 522-2871